曹征路 文集

曹征路文集

随笔文论卷

深圳出版发行集团
海天出版社

图书在版编目（CIP）数据

曹征路文集. 随笔文论卷 / 曹征路著. —深圳：海天出版社，2014.1
ISBN 978-7-5507-0711-5

Ⅰ. ①曹⋯ Ⅱ. ①曹⋯ Ⅲ. ①中篇小说－小说集－中国－当代②短篇小说－小说集－中国－当代 Ⅳ. ①I247.7

中国版本图书馆CIP数据核字(2013)第070881号

曹征路文集. 随笔文论卷
Caozhenglu Wenji. Suibi Wenlunjuan

出 品 人：	尹昌龙
责任编辑：	涂　俏
责任校对：	徐　起
责任技编：	蔡梅琴　梁立新
排版制作：	思成致远
装帧设计：	李松璋书籍设计工作室

出版发行	海天出版社
地　　址	深圳市彩田南路海天综合大厦(518033)
网　　址	www.htph.com.cn
订购电话	0755-83460137(批发)　83460397(邮购)
排版制作	深圳市思成致远创意文化有限公司　Tel：0755-83537697
印　　刷	深圳市新联美术印刷有限公司
开　　本	787mm×1092mm　1/16
印　　张	22
字　　数	280千
版　　次	2014年1月第1版
印　　次	2014年1月第1次
定　　价	58.00元

海天版图书版权所有，侵权必究。
海天版图书凡有印刷质量问题，请随时向承印厂调换。

自 序

掐指一算，老汉今年64啦，步入人生黄昏，回头数数自己的脚印不为过。再掰脚指头一算，从1971年发表第一篇短篇小说算起，也有40多年了，发表了400多万字的作品，编一个200万字的文集也不为过。感谢海天出版社，满足了我这点虚荣心。

生活中我是个散漫的人，知足且快乐，喜欢打球打牌，没有太高的追求。别人站着我蹲着就行，别人坐着我趴着就行。但写小说就不一样了，比较认真，更不愿说违心的话。我不赞成玩文学的说法。忠实地把我经历的时代变迁记录下来是个基本态度，这套文集就是我对近30年的审美记忆。尽管今天的传播手段越来越多，越来越娱乐化，但小说作品就精神深度而言，依然是其他文艺形式不能替代的。所谓不怕不识货，就怕货比货。

认真地反省起来，我的所有的作品似乎只写了一个主题——找到自觉的人生。我的经历还算得上丰富，工农兵学商差不多都见识过。见得多了，想得也就复杂一些，故而也希望人们分享自己那些经过思考的生活。我真诚地希望这个世界美好起来。不管我这些脚印是何等的浮浅，思考是何等的幼稚，我还是希望能够成为您的朋友，为您服务；希望和您一起探讨人生，探讨时代，找到规律，走向自由；希望和您一起找到认识这个世界的新方法和新角度；希望和您一起领略人类无比丰富的精神世界，领略人类无比多样的美和力。

　　那么，请接受我由衷的谢意。您——爱护和帮助过我的编辑们，指导和鼓励过我的师长们，每一个读过我作品的朋友们，每一个善意指教过我的批评者，谢谢啦。

　　本雅明认为资本主义的基本经验就是"震惊"，那么转型时期的我们也应当有传达这种"震惊"的艺术品。从这个角度看，说批判精神也是对的。一个文人对现存价值提不出怀疑和批判是他的悲哀，更是时代的悲哀。

　　我的艺术主张是没有主义。一个写小说的，动不动标榜主义是不自信的表现。在我看来，最好的艺术不过是量体裁衣，为自己的表现对象找到最合适的角度和形式。因为形式本身没有高下，也无先进落后之分。中国文学史的经验是这样，西方文学史的经验同样是这样。说白了，艺术就是真情实感四个字。

　　我去泰国旅游，见众人围观一赤膊跣足者，只见他火中取物，上下翻飞，绕前捧后，有托儿跟着大声喝彩。伸头一瞧，原来是卖烤鱼干的。于是联想到近年我国的文坛种种，哑然失笑。

　　小说是最具思辨色彩的艺术，要经得起咀嚼才好。倘若没有当今人类最前沿的思想发现，不能用人类文明的成果照亮时代生活，那么所有绕前捧后的表演不过是"玩花活"，是卖烤鱼干。

　　上世纪80年代我在北京学习时，亲眼目睹过一批青年作家用各种主义爆破了文坛，新奇怪异成为先锋，所以那个时代被称为"方法论年代"。圈内的流行词叫"玩老头子"，也亲眼看到一批老头子生怕被时代抛弃而亦步亦趋，被玩晕了。中国文坛在经历了近20年的主义轮番轰炸以后，小说艺术的基本价值作为一个问题被一再提出来，绝不是偶然的。

　　生动而真实的故事细节、鲜活而独特的人物性格、蕴藉而深刻的情感寓意、多数人感同身受的时代呐喊，是小说艺术永远的生命力所在。作家首先是真理的追求者，是人类合理生存方式的叩问者，是世俗潮流的怀疑者。尽管对文学精神的遮蔽古已有之，各个时代表现不一，但文学精神从来未被杀死。它仍顽强地，一代一代地，在真文学的血脉中薪火相传不绝如缕，我是相信这一点的。历史还将继续证明这一点。

所谓精神到处文章老，沧桑阅尽意气平。是为序。

曹征路写于2013年2月24日元宵节

目·录

散文随笔

童年的童话 …………………… 3
机巧人生乐几许 ……………… 7
入党 …………………………… 9
关于身份的困惑 ……………… 13
不该忘却的纪念 ……………… 16
吃食堂 ………………………… 20
对话南国爱情 ………………… 25
给儿子 ………………………… 29
被制造，被加班，被自杀，被工会 … 31
保持沉默不是耻辱 …………… 39
抬杠 …………………………… 41
偷湖草 ………………………… 45
三奶奶 ………………………… 48
介绍几种文学新玩法 ………… 51
最是心动夜浑河 ……………… 53
学而优则创 …………………… 55

我的"成功"观 …………………… 59
题赠《红豆》 …………………… 62
野草档案 ………………………… 63

文 论

百年中国文学的前沿思潮和热点问题
………………………………… 69
期待现实重新"主义" …………… 81
新文学运动百年祭 ……………… 97
文学批评中的八个关键词 ……… 109
小说的基本价值 ………………… 123
要科学,还是要玄学? ………… 142
一条文学华容道 ………………… 151
在历史的大格局中 ……………… 155
纯文学"向上"了吗? ………… 164
浏览《剑桥美国文学史》 ……… 169
莫衷一是的黄仁宇 ……………… 174

创作谈和演讲

得意忘形论 ……………………… 179
沧桑阅尽意气平 ………………… 182
赋得沧桑句便工 ………………… 193
立场、审美与动态平衡 ………… 195

被边缘，才会有民间情怀 …… 211
那儿是哪儿 …… 220
求真，确实很难 …… 223
是逃避，也是抗争 …… 225
我怎么做起小说来 …… 227
想起一件往事 …… 230
向生活学习 …… 232
越活越小 …… 235
上海大学文学周系列演讲之三 …… 237
生活之树常绿 …… 247
文学鉴赏ABC …… 258
这个圈套叫成功 …… 273
是寂寞，更是快乐 …… 276
守望高地 …… 278
拷问自己 …… 280
小说应关注人的精神存在 …… 283
关键是高扬文学精神 …… 286
Q版大话 …… 288
揪心的"三农问题" …… 290
答《东方早报》 …… 294
答深圳《晶报》 …… 302
答《深圳商报》 …… 309
就《豆选事件》答《深圳特区报》 …… 314
关于《非典型黑马》的一些断想 …… 322
关于《贪污指南》的一些断想 …… 327

莫把功夫付"诗外" ……………332
在广东省第七届鲁迅文艺奖颁奖大会上
的发言 ……………335

散文随笔

童年的童话

这是一个永远的画面：秋日的夕阳辉耀着，背后的青山倾斜着，一个十二三岁的小男孩逃出校园，躲开同学，搂着膝头眯起眼睛独坐江岸，波光搅和着彩云，脚下是梦境般的碎片。那孩子身后立着一个穿大红球衣的女教师，叉腰、歪头，久久。她问为什么天天一个人坐在这里，为什么不和同学们一起玩，为什么总是不高兴……

那时由于家庭的原因，我小小年纪就自以为懂得了忧郁和孤独，时常会没来由地自卑和自傲，排解的方法就如上面说的那样，另外我得在这儿捉捉夹袄里的虱子。于是我引起了富老师的注意。她坐在我身边，还把胳膊搭在我身上。我闪开了。她年轻，又那么漂亮。后来我告诉她我身上有虱子，局促不安。

"是吗？"她扬起眉梢咯咯大笑，声音像风铃在深山老寺里游荡。她说，那就让我们来瞧瞧究竟是花虱还是白虱。她揪住我衣领，替我把夹袄脱下。她捉住一个吸血鬼，托在掌心里，说这叫白虱，专叮皮肤，繁殖力特强，再不消灭你那二两大麦粥可就白喝了。完了她又笑。

于是我们大宿舍很快就进行清理，我身上挠破的地方也很快结痂。

其实我们早就注意着她，全校都注意她，她是广东湛江人，却说一口纯正的北京话，她是读体育系的，却教我们俄语课，偶尔也替数学老师代课，她是新分来的，却好像是最熟的老师，以至于一个时期全校最时髦的口头禅是卷着舌根的北京腔，是——吗？是——吗？

富老师给我们代过一节数学课，是讲点和线的关系。我认为那是最滑稽、最有失师道尊严的一堂课，整个儿表现出了她的缺乏经验和孩子气。她拿着粉笔站在黑板的北头，说什么叫线呢，线就是无数个点，然后粉笔就在黑板上敲，越敲越急，如密集的鼓点，一边敲还一边蹦，嘴里高喊着，无限延长无限延长无限延长——，直蹦到了黑板的南头。她气喘吁吁额角亮出了汗粒问明白了吗？然后再来一遍。于是同学们由肃静好奇化为哄堂大笑，她也支着腰把脸涨得通红，笑起来，说就是这么回事儿。

每个星期六下午，学校里狂风扫过般地空空荡荡，我照例不能回家，无法挤进妈妈的办公室去睡觉。这样我才有幸被邀进富老师的宿舍，开始我真正的文学启蒙。她说你作文还可以，多少有几句真话。我说是——吗？她说是——的。她替周老师改过几篇作文，其中就有我的。然后我们就笑了，不知为什么我敢在她跟前无拘无束。她办公桌上有块大玻璃，玻璃下压着很多从画报上剪下来的动画片中的小动物，从大如拳头的米老鼠到小如指甲盖的熊妈妈。她说你能把这些编进一个故事里去吗？我想了一下，承认我不能。她说你应该能，只不过不是现在，回去好好想想，下礼拜说给我听。

下星期六我真给她编了一个，给她编的。我把这当作私密，揣了一星期。我很高兴开始有了自己的秘密。开始她很认真地听，末尾她嘲笑我说，故事倒是个故事，不过安排在午睡前讲比较好。她咯咯大笑拨拉我脑袋说，下礼拜再重编一个吧。现在咱们煮荸荠吃。

下礼拜，下下礼拜，我不断受到鼓动又不断遭到打击，其实我很乐意受到鼓动和打击，终于有一天她对我说，其实你很有天分，你应该读书，读很多很多的书，书对你总是有用的，明白吗？她的严肃吓了我一跳。我明白她是在批评我。那时我很不喜欢语文课，加之困难时期还没有过去，很多同学退学对我也有影响。于是我接受了这个提议，她的话我总是爱听的。记得：她推荐的第一本书是《安徒生童话》。以后她又推荐了一些。从她那儿我知道了普希金和屠格涅夫，知道了伏尼契和塞万提斯。只可惜我真正读懂这些人并被他们搅得死去活来已是后来的事了。

她是我上初三那年走的，一开学她就没回来。她调到外地去了。后来又听说她调到爱人那里去了，她要结婚了。同学们神秘传递这些消息的时候，我又独自坐在了江边，我盯着被浊浪一次次冲刷又一次次推上堤岸的濡沫和草屑，很想干些什么。我很认真地思考了这件事，认为天上地下最最丑恶的事情便是结婚。

直到文化大革命开始的时候，才弄清促使她急于离开的原因是一位教外语的老师总写情书纠缠她，这件事在教师间的大字报中披露出来，很快又在同学中产生反响。以至于后来战斗队司令部如雨后春笋时，那个外语老师成为好几个组织的共管对象。把他监管起来那天我连夜给富老师写了封信，那是几年来我给她写的第一封信，愤激令我彻夜难眠，通体横贯着畅酣淋漓的快感。

她很快便回了信，是写给我们那个战斗队的，她致以文化大革命的敬礼之后就建议我们掌握斗争大方向（文革时期的官方语言）。谈到她个人，她的看法是：每个人都有爱他人的权力，这算不算腐化堕落和反革命修正主义一定要慎重，等等。这信让大家沉思了许久，尴尬了许久。

又过了些日子她给我来了封很长的信，说她一直在关注着我，说我真是个不懂事的小弟弟，说一个自尊的人首先应当懂得尊重别人，说随意践踏别人的情感无异于降低自己，说要使自己像条好汉就应该学会高尚,说她盼着我给她写信让我不要辜负了她的希望……

我觉着她就在跟前,就坐在我对面,她伸手拨拉我的脑袋,扬起眉梢说"是吗?"然后嘲弄我傻乎乎的倔犟,然后支着胳膊咯咯大笑,然后她煮荸荠或者煮面条给我吃……我的眼模糊了,飞舞着无数个金色的点。点连成了线。线组成了面。面又合成了人生多棱多质的立体。

我始终没勇气给她写信,没勇气。后来也再没听到她的消息。我不知道她得知我真的干起写作这一行是副什么样的表情,所以我宁愿保存一个永远的画面,让心底流淌着一曲永远的童话般的旋律。这样也许更好。她能看见我今天的作品吗?不知道。

原载于《教育时报》1987年9月3日

机巧人生乐几许

刚来深圳的时候，一位老朋友再三嘱我照看他的儿子，他说这孩子刚毕业不懂事，你千万千万替我照看着点儿。孩子的妈妈还特意为我炒了几个菜，开了一瓶好酒，人生自古难别离，父母之心拳拳之意，都在这里头了。尽管我自己还前途未卜，但受人之托自然要忠人之事的，并不敢怠慢。可是打从见第一面起我就发现，这孩子完全不需要我，他完全有资格当我的老师——

叔叔你这身行头该换换了，这个样子在深圳是办不成事的。叔叔你点完烟一定不要把烟盒放进口袋，那样人家会觉得你孤寒。叔叔干吗不戴个戒指？叔叔你要笑口常开，对任何人都要保持距离和礼貌，对任何事都要说好好好没问题。人家不在乎你做不做，人家在乎你给不给面子。叔叔你要注意谈话技巧，千万别说你没经验不懂公关，在深圳不懂公关就等于承认自己没有生存能力，你自己都没信心谁还来跟你合作？叔叔你要抓住一切机会炫耀你的过去，千万别玩谦虚，这是个讲实力讲现实讲技巧的时代。你要不听我的，肯定栽！

这孩子我看着他长大，绝顶聪明，对我他是不玩技巧说实话的。何况他比我来得早，这些经验也不能说没有道理。我去过他的宿舍和写字楼，眼见他如法炮制并表演着这套哲学，果然哄得上司和那帮小姐们团团转。于是我也不好再说什么，只是总觉得不是个滋味，说不清是因为他那堆洗漱化妆用品还是他言谈举止中的女性化倾向。我甚至暗暗揣度他在公司吃工作餐时是不是翘着兰花指？与上司相处是不是扭着腰肢？

　　我的后来正如他所料，果然一事无成，索性安心教起书来。偶尔悲观的时候，也会想一想真诚，想一想善良和谦逊这些概念的时代含义，想不清楚也就罢了。当我们心中的理想和诗意愈行愈远的时候，个人的抗争是无效的。不管是时代的悲哀还是个人的悲哀，我们必须面对。

　　有趣的是两年后的一个晚上，小伙子突然跑来讨酒喝，微醺，便泪流不止。原来他被公司炒了，女朋友也告拜拜。说起来又是个司空见惯的螳螂捕蝉黄雀在后的故事新编。

　　是夜，睡不着，随手翻庄子，看到《天地》篇。夫子对当时中国出现的第一个汲水工具"桔槔"（水车）很有意见，对这个可以发财致富的现代化武器没有欢欣鼓舞，反倒破口大骂道："有机械必有机事，有机事必有机心，有机心存乎胸中则皂白不辨神生不定，道之所不载也！"

　　看来庄子的推断在当时也相当不合潮流，大约也被边缘化了，毕竟生产力的提高大众福祉的进步是好事不是坏事，犯不着这样生气。然而仔细一想，老人家担心的并非机械本身，而是由此出现的"机事"和"机心"，用今天的话来说就是文明的负面效应。而这一点，的确被他不幸言中了。社会生活的礼仪化，个人行为的面具化，道德准则的工具化，人类情感的实用化，使人远离了自然，远离了真实，远离了尊严。人，成为自己创造物的奴隶；生命，随着年龄增长一点一点被亲手肢解；感情，被当作利益的充填物去营造时尚和文明，有一天情人的接吻也会发出钞票的摩擦声的。此种机巧的快乐何在？人生还有什么幸福可言？

　　那时我住的宿舍叫读月楼，忽然想到自己也有很久没去读月亮了，惭愧！

原载于《安徽文学》2011年第5期

入党

我入党那年正是林彪事件发生的1971年,如果从支部大会通过的日子算应该是"七一"的前几天,如果从批准的日子算则正好是9月。我的入党志愿书上除了写着"无限忠于伟大领袖毛主席",还写着"无限忠于林副主席"一类的话,说起来跟假的似的。可凭良心,今年我50岁了,回想起来我这一生中最富有激情的日子竟是那一段时间。那年我22,正在当兵。

说有激情,并不夸大。因为入党不仅令我解除了三年来来自各方面的压力,使自己的刻苦努力收获了成果,更有着在精神上攀高的意味。我真的认为自己从此就是一个共产主义战士了。

和我同时入党的是老乡叶汝坤(此公现任某钢铁公司焦化厂厂长)。部队里称老乡是指从同一个地方来当兵的,并不是指的籍贯,事实上他家在农村却从城市入伍,而我生长在城市却是由农村来的插队知青。但他确实与我有着共同之处:他是中师毕业不久的小学老师,我是高中毕业不久的知识青年,平时说话也比较合拍。也就是说,在我们那个连队里,我们俩是最显眼的"小资产阶级知识分子"了。在当时连队的环境里,对资产阶级的改造任务应该是挨不上的,怎么说我们的家庭出身、个人历史也是清白的。偏偏我们摊上一位极认真的指导员,他几乎是从接到花名册的那时起,就把我们俩列入改造对象了。经过两年多的改造,我们俩无论是军事技能还是"政治思想"都不比别人差（我还多次为连队赢来荣誉），入党问题就是解决不了。若我说有点"小资产阶级"还有点像，因为我干农活确实不如人，可人家叶汝坤在家时就是挣十个工分的"整劳力"了，也不行。而那时，入党、提干差不多就是所有当兵的人最高人生目标了，总不能当几年兵混个"白丁"回家，起码混个党员日后说起来也好听一点。

　　第三年，我们连调到农场，听到这消息我差不多是绝望了。我的腰因施工受过伤，若是插秧割稻，我就是两头勾到一头去累成死虾米也是赶不上别人的。叶汝坤对我说，你每插一行都要想着，插完这一行，党票就到手了，这样你才有劲头。我说，还是你上吧，我没指望了。有一天夜里他突然找我谈话，说你这样就是干死，也是白死，就算追认你了，还有鸟用？那年头说这种话就够上反动了，他见我不吭声，又说，我知道你不会去告状。他说，我们得想个法子，我们这是在竞争啊。我们自以为挺有表现，可人家也为难啊。

　　竞争这个词，就是在那样的情况下第一次和自己的人生实际联系起来的。我们俩突然意识到，党的大门尽管是敞开的，可两个人同时往里挤也不可能，人家怎么知道谁改造得更好？我们得为人家创造一个比较鉴别的机会。他是从农村出来的，家境也不好，所以要比我成熟得多。我们后来的办法是：我退出竞争，让他先上，在农场让他样样得第一；等部队撤出农场了大家都穿上干净衣服了，我再打报告要求去喂猪，能喂猪就能写讲用稿，身上脏了思想红了，脚上臭了灵魂香了，臭了我一个香了全人类……

　　这些在今天看来颇不真实的言辞在当时也很难说不是一种真实的思想存在，因为在支部大会上我确实心潮澎湃热泪盈眶。甚至感到像我这样的"知识分子"，搞脏了自己就是洗刷自己，丑化了自己其实才真正是证明了自己。至于我们俩为什么还是同时挤了进来就不得而知了，也许思想上入党有先后吧。

没想到的是，那天晚上我们抒发了很多激情以后，他突然哭了，他说他对不起党，他对党隐瞒了真情！原来他父亲不是病死的，而是饿死的——那时对入党对象有几条内部掌握的界限，其中一条就是直系亲属中不得有在"三年自然灾害"中非正常死亡的——他大哥是部队的营级干部，早就教给他了一套说辞。

我出自本能的反应就是，他如果去坦白，我们俩都完了。人家会再一次想起知识分子的复杂性，他有问题，我也难保没有问题。而我母亲的一段历史正在被审查着。可我又能劝他什么呢，劝他去坦白？劝他继续隐瞒？刚才还壮怀激烈着，转眼就原形毕露了？我不知道。

他哭着说，我父亲真是好人，骗你我都是这个！他伸出小指头。

他父亲真是一个好人，而且是个非常优秀的共产党的基层干部。身为大队支部书记，大队的种粮仓库离他家只有十几步路，而他却饿死在自家的门槛上，这在今天恐怕是很难想象的。他父亲可以说就是一个非常了不起的英雄，可他确实是非正常死亡！他有这样一个了不起的父亲，却让我们心上压上了一块巨石。在以后的日子里我们很少说话，也很少碰头，只有拼命干活。好在那时我们连队又奉命转入皖南山区的战备施工，劳累可以遮盖一切。

更想不到的是，9月的一天传达了中央文件，林彪"自我爆炸"了。来传达文件的是上级派来的干部。念完文件，整个冷场了。按那时的惯例，有重要文件传达以后，一般都是指导员领着大家呼口号。然而这一次指导员脸色惨白，站起来把自己的领章撕了，然后就自己噼噼啪啪抽嘴巴。我们那个指导员，其实自己也是个高中毕业生，而且是非常紧跟的那种"小资产阶级"，他的拿手好戏就是讲用，因为宣讲林立果的"第四个里程碑"（林立果的一个报告）

还得过大军区的活学活用积极分子。眼看就要提拔了,他也没想到会栽在这上头。

以后的日子,又有各种文件的学习,很多年过去了,有一句毛主席的话印象特别深刻:成千上万的善良的人们是不清楚的。

很多年过去了,对叶汝坤的一句话同样印象深刻:妈的,老子比他们干净得多。

原载于《作家通讯》1999年5月8日

关于身份的困惑

我可以算得上是最标准的共和国同龄人，因为我的旧身份证上写着1949年9月31日。9月没有31号，这在我很小的时候就知道。所以每次转户口时我都希望大人们能改正这个错误，而且义正词严，指出9月没有31，可是没用，谁也不理我，他们告诉我出生日期是不可以改的，只能照章办事。以后在各类表格中，我还得填9月31，是在9月30到10月1日之间，一个不存在的日子里我出生了。这一幽默足够黑，一直黑到60岁。

前年去北京开作品研讨会，我说了这个笑话，以此证明我是个身份不明的人。我调到深圳以后，换身份证时我又提出了这个要求，还是改不过来，也许我遇见的都是秉公执法的人。在没有互联网的时代，这个身份证还可以用，去银行、电话公司、自来水公司、航空公司等等都还管用。可是后来电脑联网了，麻烦可就大了，办存折买机票领稿费，为这个身份证号码不知碰到过多少次麻烦。那些业务员个个一脸无辜，告诉我电脑打不出来这个日期，手不能伸进电脑里啊。然后我又要求有关部门去改这个31号，他们说你过去登记的31号，就是31号，谁也不敢改。怎么办呢？他们说可以给我开一个证明，证明这个身份证是有效的。次数多了有时竟会产生卡夫卡笔下的那个K的疑惑，身份的疑惑。我这么个活生生的人，因为这个身份证号码的不正确，究竟还存在不存在？是身份证

14

错了还是我错了?

　　契机出现在换第二代身份证。有一天,公安局的一位处长亲自给我打电话,说深圳换身份证工作已经进入扫尾阶段,你是个遗留的老大难。我说我不换了,以前多次让你们改你们都不改,现在你们就把电脑系统改了吧,让9月增加一天。他说你要不改你就成黑户啦,你全家都换不了新证。我说我在深圳工作生活都快20年了,我是个大活人你看不见吗?你说我黑我就黑了吗?

　　直到前年,这个身份证号码才给我正式改过来,改成了9月30号。因为10月1号是个好日子,我不该沾这个光似的。

　　这个倒霉的9月31陪伴了我一辈子,退休了才给我正了名。可是在半个世纪的岁月里,竟然说不清楚。有时我想,说不清楚也许是我的一个宿命?注定我从出生的那一刻起,就要经历我们共和国全部的说不清楚的曲折与磨难?

　　我的父母亲尽管早年投身革命,却在新中国成立以后当过各种"分子",我也跟着经历了种种人生凄凉。我自己尽管还算得上努力,却从中学时代就开始被批判,而且至今仍在别人的质疑批判声中写作。我插过队,当过兵,做过工人和干部,后来虽然在大学里做教授,学历却只有大专,这些都说不太清楚。

　　也是在那次作品研讨会上,有批评家说这是个不确定的时代,我自己也承认对很多事情看不清楚。我发言说,刚才突然想到庄子,庄子的确了不起。他说天帝之子叫混沌,混沌没有七窍,就让倏和忽两个跑去凿七窍,但他们把七窍凿出来以后,混沌就死了。倏忽是形容时间的,混沌是形容空间的。庄子发现了,在2000多年前就发现了这个道理:时间可以凿通空间。而一旦凿通,万事万物也就失去了生命,所以我们对真理的认识是无止境的。这个道理我们到今天还没想明白,所以我很惭愧啊。

　　我唯一能说清楚的事情是,我确实是10月1号那天出生的。母亲告诉我，我出生的时候天快亮了，外面在敲锣打鼓，大家都准备出去游行，去迎接一个新中国的诞生。那是在上海的一家医院。母亲还告诉我，尽管她这一辈子经历了种种磨难，走过很多弯路，但对早年的选择从来没有后悔。

　　由此我也就坦然了，我猜当时迎接我到来的那位护士，是不是因为太着急太兴奋了才写错了出生证？如果这样，岂不是我的福分？真是这样，我还有什么可抱怨的？千年修得同船渡啊，能和共和国同时诞生是我的幸运；新中国必须经历的曲折磨难，我没有理由不去承受。

原载于《光明日报》2013年1月4日

不该忘却的纪念

有个学期,我的一个学生,在八层楼上纵身一跃,两小时以后死在了医院。得到消息是在深夜,本来我已经睡着了,结果眼睛一直睁到天亮。

在两个月前,这孩子就把人吓一跳:她把自己反锁在洗手间里,任什么人劝都不肯出来,人们立刻联想到不久前她同班的另一个女同学在同样的地方自杀的事实,惊恐万状。后来经过老师同学的反复工作,她表示愿意和曹老师谈一谈。这样我的手机就前所未有地热闹起来。经过交谈,这孩子居然被我说服了,逐渐平静下来,并表示她已经没事了。后来学校仍不放心,考虑她精神异常,建议她休学一年,并派我护送她回了重庆某县的老家。做完这件事我还有点小得意,不说英雄救美,起码挽救了一条生命。另外她指名和我对话,说明我的课大概还可以,使她产生了信任……谁知才两个月她就跑回学校从八楼跳了出去!

这孩子的家乡是贫困的,她的家庭尤其贫苦,父母都是残疾人,母亲身高只有一米二,她能以超出重点分数线的成绩被深圳大学录取恐怕在当地都引起过轰动。她是这么的年轻,这么的优秀,文笔相当不错,长得也很漂亮,可她还没有开始生活,甚至都没有正经谈过恋爱,就舍弃了生命。

因为贫困,使她承受不了巨大的城乡经济反差;因为优秀,她太渴望成功和认同；因为自尊，她拒绝申请奖学金；因为文笔不错，她太沉迷于幻想；总之，极度的自卑与自尊交织在一起，她崩溃了。她出现了幻觉，圣母玛丽亚向她招手，刚刚跳楼的张国荣来跟她道别，而伊拉克战争预示着人类毁灭，她要承担起拯救人类的重任。但这些话全都没有人相信，于是她愤怒了，她亲手编织起一道英雄光环，套在了自己的脖子上，她要像所有的成功人士那样证明自己。她看见，那个光环里的成功人士正召唤着她，于是她毫不迟疑扑了过去。

这是谁的错呢？谁都没有错。生命权是她自己的，老师和同学已竭尽所能帮助了她，她是个有行为能力的人。然而除此外，我们的社会我们的教育就可以推脱得一干二净了吗？我们就不应该有一点反思吗？

我们中国人从一出生就开始接受如何向上爬的教育，我们有一整套的关于成功的教育理论和方法。我们从来都希望自己的孩子能够出人头地，能够代替上一辈实现理想，甚至不惜用虐待的方式达到目的。我们仰视英雄，我们害怕自己的孩子成为普通人，害怕他们"泯然众人矣"。

有个叫沃尔夫的教授认为，教育是一种"相对位置品"（positional good)，也就是说，你能否成功，不取决于你自己的教育水平，而取决于你是否高于别人的水平。这相当于一场赛跑：如果每个人的奔跑速度都提高了，这当然是件好事，但这并不能改变这样的事实：最后，只有一个人能得到冠军，只有三个人能上领奖台。同样，在社会竞争中，参与这场角逐的人的基数扩大了多少，他们的水平提高了多少，最终都不能改变一个事实，CEO、部长、院士仍然只有极少部分人能当。从这个意义上说，其余人改进奔跑技术的努力，其实属于资源浪费。

事实上，对于多数人来说，他们将来就是个普通人。所谓成功

• 18

人士只是生活里的个别。其实即使是成功人士也未必能获得比普通人更多的幸福，这已经被很多研究成果所证明。明白了这个道理，我们就没有什么可焦虑的。

然而那女孩来到了深圳。她是何等激动啊，到处都是帝、皇、王、豪、霸的标志物，到处都是奇迹和第一。什么只有想不到的没有做不成的，什么人人都可以当太阳，还有什么深圳流行买两套房，看谁先买第二辆车……如果这里有十分之一的真实，中国又何必以发展中国家的身份加入WTO？我们是过来人，知道那些消费鼓噪的背后是权力与资本。可她还是个青年啊，她刚从农村出来啊，在这些垃圾文化的泡沫中她很难不迷失啊。

那女孩来到学校，看不到科学家的照片，看不到文学家的照片，看不到优秀同学的照片，只能看到地方领导干部的照片。她还能看到，老师在行政权力面前是怎样的毕恭毕敬唯唯诺诺，哪怕这个干部是刚刚走出校门的学生。她还能看到，凡有上级领导来校视察，他们就被组织到校门口列队欢迎，一个市长来学校作报告，居然全校都要停课。她读的是师范呀，她心里会怎么想？

我送她回家，在深圳机场外，瞧着那些许诺着超级享受的广告牌，她撅起嘴不住地点头自言自语：深圳确实了不起，深圳能领导世界，中国人不愧是龙的传人！我骇然，这一刻她也许又把自己当成传播福音的使者了吧？可她发出的怎么是领导干部的腔调？

我们坐在飞机上，空中小姐要求大家关掉手机，我就问她有没有手机，她一拧脖子说：我现在没，可到家就有了。也许她说的是真话。可是我想，倘若她母亲用一年的生活费来满足这一点虚荣，她又于心何忍？

然而她已经等不及了，她一定要尽快成功，尽快站上时代的潮头。在巨大的鼓噪声浪中，她无法再忍受一分一秒，她只有到虚拟的世界中去求证自己了。

我不反对成功，也不反对追求。适度的生活目标有益于身心健康。然而对于全社会来说，那些夸大成功、崇拜明星、追逐时尚的宣传鼓噪统统都是有害的。而培养普通人的自尊，培育平民意识，对每一个干部群众都进行公民教育，这才是这个社会真正欠缺的。因为往大了说，平民意识的多寡是衡量一个国家现代性的重要参数，是我们实现现代化的前提；往小了说，一个人有了平民意识，才会有正常的心态，才会有健康恒定的快乐。

据说现在又要讨论深圳的城市定位了，是现代化国际城市还是国际性现代城市？但有一条我相信：不论将位置定在哪里，哪怕是定在金库里，倘若没有普通人的尊严，成功人士也就没有尊严；倘若劳动者没有位置，老板和富豪们有位置最终也得不到安宁。这道理太显而易见了。

她走了，来不及听我说这些话了。可即便我说过了，她又能相信吗？我也只有用这样的方法，作一点无用的纪念，算是她没有白来深圳走一回。

原载于《光明日报》2010年7月31日

吃食堂

退休以后,吃饭忽然成了一个问题。

从前忙忙碌碌,总觉着吃饭是一负担,又要买又要洗又要做,忙半天,吃也就几分钟,完了还要洗碗。我们的解决方案是,一周采买一次,然后平均分配到每一天,这样平时就不用那么麻烦。这个工作放在周末做,因为周末儿子要回来,餐桌自然要丰盛一些,做起来也有劲。

然而现在退休了,时间有的是,用不着那么计划那么紧张。儿子说,你们现在应该吃得好一点、精致一点、随意一点、浪漫一点,把身体保养好了比什么都重要。这话听着舒服,实行起来却并不容易。家里就两个人,出门一把锁进门几盏灯,满屋子都是电视机在响,吃又能吃得了多少?做起来没精神头,程序却一样不比从前少。再说,吃得好身体就好吗?很多现代病全是吃出来的。

于是,我开始怀念吃食堂的日子。

食堂多好啊,想吃什么现买现吃,动机和效果完全一致,吃过了碗一推就走,什么都不用管。我们深圳大学有一任校长,到职的第一次报告的第一句话就是:深大食堂好,吃过了碗一推,饭盒都不用带的!博了个满堂彩。那是20世纪90年代初,刚从内地来的人对这种公司化管理还觉着新鲜。我刚来时也有这种感觉,从前那种夹着饭盒咣当咣当进食堂的样子,怎么说都太老土,和西装革履挨不上。现代化首先就是应该从吃开始。

当然吃深大食堂也和吃所有的食堂一样，见面喜，有几十种花样随便挑，时间长了便知道那几十种花样全是一个味道，而且每天都是那个味道。有个女老师对我说，我还没进食堂大门呢，就闻到那股子笼屉味儿！想想那食堂的管理员也犯难，它要不是一个味道，你又该批评它没有标准化，不符合现代企业制度了。

可是我小时候，是多么喜欢那种味道啊。我7岁那年到北京，是在位于和平里的煤炭科研院开始吃食堂的。对我来说，那简直就是天堂。那么个大城市，那么多大干部，那么宽阔的大食堂。父亲把一个月的饭菜票都给了我，规定我每顿可以吃两毛钱的菜、一份蒸米饭或者两个馒头。这其实是很富裕的，两毛钱可以吃一个木樨肉或者西红柿炒鸡蛋，可我竟然不够吃。特别是北京的食堂星期天只供应两顿饭，令我十分折磨，往往等不到开饭就开始在食堂转悠，记得有好几次被大师傅轰出去。

上二年级的时候，有一度吃饭不要钱，本以为可以放开肚皮吃，实际上反而更糟糕。因为对我们这些上学的孩子不公平，等我们放学到食堂，差不多已经是残羹剩汁了。后来连残羹剩汁也没有了，只剩下大笼屉里的蒸土豆。那些土豆个大皮薄，被翻得体无完肤，这个记忆不太好。还有就是食堂里的蒸汽管被砸扁了，据说这样出来的蒸汽带超声波，符合多快好省，估计那些土豆就是这么蒸出来的。好在这情形很快就过去了，又恢复了饭菜票。

记得有一次排队买饭，有几个大人对我指指点点，好像说这就是×××的儿子。吃饭时，一个老头端着盘子坐到我身边，问我西红柿炒鸡蛋好不好吃。我告诉他好吃，用汤汁拌饭特别好吃。那老头就把他的西红柿炒鸡蛋给了我一半，然后摸摸我的头，走开了。那时我还不清楚反右派是什么意思，只知道办公楼贴满了大字报，上面全是父亲的名字，觉得挺好玩。因为我平时很少见到父亲，父亲不过是每月给我送饭菜票的人。后来同学告诉我，那老头是煤炭部副部长，也在咱们食堂吃饭。

那期间，我母亲也到了定福庄的北京煤炭学院学习，这样星期天就可以去她那儿吃。从和平里到定福庄要倒几次车，有好几次乘车都听见有人表扬我，说这么小的孩子都自己坐车了，并用我的事迹教育其他孩子，这让我很得意。煤炭学院食堂是另一种特色，吃份饭。有一种食品印象最深刻，叫懒龙。很大的个儿，像今天的大面包，包着一肚子咸菜或者干菜，估计有一斤重。一人一份，必须吃完。开饭时食堂里有带红袖章的大师傅在巡视，口中不住吆喝，不能浪费啊，不能带走啊，一礼拜一次不容易，须知盘中餐粒粒皆辛苦！现在回想起来，那一定是大师傅们费尽心机才搞到的美食，否则不会那么重视。

今天我已经明白，那正是全国范围的生活困难时期，大面积的饥馑已经让首都捉襟见肘了。而我，幸运地生活在北京。接下来的食堂记忆就不太美妙了。1960年我随母亲到了安徽的一座煤矿，那里的食堂和北京就没法比了。记得有一次在窗口排队，看见黑板上写着"炒山芋枣子"，兴奋得很，不知是什么好吃的东西。可吃了几口就叫起来，这明明是地瓜藤子，哪儿有枣子啊？这是猪吃的！现在明白了，是管理员把"山芋爪子"写成了"山芋枣子"，才让我觉得受了骗。而当时母亲给我的回答是，劈头一个大嘴巴。母亲是总支书记，怎么能允许我这样胡说八道？

接下来的食堂记忆，是当兵的时候在连队里吃饭，百多号人排着队唱着歌，雄赳赳气昂昂跨进大食堂。炊事班是按人头把菜分到各个班的，然后每个班都派出值日生，提前把菜分到每个人的碟子里，干部也在班里吃。米饭和汤是随便吃的，所以吃饱不成问题。那时每个连队都有自己的小生产，养猪种菜补贴伙食，逢年过节一般要杀口猪。但部队的汤在记忆中特别搞笑，百十口人用两三个鸡蛋做的青菜汤怎么吃？汤装在一个大桶里，内容全沉在底下。炊事员为了公正，事先将鸡蛋里兑了水，这样鸡蛋花在汤里就比泥鳅还滑溜。有老兵总结出长勺子舀汤的诀窍：轻轻沉到底，慢慢往上提，心里不要慌，一慌尽是汤！

食堂的气味确实有点像笼屉，人多，热气高，热热闹闹热气腾腾。今天回想起来，我曾经吃过那么多有意思的食堂，我已经模糊的记忆竟还是那样地温暖、有趣！一点不觉得那是一种千篇一律的重复，曾经发过的牢骚一点都不可笑。

我教过的学生大都成了教师，也有做公务员的。有一次在他们的聚会上我说到了关于食堂的感想，他们就建议我把全深圳各行业的食堂考察一下，体验一下他们的生活。不要脱离时代嘛，他们批评说。这样就有了一次深圳机关食堂的经历。

这是个"街道办"的机关食堂。深圳的街道可不比北京的街道，这是一级政府权力机构，正了巴经的处级单位。本来约好了去吃中午饭的，可临时来电话说抱歉，正在处理来访事件。我问是什么重要来访，还事件？连饭都不吃了？他吞吞吐吐说，昨天晚上有个小偷正在行窃时被人发现，从六楼摔下来摔死了。现在小偷的家属来了一大批，要安排在食堂吃饭。我一听就乐了，这叫什么事儿啊？难道还要按工伤处理？他说你不知道，我们老板怕的就是这个，维稳嘛，这你还能不懂？

又过了几天，这个学生亲自开车来接我去吃饭。先是领我参观了豪华的餐厅，这是大餐厅，这是科级干部餐厅，这是处级干部餐厅，楼上还有包房和卡拉OK。我问，难道领导吃食堂都不和你们一块儿？他说是啊，这有什么奇怪的？见我一脸诧异，他解释说，其实这样挺好的，其实领导们也不大来，其实他们的菜都被我们吃了……有等级差别才有奋斗努力方向嘛。我问，那天小偷家属就在这儿吃的？最后怎么解决的？他说，嗨，人民内部矛盾人民币解决呗，还能有什么办法？

　　老实说，这顿食堂吃得不舒服，尽管也喝了专为领导们炖的老火汤。晚上回来到处翻《秦基伟回忆录》，记得里面有一个细节挺有意思，可惜没找着。秦在朝鲜战场上是个军长，有回在战利品中发现一件美军的皮夹克挺好，就穿在身上了。秦说，可军部开党员民主生活会时就惹麻烦了，也是边吃饭边开会，有个女文工团员提了意见。说秦军长不像话，一切缴获要归公难道你忘记了？这件皮夹克应该给我们文工团，我们演美军军官缺这个道具。这位后来当过国防部长的将军写道：没办法，我只好把皮夹克脱下来，让人给文工团送去。

　　我想，一支军队能打胜仗的原因有很多，能不能胜，从一件日常小事中就能看出来。这也是人民内部矛盾，可这样的矛盾越多越好。

　　可是我找这本书有什么用？想这些大道理有什么用？难不成让这个学生给领导送去？可坐在小餐厅里吃饭，不正是他们奋斗努力的方向吗？

　　自此，我再也不想去外边吃食堂了。

原载于《光明日报》2013年1月4日

对话南国爱情

　　课余，我喜欢和学生神聊海吹。一大帮子同学前呼后拥咋咋呼呼，帮你拎着包捧着杯，从教学楼里喷涌而出，直奔湖边草坪或者球场林荫，那感觉，够威。年轻人想法多多，奇特且极端，经常搞得你一愣一愣，让你心跳加速血脉贲张。有时忘乎所以，整个儿能减去一多半年龄，那滋味，够劲。特别是能让你放声畅笑，狗窦大开，手舞足蹈，比什么运动都健身，那劲头，够爽。有时忘记时间，吹牛吹到暮色朦胧，月上柳梢，方道拜拜。

　　话题是不拘的，从书本到生活，从街谈巷议到明星绯闻，从社会热点到校内私密，你能想到的他都敢谈。谈疯了就没大没小，不但敢抬杠而且敢报复。我曾在课堂上发过议论，我说青春美是最健康的美，女孩子把一头乌发染得焦黄枯瘦，个个都跟营养不良似的，一点都不好看。结果就有同学拨拉我的脑袋说，老曹啊老曹，你要把头发染一染，能比现在酷十倍！我也会学着他们的腔调说，老曹的头发就是染的，这还看不出来？傻蛋啊傻蛋！什么牌子的？岁月牌的！然而说到岁月，立马很受打击，老来花作雾中看啊，顿时矮了他们一截。这时便会有女同学出来安慰：曹老师挺酷的，还不算顶次的那种！

　　我们也讨论爱情。其实年轻人最多的困惑，也就是关于爱情。我们学校有很多爱情树，春天的木棉华丽端庄；夏日的黄槐清纯娇媚；其间还夹杂着荔枝龙眼的小白花，羞涩密集暗香浮动；所有关于爱情隐秘微妙的感觉都能在花里找到，连撒娇斗气都能以花作注。而整个秋冬则是簕杜鹃的天下，以整面墙壁热烈蓬勃喷薄欲射的艳红奔来眼底，像是校园里竖起一面面爱情的大旗，想想都会心动的。当然，在山脚树丛碰巧了还能捡到红豆，那浑圆那透亮那坚定的红，作南国故人的千年咏叹状，最在此时了。

那是几个请我指导毕业论文的同学。针对他们的问题我问，你们平常究竟是怎么理解爱情的？他们互相看看，指着一个女孩说，你问她，她最清楚。原来，她很快就要去香港做新娘了。那女孩憋了半天，才吭吭哧哧抬起脑袋说，房啰，车啰。

晕了，怎么会这样？

沉默了很长时间。

我们都知道她说的是实情，是真话。大家也都意会到那语词音调里的自嘲与漠然。然而毕竟是人家自己的选择，失望也好冷静也好，不议论最好。

我明白我们已经进入了21世纪，我也清楚在深圳这样的地方，谈什么都不如谈钱。一座城市仰慕追逐的东西正是它的文化，老鼠爱大米，很正常。可是……可是，可是作为一个讲授现当代文学的老师，一个自以为影响了很多学生的人文主义者，听到这样的真话还是悲哀。个人真的是很渺小啊，我听见了胸腔里的回响，有如大锤在敲打水缸：该退休了，你。

那些同学说，老师，这是在广东啊，广东人都是很实际的，不像你们北方人。

我辩解道，不是吧？你们以为北方人都好高骛远吗？广东人就不浪漫吗？别的不说，就是现代文学史上，你们广东就出了好几个浪漫作家，创造社的张资平就是专写三角恋多角恋的，不浪漫吗？还有象征派诗人李金发，不感伤不浪漫吗？他们不都是梅县人吗？

还有饶平人张竟生，干脆自认了性博士，要用性幸福拯救国民呢，不先锋不浪漫吗？

他们尖叫起来，不对不对！那是什么年代？太老土了。您承认不承认，爱情的本质是激情，如果没有激情，那么跟谁结婚都是一样的！他们说，有个美国人写过一本书，叫《爱你三百天》，她从医学和统计学的角度论证过，那种有激情的爱，最多能维持三百天，超过三百天就不正常了。既然如此，人一辈子有好几十个三百天，为了一个三百天要牺牲好几十个，太不合算了，还不如选择物质更实在。怎么说这也是个物质的时代，房啊车啊，生活的起点高了，幸福感就可以一点一点慢慢经营！

我吵不过他们，他们的尖叫，让人头昏。总觉得这里面有个逻辑错误，但究竟是什么，一时还真说不太清。我说，我再给你们举个广东人的例子——

台山人陈铁军，也有说是开平人和佛山人的，真正的美女，大家都要抢。她出身华侨富商，家里给她许配的对象也是当地的首富，房啊车啊的根本不是问题。可是她却爱上了穷学生周文雍，两个人假扮夫妻多日却一直同志相处，谁也没有说破这个爱，直到当局决定枪毙他们了，他们才提出唯一的要求：合拍一张照片，公开了他们的爱情。让反动派的枪声作为我们婚礼的礼炮吧——也许这里面有点文学修辞——但刑场上的婚礼却是实实在在的。你能说这仅仅是激情吗？不，激情的背后是理想，是信念，是共同的事业。当革命的浪潮退去，历史的硝烟散尽，是什么东西留了下来？是爱情的价值。这种爱情是何等圣洁高贵，这种形式是何等浪漫美丽！这才叫有意味的形式啊，这种形式是自然而然的，有充分的内容作支撑的，任何一个创意大师都想象不出来，所以才有那么多的城市都要来争抢这个女儿。

又沉默了很长时间。有同学叹息，那是个激情燃烧的岁月啊，那是个众神狂欢的时代啊，我们没赶上趟啊，我们只有做小人物啰。再说，那种神性我们怎么可能有？我们只有最普通最渺小的人性，做个爱大米的老鼠，只能这样。

难道最普通最渺小才叫人性吗？难道舍生取义、威武不屈、慷慨悲歌反而不人性了？难道陈铁军不是以血肉之躯在测量人性深度吗？她不是把人性之美张扬到了极致吗？我忽然明白，问题的症结不是时代差异，不是地域差异，而是观念差异。这些年来，躲避崇高告别革命，食色，性也，还真洗白了一代人的脑子。

问，刑场上的婚礼不美吗？美。不真实吗？真实。在她身上是不是体现出了高度的人类性？是，可是……也许是。

又问，法国大革命时有个女孩参加了攻打巴士底狱的战斗，后来法国画家德拉克洛瓦就把这个女孩画出来了，他的《自由引导人民》成为中外艺术史上的经典，那个一手持枪一手高举红旗的半裸女孩美不美？美。她身上是不是体现了人类性？是。为什么她有人类性，我们的陈铁军却只有神性？因为，因为……不知道……我们干吗要知道？

然后我们都笑了，在这个温暖的冬天的下午，在这面灿烂妩媚的爱情大旗之下，我们争论如此沉重的话题，确实有点那个。其实答案并不重要，重要的是我们追问了，关于人生，关于人性，关于南国爱情……

有趣的是，一年后的一个寒假，我接到了那位新娘的电话。她说，老师，我在齐齐哈尔，我是来看丹顶鹤的，下雪了，雪真大啊，真白啊，真迷人啊。她是什么意思？想传递什么信息？我没敢问。我已经决定退休了，也没告诉她。可内心还是涌起某种东西，那个东西叫温暖。

也许我们并不需要一个固定的答案，我们还在成长。我们民族浴血的历史还在延续，经过正、反、合，经过否定之否定，终将会找到答案。

原载于《光明日报》2009年11月21日

给儿子

儿子！当你招呼也不打就一头扑进排浪,当你一次次跌入谷底又一次次向峰顶冲击的时候,我突然停了下来,放弃了追赶。海水,不,是热泪辣辣地流过面颊。你知道我是一个当过兵的人,我平时并不脆弱,但那一刻的心情你怎么也想不出,那一刻竟是我来深圳后的第一次人生满足。

儿子,你果然长大了。

刚才,就是半小时前,一起来南澳度假的同事们得知你刚满十七岁时,都说你比实际年龄看上去成熟。我还不以为然地说,现在的孩子营养好,生理上长得快,心理却成长得太慢。当时我看见,你嘴角抽动了一下。我知道你是不服气的。而现在我陡然有了另外一种感觉,我再也不能把你当成小孩子了。

儿子,或许你已不记得:你曾是那样胆小怯懦,比你小的孩子可以轻易把你打哭。有一次我看见你和小朋友玩跳高,你几次冲到竹竿前都不敢起跳,而那个高度,比你矮半头的孩子都可以轻易越过。还记得第一次进游泳池吗?当时你是那样抱着我的腿又哭又叫,气得我只能把你狠狠扔进水里。半年前,你刚来深圳的时候,我建议你在开学前这一段时间去打一份工,当时你答应得挺爽快。可是真让你去一间工厂当搬运工时,你却流着泪说,我还小,还不到挣钱的时候。我知道你想象的打工是什么,是写字楼,是潇洒的白领生活，是酒吧和音乐。儿子，你知道我当时怎么想？我真怀疑你在这个充满竞争的世界里能不能生存？我不止一次暗暗思忖，是否该把你送回内地？也不止一次地向朋友抱怨，深圳只能让孩子学会消费与享乐。你太弱，太懒，太贪电视和游戏机，对将来太缺乏责任感……而这一瞬间，我发现一个月的搬运工生涯已经悄悄注入了你的胸大肌；半年多的南国烈日使你变得已不再是那棵令人担忧的豆芽菜了。有一次，我看见你一只手把50公斤的煤气罐拎上了六楼，你知道我有多开心吗？因为在我看来，所谓成长，绝不仅仅是知识和文凭，绝不仅仅是所谓的"关系"，人生有太多比这些更重要的东西。如果我有一天突然死去，你靠什么生活下去？是劳动，是尊严，是正直而健康的人格，是向困难不断挑战的意志和品质，是向善向美的灵魂！

儿子，我又看见你了，你骑上了海浪的脊背，得意地向我画了一个圆弧。是唤我跟上去？还是宣告你已经成为男子汉？哦，今天你应该骄傲。

我知道，总有一天你会突然离我而去，你会潇洒地道声再见，像刚才那样挥一挥手。那时我会说些什么呢？唠唠叨叨叮嘱几句？写上几条注意事项？或者洒几滴老泪？不，我绝不做这些没用的事！我会找个碴儿，狠狠地给你一巴掌，让你带上点怨恨，义无反顾地走出家门，独自去面对人生的浮浮沉沉，永远不要回头，永远不要！

儿子啊，在这个时代，你不仅要做一个好人，更要做一条好汉！

到那时，我这个靠写字谋生的人也许会觉得这辈子不过是把白纸写成了废纸，可是有了你，儿子，我这一生就没有虚度。因为你才是我真正得以传世的作品。因为在塑造你的同时，也塑造了我自己。

哦，儿子。

原载于《安徽文学》2010年第7期

被制造，被加班，被自杀，被工会

2010年5月27日，早晨再次看到了关于富士康公司的新闻。又一个年轻的生命选择了轻生，从这家号称世界500强的公司楼上跳了下来。这已经是半年时间里的第十二跳，我不知道这是怎样一个高度，我只是觉得脚下有点飘，和胸口的一阵阵刺痛。

痛楚，而且无奈。作为一个长期关注劳资关系及其历史变迁的中国作家，生活在深圳，而且多次走访调查过台资企业，我无言以对。我鄙视自己的无力，鄙视文学的堕落。

就在昨天，在电视里还看到富士康的老板郭台铭对媒体鞠躬道歉，无关痛痒的解释，推脱责任的辩解，最后用一句"没有办法"把自己摘得干干净净。尽管如此，我还天真地以为，经过这样的举国震动，惨剧也该收场了，到此为止了，悲剧不能总是在同一个地方上演，无论对谁这都太过残酷了。谁知夜里就发生了第十二跳。就在写这篇短文时，又传说在昨天同一地点再次发生了第十三跳！

鲜血还在继续飞溅，似是而非不负责任的背景分析仍在到处流传，我想我总该做点什么。我无意指责各类媒体和各级官员，他们或许已经做了或许只能这样做。简单地把事件说成个人原因，说成农二代的心理素质，说成福利待遇问题，而不愿意从生产方式和生产关系方面探究事物本质，恐怕是很难服众的。事情到了这一步，十几跳或许还有N跳之后，它已经变成了一个需要全社会理性客观面对，并且需要高度警觉的危险征兆。

被制造

　　当学界精英欢呼全球化到来的时候，当很多官员津津乐道"中国制造"的时候，当美国时代周刊封面刊登"中国工人"的时候，天真的人们还在引为自豪，殊不知欧美上流社会正捂着嘴巴偷偷发笑。一句"人傻钱多速来"，并非仅仅是乡村女孩对深圳的看法，实在也是国际资本对中国的现实安排。如果说改革开放是我们的主动选择，"中国制造"却并非这么简单。我们消耗着自己的资源，污染着自己的环境，透支子孙后代的未来，却一直在扮演国际打工仔角色。我们得到了统计数字，他们得到了物质财富和大部分利润，此时中国已经成为巨大的代工厂，经济的对外依存度已经达到了65%以上。富士康就是这个全球化资本链条中最生动的一环。

　　郭台铭1974年开办鸿海塑料企业有限公司时，启动资金只有7500美元（其中还有一部分是向其母亲借的），生产黑白电视机的塑料调频旋钮。到1988年在深圳开办工厂时，只有百十来人。短短十年，到1999年，已下设13家公司，总投资2.36亿美元。到2002年，在大陆的年产值约670亿元人民币，其中出口总额56.7亿美元，创汇30亿美元，全球500强排名100左右。有人甚至称其为"中国代加工的航空母舰"。据一位曾经在富士康从事高层管理工作的人透露，"富士康对外只是一个叫法，并未进行工商登记(至少我在这个台企时没进行登记)，在其内部有数不清的法人，隔三五年就会注册一批新的，为的就是享受税收的优惠。很多在这个台企工作的人都会对其各种各样的公司名称感到混乱，摸不着头脑。"

　　客观地说，富士康只是个二老板，而且不是台商中最恶的。在这个资本链条中大名鼎鼎的苹果公司2009年的利润是90亿美元,员工只有1.8万人。而富士康2009年利润为3900万美元,员工数是11万。这是在代加工合同里就设计好利润的分配比例,按国际资本游戏规则,珠三角地区的代工企业都只能得到一点残羹剩汁。

美国哈佛大学教授尼尔·弗格森创造了一个新概念Chimerica,直译就是"中美国"。他想到一个精彩的比喻,说中美国就是一个家庭,其中"会挣钱的男人"就是中国,"会花钱的女人"就是美国。有人说,你中国没有核心技术又没有管理优势,可不就剩下低成本的劳动力了吗?在国际市场上,中国买什么什么涨价,卖什么什么跌价。中国是最大的铁矿石消费国,对铁矿石价格没有发言权。可中国是最大的稀土矿产出口国,为什么对稀土价格也没有发言权?最近,这位"会花钱的女人"又有了新主意。一些美国大企业又在策动议员游说国会,要求中国政府放弃去年11月出台的鼓励技术自主创新的政策。在他们看来,中国人必须永远定格在世界产业分工的底端,老老实实当一个挣钱给他们花的"男人"。

如此的生产方式是被制造出来的,如此的中国身份是被设计出来的。一切社会目标都被货币化了,找市场变成了找订单,找资源变成了找劳力,物质生产变成了GDP光环。一只电脑鼠标在美国市场卖50美元,代工企业只得9美分。一只芭比娃娃在美国卖10美元,代工企业只得6美分。因为没有定价权,所有的成本压力只能一级一级向下传导,到了工人身上还能剩下什么?

被加班

笔者在走访中曾经不止十次,听到打工者的叹息:好累啊,我要是一只猪就好了!他们来自不同地区,文化程度不一,所在公司多种多样，说着南腔北调，相互也很少交流，但感受却是高度一致。问到对其他工友的印象，他们大多也是模糊的，说不出姓名和性格爱好，只知是哪里人。一批新人来了，一批旧人走了，他们都记得一个共同的表情：麻木和疲惫，如此而已。其实我接触到的这些工人大多有高中或中专学历，都会上网和玩手机。

每天工作12小时，实行"半军事化管理"，这就是富士康和大多数代工企业的成功秘诀。然而毫无疑问，这样的成功是违法的。我国《劳动法》规定，用人单位由于生产经营需要，经与工会和劳动者协商后可以延长工作时间，一般每日不得超过1小时；因特殊原因需要延长工作时间的，在保障劳动者身体健康的条件下延长工作时间每日不得超过3小时，但是每月不得超过36小时。每月超过36小时的劳动，即使工人自愿，也视为违法。

问题的诡谲在于，大部分加班是工人自愿的，他们是自愿违法。在深圳这样的地方，最低工资标准900元只能维持简单生存，这是常识。要想得到1500—2000元的收入，就必须加班100小时以上。而且即使能挣2000元，想在深圳这样的城市里长期生活也绝无可能，这一点劳资双方都心中有数。

从企业的角度说，管理者何尝不清楚睡眠不足精力不集中会影响产品质量企业效率，甚而引发各种心理问题社会问题。然而经过测算，大多数企业还是倾向于延长工时来获取剩余价值。因为质量问题和效率问题可以通过流水线和监工来解决，而增加工位和8小时工作制却直接加重了成本。他们宁愿机器闲着也不愿人闲着，宁愿出了事故后赔偿，也不愿意在制度上作出让步。一位高学历的老板告诉笔者：8小时工作制？我西北风都没得喝！他告诉我，不能让他们有太多时间，必须想办法管起来，否则他们会乱串（闹事）。

从工人的角度说，想多挣钱只有多加班，即使不加班剩下的时间又干能什么呢？确实，他们没什么可干的，业余生活对他们还是奢侈品。有个小伙子说，我明天晚上睡在哪儿都还不知道呢，青春算什么？还不如换几个钱花。他们是青春的富有者，而企业只要其中最精华的一小段。所谓"半军事化管理"，确实有着现实针对性，既听着过瘾又增加利润。这也并非富士康的独创，而是珠三角地区普遍的管理模式。在上世纪90年代，很多企业为了防止员工偷窃，往往把车间放在三层楼以上，工作时间门窗锁死，后来出了重大火灾事故，才被明令禁止。

他们确实是自愿加班的，也确实是没有办法不加班。

被自杀

在手工业时代，一个皮匠可以食不果腹，却对着蜡烛反复欣赏抚摸亲手缝制的皮靴，劳动的美感曾经让很多艺术家激动。泰勒制以后的工业流水线彻底改变了这一切，迄今为止我们还无法知晓流水线对人性的改变到底有多少，我们拿不出确切的数据。但我知道它确实对人的本真自然的天性构成了伤害。

前面提到的想变成一只猪的女工对我有过这样的描绘：一天做下来拿筷子手发抖，夹菜能伸到别人碗里。本来我最爱笑了，可现在一笑嘴角都像一根筋拽住似的。现在生理心理都变了，连上厕所的时间都变了。特别让我害怕的是，我现在对什么都不感兴趣，什么事都不能让我激动，我好像已经七老八十了。我们旁边的一个女工天天嘟嘟囔囔骂人，时间长了我才听懂，她是骂她爸爸！

像富士康那样精确到读秒的流水作业，每天千万次枯燥的重复动作，还有监工主管无时不在的监视与呵斥，会对人的精神究竟产生什么样的影响不得而知。能够想到的事实是，他们永远不清楚他们做的插件有什么用处，他们的劳动有什么意义，他们只知道到了某一天可以领到相应的工资，然后到商店或餐厅里消费一把。这样的人生在遇到突发变故时，在无法排解时选择解脱是可以想象的。他们不光有工位号，还有名有姓，有家庭有爱情，他们不光有手可以创造剩余价值，还有脑子想未来、想改变，有喜怒哀乐。郭台铭说自己"没有办法"，是说他无法掌控别人处置自己生命，因为警方确认是"自杀"。但这些工人在多大程度上是自我处置，多大程度上是"被自杀"，是大可以探讨的。生计问题转变为生命问题其实并不需要跨过多大的鸿沟。

一个用双手养家糊口的人，和一个用钱生钱的人，世界观和价值观是不一样的。用"80后"、"90后"农二代的心理素质脆弱作为搪塞理由显然没有说服力，也不能让社会得到真正的进步。上一代农民工还有土地，还可以回家，而这一代青年已经回不去了，他们在城市里也没有未来。反过来看，倘若没有这些农二代心理相对脆弱而爆发N跳事件，难道社会因为上一代农民工比较能够忍辱负重，我们就可以容忍这些不合理的存在吗？

这样一个组装当今世界最时尚电子产品的"科技"园里，究竟有多少是现代性？有多少是古代性？当这些青年张开双臂，像鸟儿一样扑向蓝天，是在追求自由还是追求了结？

这是悲剧的第一部还是大结局？

被工会

实事求是地说，富士康的问题并不是今天才有，也不是一家独有，只不过富士康被媒体聚焦追逐更多而已。在珠三角地区，和其他一些地区，经久难消的矿难问题，黑砖窑问题，年终讨薪问题，随处可见的劳工权益问题，资本的野蛮社会特征已经到处开花了。

现在媒体呼吁，高官表态，似乎都把劳资矛盾化解的希望寄托给了工会，全国总工会也高调出场介入调查，"各级工会要关心青工心理健康"。理论上说，工会也确实应该起这个作用，然而我们的工会真有这个议价能力吗？工会和谁谈判？它代表谁？

在权力、资本、劳动的三角关系上，资本的力量过于强大，劳动的力量过于弱小，而权力一直是密切联系资本的，劳动者的声音几近为零，恐怕任何一个长眼睛的都看得见。

富士康有工会吗？答案是有。富士康真有工会吗？答案是等于没有。那些论证中国工会如何"转型重建"的媒体人士不知是真傻，还是装样。我们的人民代表中还有打工妹呢，她能起什么作用？去年的金融危机中，有多少人在咒骂《劳动合同法》？广东省政府要求暂停执行该法，广东省最高检察院规定"企业家轻微违法不予追究"，难道都忘了吗？当今世界大多数文明国家都不敢干的事我们都干过了，你还能指望工会扭转乾坤吗？

老实说我最担心的结局是，一场悲剧过后，任何教训都没有记取，任何实质改变都没有发生，只是工会在热热闹闹，让所有的农民工都成为光荣的工会会员。

问题不在于形式，而在于它的实质。当年邓中夏去长辛店搞工运，办的组织不叫工会，叫工人俱乐部。俱乐部照样可以为工人说话，捍卫工人的尊严。今天西方国家的工会也是有的起作用，有的没作用。倒是拉美国家的工会最厉害，秘鲁最大中资企业是我们首钢去办的，叫"首钢秘铁"。它开除了一个罢工工会成员，结果造就了一个秘鲁工人英雄，在工人支持下他先是当选议员，后来又当了秘鲁劳工部长，他的女儿还当选"首钢秘铁"所在市的市长，首钢一下就瘪了，必须遵守当地法规。

总有人担心对资本太严厉，会导致资本撤离，会使我们失去竞争力。其实这也是一个被制造出来的伪命题。道理很简单，世界上今天还没有一个国家像中国这样有这么大量的具有一定文化素养的善良勤劳的劳动人口群体，且国内政治基本稳定，市场基本繁荣。资本的逐利本性决定了它们不会放弃这块大蛋糕，无非虚张声势讨价还价而已。

我们的宪法今天依然写着：工人阶级领导，工农联盟为基础。我们的口号也很好："更有尊严"、"体面劳动"。且不说这是以人为本的起码要求，是时代精神的体现，也是尊重和保障人权的重要内容。难道我们的政府就不应该做得更多吗？难道郭台铭说没办法，我们也就没有办法了吗？

救救孩子！救救中国工人！

2012年11月11日在深圳清湖劳务工图书馆的讲话

保持沉默不是耻辱

《抉择》的作者张平最近说了一段很奇怪的话：知识分子的集体沉默是道德滑坡的很大因素（见2000年12月28日《南方周末》）。他是针对知识分子对腐败现象的态度有感而发的。他认为人们在适应这个社会，民众在适应这种腐败的风气。而知识分子过去是有两种语言的，桌面上说假话，桌底下说真话。现在只剩下桌子底下的话了，桌面上就保持沉默。

他实际上是提出了一个知识分子有没有良知、敢不敢仗义执言慷慨悲歌的问题。我们无法揣度作家张平的现实处境，对他颇感孤独的心态也无从了解，但很愿意就腐败问题和《抉择》说一点桌面上的真话。

《抉择》的获奖以及电影的改编成功，难道真是因为揭露了腐败，讲了真话吗？答案可能不是张平愿意接受的：现实生活暴露出来的腐败远比《抉择》来得惊心动魄、匪夷所思。如果仅仅为了了解真相，看看新闻就可以了。

为什么《抉择》一炮走红呢？是因为张平塑造了一位清官形象。这位清官满足了上上下下的心理需求：他证明了"好的和比较好的是绝大多数"；他使出版商和电影商获得了公款认购的超额利润；他使老百姓得到了一次渴望好皇帝真清官的心理代偿。最近清官戏不断隆重推出，又是于成龙，又是海瑞，说明这确实是一条好创意好路子。但这只能证明张平聪明，而不能证明张平真诚。

治理腐败是需要建设民主法制环境的，任何后发现代化国家都要经过这个过程，它依赖制度的进步而不能指靠清官出世，这已是今天人所共知的道理了。虚幻出来的清官形象不仅不能遏制腐败的漫延升级，相反它还有可能是一副麻醉剂，使民众的改革要求得以化解。张平愤愤不平于集体沉默，认为这很可怕。他希望登高一呼，应者云集。实际上掌声寥寥，说明什么呢？恐怕恰恰说明了知识分子的集体思考和集体呐喊。沉默不是耻辱，恰恰是一种进步，既是社会进步，也是个人自主意识的进步。因为不说话总比说假话好。因为不说话也是一种语言。因为在信任已经产生危机的今天，说了也是白说。

20世纪90年代以后，中国原有知识分子队伍的确有了科层化趋势，有的进入其他领域务实，有的专注于学术，大众传媒的话语权更多地让位给市场操作者。但这并不等于他们没有话说，也不说明他们没有良知。张平说自己的立意在于支持改革，而腐败消磨了民众的改革激情，使一些下岗工人和农民对改革政策都抱着抵触情绪。他担心这种情绪会导致严重后果，把我们拉回极左年代。张平忘了：知识分子和工人农民一样，都是我们这个时代的弱势群体，是腐败的受害者，他们是无力左右国策也无力消除腐败的。而对他们的态度，恰恰能体现出一个知识分子的良知。一切政策设计和制度安排都应当包容他们为价值取向才对。

一个人因为认知能力的局限可能会说出不恰当的话来，只要不失善良别人都能理解。一个作家怎么构思作品，本来是无可无不可的事，希望得到掌声也没什么不好，但因此就故作悲壮就大可不必了。

原载于《新安晚报》2002年12月9日

抬杠

最近北京的阴霾污染，愁云惨雾，卖口罩的企业股票却迭创新高，引起众多议论。这倒让我想起一个朋友来。

这个朋友好抬杠，上大学时就出了名的。你说天他偏说地，你说东他偏说西，非跟你不一样，非把你说到心烦意乱懒得搭理为止。其实抬杠也不为什么大事，当学生的有多少大事？非要争出个子丑寅卯来。争也不是不讲理，他也有被人驳到哑口无言的时候，但事后每每还反复思量，一旦得了理还要找人继续辩论，非把它扳回来不可，弄到人见人怕。此公本来就瘦小，争起来嗓音尖细，面红耳赤，手舞足蹈，那脖子比小脸还粗，不知有多兴奋。那时就有人私下损他，说他小时候肯定被打过鸡血。也有老师认为，像他这种性格适合做学问，将来学有所成亦未可知。后来果然言中了。

在学校最出彩的一次抬杠，是为一毛钱的公共汽车票。不知是他有意为之还是真被误会了，售票员认为他逃了票，总之闹到了汽车总站。于是前前后后一个学期，为这一毛钱花了200多元路费，终于取得胜利，汽车公司为他写了一张证明。证明该同学于某月某日没有逃票事实，退回罚款三毛钱。

这是20世纪80年代初的事，那时候知识分子还要脸面，一般比较爱惜羽毛。该班同学还郑重宣布了此战役，算是为他开了庆功会。

很多年以后，在一次会议上我还听到他的消息。他已经在学界小有影响，唯一的负面传闻就是还没有结婚，大约总是谈不拢吧。后来我想，以他那种较真抬杠的劲头用到谈恋爱上肯定不合适的，同学可以不计较你，恋人也能容忍你吗？该改改啦。

直到去年，我才知道他还没改。一个阴霾秋天的下午，突然接到他的电话，说要来看看我。看就看吧，一看就看出话题来。

原来他到香港出差，因为在酒店里吸烟被罚了500元。我说你在我家尽管抽，我是老烟鬼了，屋里装了排气扇，跑香港去抽不是往枪口上撞吗？他瞧瞧我，不吭声，而脖子却眼见着粗大起来。我心想这有什么可辩的呢？人家有人家的法律，认罚不就算了吗？下回长点记性，到允许吸烟的地方吸不就完了吗？

还好，这次没跟我抬杠。毕竟算是个忘年交，大老远地来看我，他怕我晕过去。不过三天以后就收到邮件，他申明不是要和我抬杠，但必须要把问题搞清楚。他的问题是，究竟大气污染的主要原因在哪里？是汽车尾气危害大还是烟草危害大？为什么大众传媒只宣传吸烟有害不说汽车尾气有害？

一个傻子提出的问题，十个聪明人回答不了。不就是罚了你500块吗？至于这么没完没了吗？我当然不能接招，我要接招就上鬼子当了，他能缠死你。

然而过几天就又来叫阵了：曹先生言行不一啊，你不是主张凡事要多问几个为什么吗？不是教学生透过现象看本质吗？不是很在意事物的内部结构吗？

我回答他：曹某人还没那么好为人师，我还有很多自以为重要的事情要做，我没有义务迎接天底下的问号，那会压死我的。

他的回复转瞬即至，是一大篇关于PM2.5的资料，什么悬浮颗粒，什么重金属，什么有毒有害。有一组数据吸引了我，是说2010年北京、上海两地直接因PM2.5污染致死的人数分别为2349人和2980人，当地当年因交通意外死亡人数分别为974人和1009人，仅三分之一。而PM2.5产生的主要来源，是日常发电、工业生产、汽车尾气排放过程中的石油燃烧残留物。

他说，我不认为自己吸烟是个好习惯，几次戒烟不成说明我不是个意志坚强的人，当然更不会因为被罚了500元去纠缠谁。只是这次罚款触动了我，提醒我想到一个平时习焉不察的问题：为什么人人都知道吸烟有害而不知汽车有害？凭常识我们就可以知道，烟草是有机物，是可降解的；而工业废气是无机物，是不能降解的。我老家农村年年都在地里烧秸秆，用做来年的肥料。那烟气也很呛人，据说有时都影响了机场的正常起飞，但绝少有人因为这个致死。

他说，全世界都在呼吁戒烟，可有哪个国家呼吁戒汽车？夸大一个事实是否为了掩盖另一个事实？这样的夸大和掩盖究竟对谁有利？谁是这种宣传的幕后推手？结论是很容易得出的。

我得承认，这家伙确实抬杠抬出了水平，已经进入化境。随便捡一片树叶就能看到年轮，随便说一件日常小事就能推导出某种制度安排背后的利益。可在这个盛行消费主义的时代，任何严肃的话题都可以娱乐，一切复杂的思想都可以简化为yes、no，大家都变成了单向度的人，你即便会抬杠又跟谁抬去？借用一句网络热词：元芳，你怎么看？元芳该怎么回答？大人，你怎么看我就怎么看！

反过来想，似他这样喜好较真敢于抬杠的人，今天是太多还是太少了？好抬杠的人在北方农村被骂作"犟驴子"、"一根筋"，大都是贬义，几乎和惹是生非胡搅蛮缠差不多地位。然而对于一个健全的社会来说，反向思维恰恰是有益的，一边倒的舆论才真正有害。理想的政治是平衡的政治，各种不同意见都能均衡地摆到桌面上，然后根据多数人的意见作出决策。这才是现代民主的真意，而不是谁有权谁有钱谁就嘴巴大。所谓不争论，短期看效率最高，可从长期看后患无穷。表面和谐今天天气哈哈哈，不过是日后危机的预演。这次几大城市的雾都故事，就是最好的证明。

什么时候才能在同一家报纸电视上看到真正有质量的抬杠？一个歌者无论有怎样的华彩高音，也是需要观众和掌声的，否则他只能孤独。其实抬杠者并不轻松，他是要付出勇气和内心折磨的。苏格拉底怕老婆，被泼了洗脚水只能说好像下雨了。庄子爱老婆，只能在老婆死后箕踞而坐鼓盆骂妻。他们都是有付出的，付出了无法抬杠的悲哀，绝非"博傻"。

你想知道真相吗？那么最好不要问元芳，要问问自己，相信自己的眼睛甚于相信自己的耳朵。因为真相不在于别人告诉了你什么，而且还在于别人故意不告诉你什么。

原载于《光明日报》2013年1月18日

偷湖草

接受再教育的第二课居然是偷。这是始料不及然而又十分来劲的事。队长当然不说偷，他说是"砍"。但从交待的注意事项看，这性质是不会错的。不要吱声，不要聚堆，不要贪多，不要歇肩，要快要听招呼要跟上趟……他没说完，三个女的已喘作一团虾球。

队长下巴上有一处刀疤，微偻着背，一副沧桑模样。后来才知道他那年其实才30多岁。我们落户的这个队还算不错，工分值有四毛多钱。可是我们无法单独开伙，因为没有柴草。老是吃派饭显然也不是个常事，而且我们这些没当过家不知柴米艰难的年轻人还觉得自己吃了亏。要开伙仓就要筹柴草。

队长骂了整整一个下午，骂了张三骂李四，骂得那班妇女们只有把笑僵在脸上，胳肢窝里夹着几把茅草，堆在队屋门口，然后讪讪地走开。家家都艰难着，让你一下就明白贫下中农这光荣称号实在情非所愿。队长蹲在门槛上头搭在裤裆里沉思良久，赴汤蹈火似的宣布：好，今晚就去砍狗日的湖草！

行前他再三告诫我们不要怕，他似乎有着很充足的理由，只是不说罢了。又命女知青扎上裤脚，"要是追急狠了呢，你们甩掉草就跑！"其实我们并不怕，倒是觉得很刺激的样子，巴望着能表现一回。

湖草，就是湖滩上的野生苇草，莽莽苍苍的一望无际，可惜生在别人的地盘上。起初，我们还学他们尽量往深处走，尽量不发出声响，可很快就把这些给忘了。那苇草割起来特别畅快，一刀下去就是一片，转眼就是一堆。那晚月色又特别好，圆圆的一大盘，悬在苇梢头，风吹星移，情调很足的那种，让你直想亮开嗓子大唱。所以那帮女的没干一会儿就憋不住哈哈大笑。结果等队长低吼着让我们挑上草快跑时，远处已有一排手电光围堵上来……

狼狈是这样结束的：在山口，队长发现少了人，顿时枪打似的一屁股跌坐在地，然后骂娘，骂公社骂大队骂祖宗八代，骂自己不该在这狗都不拉屎的地方当队长，更不该耳朵根子软把这帮城里小祖宗接到队里来。骂完了，他晃晃悠悠爬起来，让大家先走，自己却返回去。大家自然都不走。很快，三个女知青怀里抱一搂苇草哭叽叽地过来了，紧跟在她们身后的是队长满地打滚狼嚎般的哭叫声，和扁担夯在肉上的令人心悸腿软的震响。谁也没动，也不吱声，都明白这交易还算公平：他们出湖草，我们出队长的皮肉。

第二天我们正商量该如何慰问一下这位英雄时，队长却没事似的，亲自来通知我们去分草。

湖草不论谁割的，一律堆在场头，已平均分成若干份，排列成序。队长掏出一根细麻绳飞快地在手心里绕出许多扣子，搓乱了，然后命各户拈阄。每户出一人用一根手指头勾住绳扣，队长把绳头一拉，顺序就出来了。谁也不多话，各人领了名下的一份就走。队长也拿了一份，跛跛地抱回家去。

以后我们又经历过多次分配，每回都是这种方式，哪怕是一箩稻糠，一小包老鼠药。

时光消融了许多事物，岁月淡化了许多嘴脸，生活也使情感变得粗糙。生活在南方现代都市里的我，从物质到精神已经文明许多，但不知为什么，那个在偏远山村里的有一副刀疤脸的队长却始终让我难以忘怀。这样的人也许讲不出多少大道理,他也不需要知道现代文明社会的什么游戏规则,因为所有的大道理都在他脸上刻着。

原载于《清明》2005年第3期

三奶奶

　　穿过烟尘如许的时间长廊，迭经人间浮沉的生命颠簸，阅尽城头变幻的旗下脸谱，终于懂得了三奶奶。

　　有时，路过一家小院，穿过一架瓜棚，看见一畦豆角，我都会怦然心动。虽然我知道自己修炼不出三奶奶那样的功夫。

　　三奶奶是个地主婆，很长一段时间我们都不知道。只觉得她五十多了还天天出工，而且只记四分工（我们男知青记八分，女知青记六分），为着一毛六分钱的收益跟我们一样上山掘荒下田收割，实在够可怜的。然而三奶奶不这么看，她认为自己养活自己没什么不好，"能劳动就是个福分，不是讲劳动最光荣吗？"

　　三奶奶始终微笑，巴巴头梳得一丝不苟，偶尔冒一句话就令人捧腹。比方说挖地挖累了，躺在田埂上精神会餐，点些大菜来吃，有人高声呼喊红烧肉什么的，三奶奶会冷不丁插一句：猪比人有福噢，活着不操心，死了还招人念想！弄得大家一愣。再比如挖大蒜，妇女们抱怨男人吃了蒜嘴巴臭，她会来一句：靠住是闻过了！于是女人骂她老不死的，男人骂她熬不住。其实贫困的地方笑料依然丰富，她就是拧开关的手。妙的是三奶奶自己并不笑，两眼直向远方洞穿出去，专注而又漠然，十足的哲学家派头。

　　直到公社搞基本路线教育，照例先把五类分子揪出来批斗，队长站场头上大叫"三奶奶，今晚早收工，开批判会哟！"我们才知道她是个地主婆子。三奶奶嘎嘣脆地噢一声便回家烧锅,晚上夹一块大牌子,上书"打倒地主分子姚王氏",照旧换得一干二净,巴巴头梳得一丝不苟,去开会。开完会再把那大牌子夹回来,抹干净盖在水缸上。倒是我们这些知青喊过了口号便觉脸上挂不住,再出工时见了三奶奶,就有点忸怩不安。她反道:"唏!还这么斯文法子。"让你觉着心里一松。

有一次大队书记告诉我,他曾在她家做过长工——她从前也就那样。替她家卖柴,"打夹子了"(贪点小折扣),她明知少了钱也只装傻,顶多骂一声"小鬼"了事。所以书记很为本队阶级斗争不尖锐缺少新动向伤脑筋。这位书记后来在越来越尖锐的斗争中下台,罪名之一是他睡过地主婆子,也就是他的舅妈三奶奶。这已是我当兵以后的事了。我不知三奶奶当时会作何表情,极有可能,她低低笑上一声,然后直把眼神洞穿出去,有点深邃,亦有点茫然。

三奶奶没有儿女,她的贫苦是可以想见的。四分工值仅能保住口粮,屋后堂前每一寸土上都是南瓜豆角,荠荠菜、马兰头、马齿苋等等则是家常主菜。但大家一致的看法是《沙家浜》里的一句唱词:"这个女人不寻常"。意即她绝非一个麻木的苟活者。

这个推断十几年以后终于得到证实。一个"老插"朋友告诉我:你们队那个三奶奶平反啦。其实算不上"平反",只是证明她是新四军旧部的散失者。皖南事变后她丈夫是花钱将她从顾祝同部买回来做老婆的。当时因为什么不得而知,总之一下子,她由地主婆又变回了老革命。妙的是,当新四军老战士们终于把她从山沟沟里挖掘出来时,三奶奶并没有特别的惊喜,依旧是那种平静,依旧是那种微笑,依旧是那种不紧不慢的幽默。她说:"那我就是双料的喽。"

这话我信。三奶奶永远是三奶奶,给她怎样的富贵也改变不了。我相信她至死也不会离开那个贫瘠的山村。我甚至相信她一定是守着一个惊人的秘密，一段惊人的美丽。否则，她哪来的那种宠辱不惊贵贱不移，视苦难如寻常视劳动为幸福的包容一切的气度？

很多年以后，自己也来到了三奶奶当年那个岁数，是是非非的事经历不少，形形色色的人见过不少，才忽然明白了一些道理。人既来到世上，本不会轻易被生活击倒，有自尊才有尊严，即便是面对苦难、面对委屈，即便处于弱势。

原载于《清明》2005年第3期

介绍几种文学新玩法

上世纪80年代以前，作家成名主要依赖名家推介，或领导或专家，或评论或研讨，成名的渠道比较单一。此种登龙术太传统而且酸腐，有如盲人摸象，等着天上掉馅饼，可以称之为"祈求法"。倘若望穿秋水龙还不来，那么作家只好宣布"只问耕耘，不问收获"了，也可以称为"自慰法"。80年代以后情况有了很大变化，作家主动出击，创造了很多新的成名术。比如"右派法"、"知青法"、"挟洋法"、"命名法"、"概念法"、"临摹法"等等，都是这一时期的杰作。这些玩法的效果固然显著，但它们有一个共同的弱点，就是必须等待主流媒体和大学讲坛的认可，倘若拿不到这个通行证，作家再怎么孤愤说难、举旗命名也无济于事。

进入90年代后期，特别是进入互联网发达的新世纪，中国的情况有了很大改观。这是一个市场崇拜的时代，消费第一，娱乐至上，为新人辈出打开了无比广阔的想象空间。这里介绍几种登龙术的新玩法，不妨一起切磋切磋：

一曰"性别法"。你最好是女性，稍有姿色即可，那么你选择最佳角度去拍一张艺术照，贴在网上你作品的最上方。这样大家都有福了，美女且作家谁不爱呀。男性朋友也不必气馁，因为美男作家也不乏成功之先例。二曰"年龄法"。如果你年轻，比如80后，最好是90后，你就随便玩，玩得越邪越酷越来钱，有出版社上门求稿,你得吊起来卖。但如果你过了时限,那么就要考虑将创作年限降低,最好是去年才开始学习写作,现在一出手就是几部处女作。三曰"哀兵法"。你是不是残疾人?有没有绝症?哪怕有点特别的毛病也行。要不然你把你的全部积蓄都捐给失学儿童,总之你得让人同情,否则你的坚强意志高尚品德怎么体现?四曰"行为法"。如果上述几种你都挨不上,那么你可能困难点儿,不过仍可以补救,你需要让自己的行为成为艺术。比如你辞去工作,专门以写字为生,最好找几个志同道合者住在一起,几个人同时吼,声音肯定比别人大。再不行,你干脆脱光衣服,裸奔。你要知道,你失去的不过是尊严,而你得到的将是整个世界。五曰"骂街法"。与此同理,骂街也可以吸引眼球。你上网开个博客,瞄准一个风头正健的,而且行为有点可疑的,骂。往狠处骂,往脏了骂,骂过了,你下一本书就好卖了。六曰"数学法"。对于那些已经功成名就的朋友,上述套路似乎不雅。不过没关系,文学的问题可以用数学来处理。比如说,你宣布,本来1000字就可以完成的段落,你写了6万字。比如说,你40天写了50万字,平均每天完成一万六。还比如说,你的书还没有面市,你就宣布说你已经得到200万预付稿酬。我们已经进入了数字化时代,文学的品质就应该有数学的表达。

当然还有其他的玩法,而且新玩家正在摩拳擦掌等待出击。但因涉及文坛秘笈,暂且只能存疑待考了。

原载于《杂文报》2009年3月11日

最是心动夜浑河

早就知道浑河，是从书上读来的。知道那是令女真、满族发祥的母亲河，也是一条迭经战乱、见证沧桑的血泪河。那一夜失眠，我离开酒店，独自去感受了这条城中河。因为早晨在车上，主人小高介绍时，把"浑"念作了平声，同"昏"，引来一阵笑声，让我心里一动。这个字让人想起黄昏，老眼昏花，浑浑噩噩……

夜色中的浑河是宁静的，水流缓慢无声，河面平滑开阔，突显了她平整如洗的幽蓝色。车流的喧闹已经远去，远处的大桥灯饰也不甚耀眼，却多了一层卸装之后的妩媚。微风拂处，见岸边水草间有林蛙小集，锦鳞游戏。走过去，却被十来只水鸟穿肩掠过，蓦地一惊，心动过后忽然苏醒了几丝久居闹市里早就遗忘的野趣，那是一种属于大自然的带着泥土芬芳的秋夜欢愉。我贪婪地大口呼吸，觉得似乎已经很久没有这种独享的快乐了。

人类总是择水而居，因市而城，水总能给人留下无尽的浪漫和美妙诗篇，中外都是如此。我走过的城市不算少，见过城中有河的地方也不算少，但能保持如此自然阔大河流的城市已经很少了。有一位地理学的同行告诉我，仅仅这十年，在中国大地干涸消失的湖泊河流就不是一个小数字。他危言耸听说：你看吧，总有一天中华民族会渴死！

回来后我上网查了，原来浑河在三四年前也经历了这样的九死一生。浑河流经辽宁中部城市群,传统的重工业相对发达,人口稠密,浑河基本上成为沿岸城市废水排放的主要渠道。同一河流几十公里之内就流经两座或几座城市,上游城市排入的污染物还未能完全稀释净化,即进入下游城市河段,又接受下游城市排入的废水,造成污染的叠加。在浑河污染最为严重的时候,它就像一条愈染愈黑的腰带缠绕在沈阳腰间,市民掩鼻而行,居民不敢开窗。到了2001年底,沈阳终于觉醒了,浑河在境内的37个排污口被全部掐断,配合上游城市的集体努力,这才使浑河有了今天的面貌。

任何一个民族都是在苦难中反复寻找,才能真正找到属于自己的道路。其实我知道东北作为新中国的重工业摇篮,为中国的改革开放作出了巨大的牺牲,也听说过铁西区里发生的种种沉痛和悲凉。当我们终于告别GDP崇拜,意识到人民的幸福安康才是一切发展的起点和归宿时,浑河也就不会老去。她只是更成熟了,浑厚了,博大了。她一头连着久远的苦难的历史,一头向着灿烂的可预见的新生。从这个意思上说,沈阳人对浑河的感情是深沉的丰富的成熟的,是令人羡慕的。

浑河之夜,真美。那一夜的冶游,也很美。

原载于《芒种》2010年第7期

学而优则创

在传统人格中,读书是为了做官,并非简单的求知。"学而优则仕"观念的背后,隐含着对一切旧秩序的肯定和"向上爬"做"人上人"的生存哲学。它影响毒害了中国读书人几千年,至今仍有很大市场。比如素质教育很难推进,应试机制依然盛行,与这个观念的根深蒂固不无关系。人类进入的二十一世纪,是个价值多元的时代,现代社会已经为人生价值的实现提供了多种可能性。因此读书学习与现代人格之间,创造力的养成是个至关重要的环节,有必要在教育界大力张扬——学而优,则创。

知识二字,应当包括知性和识性两个不同层面。知性,在今天这个资讯发达的时代,几乎所有的新概念新学说都可以在鼠标轻轻一点下得到,想做一个"知道分子"是很容易的。古代文化人学富五车的豪迈已经不存在了,一个移动硬盘就可以装下一座中型图书馆。而识性就不那么容易做到,认识一个现实事物远比读书抄书背书来得困难,它既需要主观判断和客观实践的加入,更需要想象力的腾飞。因此现代人的学习主要是提高识性,而不是追求知性。要做知识分子而不是做知道分子。一句话,无论是学习的根本目的还是学习的实用意义都在于提高我们的创造能力。

在这个意义上,倡导学生在大学期间进行一些文学创作实践活动,我认为是最好的创造性学习。一个人物一个故事一段感情一个意境，从前没有，经过我们的苦心经营和劳作，现在有了，这就叫创作。文学创作既是一种精神性的创造，它的意义就不仅在于审美能力、认识能力和表达能力的提高，更在于它可以激发我们参与社会实践的渴望和对未知世界与美好事物的追求，可以从根本上提高我们的精神维度，从而使我们的人格更加健全和丰富。求真，则意味着对事物本质的追寻，对人类合理的生存方式的求索，是对虚假和谎言的拒绝；求善，则意味着对和谐美好关系的认同，是对黑暗和丑行的厌弃；求美，则意味着精神展开形式的合理安排，是对混乱和倒错的纠正。所以创造能力的培养，最便捷最有趣味的方式之一，就是以多种形式鼓励校园文学创作。它不但对文科同学有帮助，而且对理工科同学也有直接好处。即使是从实用的角度来考察，学生在校期间能够多发表文章，对他们的求职就业也帮助极大。我校就有不少同学带着已发表文章参加招聘会被优先录用的。

据说有的大学现在已经有了文学创作的专业方向。也许通过大学教育来培养作家有一点纸上谈兵的嫌疑，但我相信通过这样的学习肯定有百益而无一害。因为不论学生将来在什么样专业领域里工作，无论他们最终的兴趣在哪里，能够进行一些文学创作的同学肯定都是其中最活跃的力量。道理很简单，创作是需要想象力的，而想象力是可以通过锻炼和学习不断提高的。我们很难证明，人类任何一项创造性成果，任何一次历史进步与想象无关。我们也很难相信，一个缺乏想象力的人，会有什么事业上的前途。

目前我国高校还没有建立起鼓励创作的价值评估体系，文学创作即使在文科也被视作"副业"，学术成果高于创作成果的观念或多或少对校园文学的发展有压抑作用。且不论这种僵硬的行政化的价值评估制造了多少低水平重复的学术垃圾，即便从高校扩招以后大学教育已经由精英教育转变为平民教育的现实来看，都是极不明智的浪费。而学术本身也在"思想淡出"的背景下变成了不折不扣的概念演绎术,这在现当代文学评论领域已成了戏法,人人会变的把戏。试想全国有多少大学文科教师?如果他们能部分参加文学创作,对提高当代文学作品的品质有多少促进?反过来他们有了创作的实践经验,对提高课堂教学质量和真正的学术研究又有多少帮助?

毋庸讳言,校园文学创作并不是为了培养作家,更不是培养明星,而是旨在培养健全的人格。对多数人而言,终其一生都可能没有多少创新性成果,这并不可悲,因为说到底,这个世界就是由普通人组成的。而文学恰恰是普通人的事业,文学对于人类精神的提升,绝不是要把人变成"人上人",恰恰是要把人还原为普通人。文学实践可以使我们多一些平民意识,少一些向上爬的恶念,心胸更博大,灵魂更湿润,目光更清澈,性情更平和,多一些人文情怀、同情、悲悯和美的情思,就能让我们少一些恶俗和浮躁。

事实上,所谓成功人士只是生活里的个别。其实即使是成功人士也未必能获得比普通人更多的幸福,这已经被很多研究成果所证明。我们不反对成功,也不反对追求,适度的生活目标有益于身心健康。然而对于全社会来说,那些夸大成功、崇拜明星、追逐时尚的宣传鼓噪统统都是有害的。而培养普通人的自尊,培育平民意识,对每一个干部群众都进行公民教育,这才是这个社会真正欠缺的。有句话说不想当将军的士兵不是好士兵,那么不想当士兵的将军能是个好将军吗?一个没有平民意识的领导能是个好领导吗?往大了说,平民意识的多寡是衡量一个国家现代性的重要参数,是我们实现现代化的前提;往小了说,一个人有了平民意识,才会有正常的心态,才会有健康恒定的快乐。

有个叫沃尔夫的教授认为,教育是一种"相对位置品"(positional good),也就是说,你能否成功不取决于你自己的教育水平,而取决于你是否高于别人的水平。这相当于一场赛跑——如果每个人的奔跑速度都提高了，这当然是件好事，但这并不能改变这样的事实：最后，只有一个人能得到冠军，只有三个人能上领奖台。同样，在社会竞争中，参与这场角逐的人的基数扩大了多少，他们的水平提高了多少，最终都不能改变一个事实，CEO、部长、院士仍然只有极少部分人能当。从这个意义上说，其余人改进奔跑技术的努力，其实属于资源浪费。而文学创作恰好可以改写这个事实——文无第一武无第二——在现代资讯十分发达的今天，每个人都可以充分展示自己的所思所想，表现自己的才情。明白了这个道理，我们就没有什么可顾虑的，相反多了一份迎接挫折的坦然。

在今天，"学而优"已经无法体现在对现有知识的掌握上了，因为谁都无法遍读天下书籍，哪怕是本专业领域的著作也都是以几何级数的速度在增长。优不优，是否真正优，主要体现在对现有知识的认识上，体现在认识基础之上创造性的发展运用上。事实上所有的学问，包括马克思主义，它们的最高使命都不过是——使人得到解放，使人能够得到自由而全面的发展。这正是现代教育的目的。

学而优则创，与现在提出的"科学发展观"、"以人为本"和"自主创新战略"是相一致的，它意味着中国经过20多年改革开放，已经终结了"GDP情结"，已经由关注"物"的发展转向了关注"人"的发展。而"人"的发展恰恰是马克思主义的出发点和归宿。它既是中国"三千年未有之变局"延续，也是在资本全球化格局下中华民族能否真正崛起的关键。150年来无数志士仁人反复呼唤的器物（物质）、体制（制度）、文化（精神）三个层面的转变，中国人能否对人类进步作出真正贡献，最终都要在我们的创造力上得到检验。

原载于《文艺报》2006年3月11日

我的"成功"观

每个人的经历不同,想法也不一样,但谁都渴望"成功"。因为年轻,对未来就有许多憧憬,对"成功"的想象就特别多,这太正常了。

我也年轻过,也曾有过各种幻想,关于功名,关于财富,关于别人羡慕的眼神和背地里的评价。咱们中国人一出生大概就在接受如何向上爬的教育,我们有一整套的关于成功的教育理论和方法,动听得很。活到五十岁才明白,我们都钻入了圈套。"成功"的念头其实很荒唐,根本不现实,也没有必要。

事实上,对于多数人来说,他们将来就是个普通人。所谓成功人士只是生活里的个别。即使是成功人士也未必能获得比普通人更多的幸福,这已经被很多研究成果所证明。明白了这个道理,我们就没有什么可焦虑的。

从更广阔的人生意义上来看,"成功"也永远是少数人的游戏。对多数人而言,人生的真相就是普普通通、是平平淡淡、是踏踏实实。那些鼓吹成功、仰视明星、追求时尚的宣传只是权力与资本的合谋。因为那是一个让大多数人绝对不得安宁的诱饵。跟着它们走,你的生活肯定一团糟。当代大学生尤其需要保持清醒的头脑,有"独立之人格,自由之精神"。

有个叫沃尔夫的教授认为,教育是一种"相对位置品"

（positional good），也就是说，你能否成功不取决于你自己的教育水平，而取决于你是否高于别人的水平。他用赛跑打比方：如果每个人的奔跑速度都提高了，这当然是件好事，但这并不影响结果。最后，只有一个人能得到冠军，只有三个人能上领奖台。同样，在社会竞争中，参与这场角逐的人的基数扩大了多少，他们的水平提高了多少，最终都不能改变这样的事实：CEO、部长、院士仍然只有极少部分人得到。从这个意义上说，其余人改进奔跑技术的努力，不过是资源浪费。

于是就出现了这样的现象：在这场浪费资源的大奔跑中，有些人改变了奔跑规则，有些人买通了黑哨，有些人伸出了黑手，也有些人心力交瘁酿成了悲剧。而这一切正是某些鼓吹"丛林法则"的人乐于见到的。

即使那些公认已经很"成功"的人，我们其实也只能看见露出笑容的半张脸。另半张脸的模样多数人是看不见的。因为那叫尴尬，那叫苦涩，那叫丑恶。君不见，福布斯排行榜已经成了罪犯的通缉令？君不见，时尚的经济学家已经成了资本豢养的看家狗？君不见，权重一时的大人物已经成了人人耻笑的说谎者？君不见，风光无限的明星已经为下一次的遗弃暗自垂泪？

我并不是一个悲观主义者，我也主张理想和追求，但最好不要过分。目标定得低一些，适度地保持一点追求，有益于身心健康。保持一种平民的幽默，用一种审美的眼光看待世事，对自己对大家都有好处。因为往大了说，平民意识的多寡是衡量一个国家现代性的重要参数，平民意识是我们实现现代化的前提；往小了说，平民意识可以让我们保持平和的心态，让我们获得健康恒定的快乐。

假如你成功了，那当然很好。假如你暂时还没有成功，那也没什么了不起。因为这个劳什子与幸福快乐关系不大。在我看来，一个浮躁的年代里，能经常给自己泼点冷水，经常看看脚后跟还在不在土地上，然后抬头凝神做深呼吸，持平常心，怀大境界，那才是做人做到了成功。可惜我也做不到。

原载于《教育时报》2004年10月22日

题赠《红豆》

天国有花痴
挠首学相思
岂料豆已红
泣血吐真知

原载于《红豆》2008年第1期

野草档案

野草的生命是自然赐予的，生命的闹钟也由自然拨响。在大地的边缘，在巨石的缝隙，贫弱饥渴的种子有一天小心翼翼探出了脑袋。它出身寒微，没有谱系。它相貌丑陋，又粗又糙。特别要命的是，它居然没有名字。这样的"东西"，显然没有经过恩准，也想活着？也配活着？

是的，它的根须是那样细小，它的叶芽是那样稚嫩，可是它也有活一回的愿望，它是多么地需要分享雨露和阳光，哪怕是一丁点。一丁点就能让它缓过劲来，挣脱胞衣，伸展腰脚，慢慢长大。

但雨露和阳光是听命于春风的，春风这会儿正在度假，雨露阳光只能去照顾秀木和奇葩。秀木出身名门，来路端正。奇葩孤独美艳，符合正典。不像这个"东西"，龇牙咧嘴，浑身带刺，说不准还给你闹出点事儿来呢。

可是野草已经等不及了。饿，令它死过去一百回。冷，让它连哆嗦都没有力气，连哀求都没有勇气，那是一种由里向外的透心寒啊！但它没有理由死，生命的闹钟既已拨响，就会滴滴答答地走完这一生。于是，它想到了自己的根须和叶芽，这不也是营养吗？与其完美地等死，还不如自噬其体，活下来才是硬道理。于是它吃掉了自己一片叶芽，它感到生命又回到了体内，它听见了血液汩汩地流淌。然后，在冲出冻土的那一刻，它又吞下了自己的两条根须。

现在它终于站起来了，它看清了这是个大千世界，谁跟谁都不必一样。于是它想，我有权活着。同时它也看清了，和自己一样伤痕累累的还有很多的同类，丑是它们的共同标记。可丑又算什么罪过？难道野草需要别人赞美吗？连丑一下都不可以吗？

是的是的，它们是这样的残疾这样的丑陋，甚至是这样的自卑。喂，你好吗？还好还好，总算还剩一条腿一只胳膊。没关系，你可以用我的腿，我可以用你的胳膊。于是它们互相搀扶着生长起来，组成了这个世界最奇异的景观：尽管残缺愚钝却是顽强蓬勃，虽是弱小丑陋却也千姿百态。

当然，它们也有爱情，它们的爱情并不比谁缺少精神含量。因为它们清楚地知道，这场爱情绝对短暂，它来不及卿卿我我装腔作态玩出各种欲擒故纵的花样。因为它的全部要义就在于延续生命留下后代。它们爱得是那样迅猛那样炽烈那样悲壮，它们甚至大胆想象，悄悄地商量着要把孩子生在阳光雨露多一些的地方。

但这时春风回来了，春风说难道你们不知道生命是划分等级的吗？你们不懂食物链吗？你们想破坏和谐吗？听着，游戏是有规则的，规则不是为你们准备的！羞辱像毒蛇的信子舔着它们，毒汁像大雨一样淋湿了它们，野草只能一瘸一拐地搀扶着逃回原来的地方。

这时它就要生产了，它一点力气都没有了，甚至连活下去的勇气都没有了。它问，亲爱的，你觉得这样活着有意思吗？另一个却说，有意思，太有意思了，为了他们的羞辱你也应该活下去。一个说：可是我们怎么活啊？另一个就说：现在，请你把我的身体吃下去吧，吃下去你就能养活咱们的孩子了。对，就这样吃，一点一点吃……再见了亲爱的，现在我的心跟着你去了，把我的心传给我们的孩子吧。

于是，在大地的边缘，在巨石的缝隙，野草就这样繁衍了后代。离离原上,岁岁枯荣,野草终于建立起自己的档案。出身:贫寒;籍贯:边缘;职业:生存;学历:自噬其体……

原载于《厦门文学》2010年第5期

文论

百年中国文学的前沿思潮和热点问题

一、百年中国文学的发展变迁主线

追求现代性,是上个世纪初中国人的思想母题,也是中国知识分子在鸦片战争以后痛定思痛的共同选择。不论何种党派何种主义,也不论他们的理论和实践上走何种道路,都要把现代化写在自己的旗帜上。现代性追求体现在物质(器物)、政治(制度)、文化(精神)三个层面,文学属于精神的层面,即追求人的觉醒。

如果将"追求现代性"的文学画成一条年代的数轴,将各种主义思潮在每个时期的发生、发展、变化当成一个个的点,再将这些点连接起来,那么我们可以清晰地看到,100年里文学思潮变化的主流趋势就是围绕这条数轴上下翻飞的曲线。每当这条曲线离开数轴较远的时候,它都会拐头向数轴靠拢。今天我们正处于曲线即将拐头的时刻。

历史悠久的中国文学为什么不同于欧美文学,直到20世纪初才集中出现启蒙主义人道主义呐喊?出现了由内容到形式的根本变革?进而宣告了古典文学的终结和现代文学的诞生?这是因为中国文学内部产生了变革的要求。

20世纪是人类历史发生剧烈动荡分化重组的历史。表现在文学领域最为突出的景观是,一面是经过两次世界大战以后西方现代主义和后现代主义思潮的兴起,表达了新知识分子对现存价值的质疑和焦虑;另一面却是有着古老传统文化的民族国家出现了使用本民族语言、反映本民族生活、以启蒙主义人道主义为价值核心的新文学。这是世界文学历史上最具时代特征的两大文学潮流。这一点在小说的审美价值追求上表现得最为充分:西方小说走上了一条背离写实传统转以写意为时尚的价值追问道路,故而在手法上出现了现代主义与后现代主义的形式变革;中国小说则是相反,重在揭示人生苦痛追问人生真相,故而在手法上背离了中国艺术的写意传统,走上了一条以写实为主的现实主义道路。表面上这是两股背道而驰的潮流,其实正是不同国度处于人类文明的不同发展阶段的产物。追求现代性,是那个时代的思想母题,也是中国知识分子在鸦片战争以后的共同选择。所以不论哪个国家何种文学思潮,追求现代性是共同的,只不过在各个阶段的表现方式不同,互有消长而已。

事实上早已走向衰落的古典文学在19世纪已经不能适应时代,龚自珍作《病梅馆记》就形象地描绘了这个特征。古典文学作为封建社会意识形态的一部分,以文言文为工具的古典文学形式,都到了寿终正寝的前夜,因此才出现了伴随洋务运动的"文学改良"。那时的"诗界革命"和"小说界革命"都取得了一定成果,黄遵宪提出"我手写我口",竭力突破僵化的旧诗体;梁启超主张"新"小说,用浅显的文言写活泼的新文体,推动了晚清小说的繁荣;激进的谭嗣同在他的《仁学》中提出废除汉字;改良派办的《时务报》上时有文字改良主张;而林纾的翻译也使中国知识分子接触到了西方文学的人文精神;更有一批谴责小说和新公案小说的出现,使中国有了最早的民族资本家和平民侦探的文学形象。而在手法上,叙述时间、叙述角度和叙述结构都出现了有别于传统小说单线条的叙事努力。这些都说明古典文学在那时正在向现代文学转变。只是由于"文学改良"的不彻底性,使早期的文学变革要求既无力彻底否定专制制度及其意识形态，也无力创造一种新的文学形式，最后只能流于世俗化。辛亥以后，人们发现中国社会并没有太大变化。于是政治高潮一过，大量言情、哀情、黑幕、侦探（时称鸳鸯蝴蝶派、礼拜六、红玫瑰）的小说出现便是证明。但那时的社会风尚是，读政治小说高尚，读侦探小说有趣，读言情小说只为消遣，价值判断还是稳定的。

它起码说明：一个时代的文学潮流一定是这个时代内生出来的社会心理、价值观念和审美理想共同作用的产物，并不是哪个革命党或者保皇派可以规划出来的。同时它也说明：以长时段来观察，真正的文学精神可以被遮蔽一时，但不可能被遮蔽永远。正是在这样的背景下，五四前后，爆发了以张扬民主科学精神和个性解放为主要内容的新文学运动。陈独秀提出拥护德先生与赛先生，比之为舟车之两轮，宣言文学革命的三大主义（曰推倒雕琢的阿谀的贵族文学，建设平易的抒情的国民文学。曰推倒陈腐的铺张的古典文学，建设新鲜的立诚的写实文学。曰推倒迂晦的艰涩的山林文学，建设明了的通俗的社会文学）。胡适提出文学改良"八事"，主张须言之有物，不作无病之呻吟。周作人在《人的文学》中从个性解放的要求出发，主张"灵肉一致"，宣扬人道主义，后来又提出文学"为人生"，阐明"以真为主，美即在其中"的美文主张。这些言论对推动新文学的发展有着极大影响，与鲁迅、郁达夫等一批作家作品共同掀起了新文学的大潮。新文学对中国社会进步的影响是众所周知的。

从二十年代到六十年代中国社会发生了很大变化，其间各种思潮也都是围绕现代性这个主轴在波动。在社会层面，中国一向试图回避的等级秩序、工业化进程、管理理性、程序正当、市场残酷、法制痛苦，乃至于制度的合法性基础，始终都是绕不过去的现代性门槛。在文学层面也是一样，社会正义、民间疾苦、人生苦痛、人格扭曲、精神萎缩，这些新文学一直坚持的人文主义追问，始终也都是无法回避的。所以差不多每隔十年都有一次文学思潮向主轴的回归。比如五四文学的启蒙呐喊很快被寻找出路压倒；30年代文学的短暂繁荣很快被救亡压倒；40年代解放区的人民文学精神很快又被解放事业压倒；50—70年代文学的兴盛很快被过左的政治批判压倒，每一次被压倒的后面都伴随着一次人文主义的回归。

二、五四文学革命传统与80年代文学思想解放运动

80年代初的文学伴随着中国的改革开放和思想解放运动，出现了一个爆发的繁荣时期。这个时期是文学知识分子与政治领袖的蜜月期，很多政治的需要要借助文学的影响来实现。今天很多人也都怀念那个时代，从总体上说80年代的文学思潮接续了五四的启蒙主义传统，所以作家是处于社会的核心地位，所以当时的作家是很风光的。追求现代性再一次成为了主旋律。

如果把80年代以后的小说与五四以后的现代小说作一个比较，我们可以发现两个非常有趣的文学现象：一是"文革"以后的当代小说就表现对象（内容）的拓展来看，与五四新文学走过了一条惊人相似的道路：伤痕小说与问题小说；反思文学与启蒙文学；寻根小说与乡土小说；改革文学与革命文学；新写实小说与灰色人生小说；新市井小说与世俗化小说；身体写作与私小说；新历史小说与故事新编等等。这些一一对应的主题题材，说明作家创作思维的扩展过程是有规律的，说明80年代初的思想解放运动不过是接续上了五四新文学的传统。五四新文学理应走完的现实主义道路并没有走完，所以在80年代以后再一次重现，只是表达的具体内容有不同的时代特征而已。二是在小说表现方式（形式探索）方面，中国小说

向西方小说移植借鉴的广度和速度都堪称一绝，差不多用几年时间就走完了西方一百多年的艺术历程。1985年前后被称为"方法论年"，其间将意识流、生活流、自然主义（新写实）、新感觉主义、超现实主义、魔幻现实主义等等手法全部操练了一遍。这与30年代兴起的现代派写作又对应起来，同样是接续上了那个时代没有完成的试验，只是时间更短，生命力也更脆弱（既没有改变中国小说的叙事习惯，也没有留下足以传承的范本模式）。

为什么会出现这两个对应？因为现代性的历史命题不管由于什么理由被迫中断，它一定会在下一个时期重新表现，一次表现不充分，必然会有第二次第三次。这是不以任何人的主观意志为转移的。任何回避真问题，以为在技术层面作些改进就可以绕过去的想法，不过是一厢情愿。社会发展如此，经济发展如此，文学发展也同样如此。所以在内容上，凡是没有被表现过的对象，一定会被找出来重新表现。同样，凡是在形式上没有表现过的方式也一定会被重新试验一遍。这个事实也证明了，文学的发展是有自身规律的，举什么样的文学旗帜，宣称什么样的主义，最终都离不开对本民族社会生活和人生本相的真切透彻的表达，离不开写作者自身情感的深刻与伟大。

但是进入90年代，这种良性发展势头却没有延续下去。原因很复杂，除去国际因素，知识分子在国内地位的变化是个主要因素，知识分子的工具理性和专业地位被强化了。在这种语境下的知识分子，一方面满足于自己在话语等级制度中的精英地位，一方面越来越多地成为了新意识形态的组成部分。他们和五六十年代以前的知识分子做派完全不同，国事天下事已不再是他们的日常话题，只有那些与个人利害相关的事物才是他们关注的目标。他们生活精致，兴趣广泛，有全球意识和商业头脑，他们的中产阶级趣味和他们的专业知识以及他们在高校文学课程中的话语霸权，都有意无意地影响了当代文学的走向。

　　这个走向就是"纯文学"方向。在80年代一些作家和批评家有感于文学老是做政治的仆人，动不动成为政府的工具，需要寻找变革动力，就提出回到文学自身的口号。这个口号当时确实起到了推动文学注重创作规律，对于文学摆脱意识形态控制起到了积极作用，出现了一批好作品。然而遗憾的是，这个口号并没有在现实内容上取得进展，更没寻找到作家对时代发言的个人主体意识，最后逐渐演变成了文学形式的花样翻新。以至于"纯文学"的马车上，抛掉了社会思考，抛掉了道德承担，抛掉了价值判断，只剩下"性"在一路狂奔。文学的"能力"虽然提高了，但能力一旦成为工具或被出售，同时也就失去了思想的品质。

　　这样的变化使文学由影响社会风尚促进社会进步的中心地位逐渐滑向边缘，文学完全成为了一个娱乐工具，成为了资本的附庸。

三、90年代以来文学消费主义浪潮

　　世界进入90年代发生了一次地缘政治的巨变，这对中国的政治经济文化都产生了巨大影响。具体表现就是"终结论"和"后现代论"的盛行。美国一个名叫福山的人和《历史的终结》立刻风靡全球，他宣布历史终结了，"为承认而斗争"的人性欲望已经得到了满足，普遍史就失去了发展的原动力，于是发展和质变都没有可能，历史就这样终结了。于是在中国，在学界，写翻案文章成为时髦。在文坛，普遍主义的"终结论"也开始大行其道。表现在文学创作上就是文学也进入终结时代，宏大叙事被认为"不合法"。于是历史被"碎片化"了，个人被"原子化"了，文学被"游戏化"

了,只剩下语言在狂欢。

西化,成为中国文学发展的唯一动力,怎么样与世界"接轨"成为文坛最重要的事情。这期间,一个美国华裔人夏志清的《中国现代文学史》对文学批评界产生了巨大影响,以至于质疑中国的历史,重写文学史成为时尚。

中国进入90年代,已经有越来越多的读者远离了文学,他们发现文学已经成了愈玩愈精致越来越无用的把戏了,甚至连一些专业出身的当代文学研究者也坦承自己已经有几年不读小说了。这种状况热热闹闹尴尴尬尬地存在,至少让相当数量的学者和作家们产生过困惑。这是近年来文学界出现价值认同危机的一个写照,也是相对主义思潮盛行的一枚苦果。前些日子,首都师大文艺学学科点前后召开了两次"文艺学学科反思"会议,提出文艺学研究对象的"扩容"问题,有些学者要把文艺学的研究领域扩大到"日常生活",比如去研究广告、美容、美发、模特走步、街心花园、高尔夫球场、城市规划、网吧、迪厅、房屋装修、美女图,提出以"日常生活的审美化"的研究置换传统文艺学研究对象。有的人走得更远,认为日常生活审美化是新的美学原则的崛起,在消费主义时代审美无功利,那种带有精神超越的美学已经过时了,审美就是欲望的满足,就是感官的享乐,就是高潮的激动,就是眼球的美学等等。他们的理由是,文学即将终结,文艺学即将失去研究的对象。与其等待文学终结,文艺学自取灭亡,还不如趁"文学性"、"诗意"还没死绝之际及时转型。今天的中国是个什么时代,究竟有多少人口进入了消费主义时代姑且不论,需要指出的是,文学一旦"导向"到、纯粹到与大多数人的现实生活感受无关,它的边缘化命运就无可逃避。

有意思的是,在美国用英语写作的华裔作家哈金也提出了类似的问题:为什么在高度商业化的美国,文学没有被边缘化,反而是在商品经济还很初级阶段的中国，文学被边缘化了？他说："近年来，国内的作家和学者们似乎接受了文学的边缘地位，好像这也是与世界接轨的必然结果。其实在美国，文学从来就没有被边缘化过。在美国文化结构中，伟大的美国小说一直是一颗众目所望的星。常常有年轻人辞掉工作，回家去写伟大的美国小说，甚至有的编辑也梦想有朝一日能编辑伟大的美国小说。"哈金说的梦想其实就是文学精神，他提出的是个真问题。那就是，文学的价值究竟体现在哪里？什么才是值得追求的文学？是文学本身出了问题，还是我们的学者作家出了问题？

哈金原名金雪飞，现任波士顿大学文学教授，1999年以长篇小说《等待》获美国全国图书奖，最近又以《劫余》获福克纳小说奖。他说美国人为"伟大的美国小说"是这样定义的："一部描述美国生活的长篇小说，它的描绘如此广阔真实并富有同情心，使得每一个有感情有文化的美国人都不得不承认它似乎再现了自己所知道的某些东西。"他指出：目前中国文化中缺少的是"伟大的中国小说"的概念。没有宏大的意识，就不会有宏大的作品。他进而给"伟大的中国小说"下个定义——"一部关于中国人经验的长篇小说，其中对人物和生活的描述如此深刻、丰富、真确并富有同情心，使得每一个有感情、有文化的中国人都能在故事中找到认同感。"他认为"伟大的中国小说"意识形成后，"文学小说就会自然地跟别的类型的小说分开。作家们会不再被某些时髦一时的东西所迷惑，就会自然地寻找属于自己的伟大的传统，这时你的眼光和标准就不一样了，就不会把心思放在眼下的区区小利和雕虫小技上"。

在这里，他使用了"再现"、"真确"、"宏大"、"同情心"、"每个人"这样一些概念，基本上就是我们理解的传统现实主义方法的那些内容。

文学究竟是什么？这是一个争论了几千年的问题。但有一点不能改变：文学是人类认识把握世界的另一种方式，这种认识是通过形象情感的审美来实现的。无论是西方的柏拉图、康德，还是中国的庄、屈、李、杜，他们都把美看作是超验性的，是对人生的一种终极关怀，带有宗教的意味，它作用于人类的精神而不是作用于人的欲望。这是我们衡量审美的一条底线。那种认为今天的文学活动与商业活动社交活动已没有什么区别的说法，那种认为美已经不具有艺术本性的说法，那种把文学视为文字游戏或叙述技巧的说法，那种认为任何意义都不过是一种表述的说法，无论怎样主义怎样新潮，都不过是泡沫而已。

在中国文学的历史上，正面和反面的经验都告诉我们，在文学创作中单纯的形式追求是不可取的，也不是文学需要的真正价值。诗三百，《风》居首，《风》的文学价值高于《雅》《颂》，大概是没有争议的。从内容上看，《国风》中除少数篇章是关于爱情的欢唱，基本上都是当时人类生存境况与底层苦难的歌哭。那个时候也有"中产阶级"，他们也精神痛苦，他们也需要"抓痒"，但那时的士大夫明白这样的文学是不能作为主流的。从艺术形式上看，《小雅》之委婉奇巧抑扬顿挫并不低于《国风》。但《雅》排在《风》之后，因为答案明摆着，古人很早就已经认识到"修辞立其诚"，他们懂得吃不饱肚子与有钱买不到快乐不是同一个量级的痛苦，对于"沉默的大多数"他们不好意思看不见。所以"文附于质，辞达而已"成为那时就已经公认的艺术经验总结。六朝骈文中也出了不少华美精彩的篇章，难道对仗和用典不是一种好形式吗？不是同样可以体现汉语之美妙吗？不是同样具有独创性想象力吗？可是"骈四俪六"却成了后代嘲讽挖苦的材料。因为后人都明白"言之有物"的重要性，"及物"才是写文章的根本。人的情感经验是离不开社会生活的，倘若认为文学应该表现人的心灵，那么真实的心灵一定是博大丰富的,绝无可能抽去社会历史内容。

因此可以肯定地说,90年代以来文学消费主义浪潮是一次文化的大倒退,它远离了中国要求发展现代性的主轴,它就必然要向主轴回归。任何企图以形式包装来回避内容变革的办法,不过是新瓶装旧酒,蒙蔽是不会持久的。

四、新世纪文学的新动向

当代文学创作的诸多困境自有其内生的原因,如果我们的眼光能更开阔一些,就能在世界历史大格局中发现蛛丝马迹,中国文坛的许多事情都不是空穴来风,它有着深刻的历史政治背景。

第一,90年代后中国知识分子在整体上陷入了精神困境。中国作家集体"躲避崇高""告别革命"的苦涩宣言并不说明文学与政治无关,而恰恰证明那是中国作家自我精神矮化的开始。知识分子的整体犬儒化策略造就了一个时代,而90年代客观上知识分子待遇的改善,也使他们找到了利益均沾的感觉,搞原子弹胜过了卖茶叶蛋,于是精神面孔就模糊起来。细究百年中国,知识分子有过三次大的个人主体性精神的失落。第一次是五四以后,个人没有出路,经历了一次寻找"集体"的痛苦(但那时与民众结合的真诚美好还在);第二次是反右"文革"以后,个人更无出路,经历了一次"国家"认同的痛苦(但那时改造自身的善良愿望还在);第三次就是90年代以后,个人欲望得到部分满足,经历了一次"拜金拜权"的痛苦(此时除了嬉皮笑脸装疯卖傻娱乐至死已没有其他表情)。可以说这一次的精神溃败是致命的,主体意识完全消失。

第二,对"现代性"的理解误区,把"现代派"艺术当成了现代化艺术。要实现现代化,是中国160年来无数志士先贤的不懈追求,并以历史潮流浩浩荡荡来比附这个过程,因此现代化就意味着先进化高级化不可抗拒化。但用贴标签的方式来理解复杂的思想,用一风吹的方式解决思想问题,又是我们永不悔改的自选动作。在80年代大多数作家都把"现代派"艺术理解为"现代化"艺术,可能是由于深思不足消化不良所致。可是迟至今日还坚持"现代派"艺术就是与物质生产科学技术进化史相匹配的、并能表现更为复杂的现代人生存状态的高级文学样态就是脑子有病了。这样的思想方法,实际上也完全忽略了"现代派"自身的反现代性内容。与此相对应,在哲学领域对萨特·尼采等人的介绍中,也把他们对西方现代性批判的内容故意遮蔽掉了,仅仅把他们当作个人主义的反权威的先锋来描述。这种简单的进化论的文学史观统治了文坛近二十年,以至于很多文学青年不知道五四以来中国文学现代化的真相。

第三,"赶超一流","与国际接轨"和"诺贝尔奖情结"。在理论上,由于进化论的文学史观逐渐占了上风,中国文学没有走向世界的原因就被简单归结为技不如人,就和当年维新派一样,要解决船坚炮利问题。认为现代的必然高于传统的,西方的必然领先于中国的,新人必然超过旧人,"写什么"已经不重要了,关键是怎么写。于是整天都在琢磨瑞典人马悦然的心思,他究竟喜欢什么?魔幻的还是结构的?意识流还是生活流?重的还是轻的?是存在还是彼岸?宽门还是窄门?于是艺术就被简单理解为形式与技巧,而这种形式与技巧的艺术又直接和文学画上了等号。文学就被理解成一门专业技术,小说就是语言、叙述和结构,诗到语言为止,作家就是特别会码字的匠人。文学不再是发现和认识,不再是思考和想象,更不是发出中国人自己的声音。

就在这样的情况下,中国在新世纪出现了一批作家作品,这就是"底层文学"。

我们可以说"底层文学"在新世纪的出现,具有重要的意义,它重建了文学与现实、与世界、与民众的联系，并从底层的视角观察与描述着中国的变化。

人们发现，以往的文学作品都是用权贵的眼光来看问题的，帝王将相、达官贵人、富商巨贾。而现在有人用失业的工人，失地的农民，和闯荡江湖的农民工的眼光来看世界，反而看得更加真切。只有这样的视角，才有可能全面地表述出"中国经验"的丰富复杂性，也只有这样的视角，才能表现出普通中国人在这一变化中的情感与内心世界。如今关注"底层"已经成为了一种思潮，不只文学（小说、散文、诗歌、话剧）、电影（故事片、纪录片），在美术、摄影、电视剧，甚至流行歌曲中都有所表现，在理论、批评领域更是讨论的一个热点，可以说是一个整体性的文艺思潮。这一思潮的产生与中国近十年来现实的变化相关，与思想界的论争有关，也与文艺自身的发展规律有关。

我们可以看到，在这一个半世纪以来的"转型"中，中国文学与中国一样处于一种变动不居的状态中，正是由于五四以来的新文学运动、三四十年代的人民文学传统，以及新中国成立以来的社会主义文学传统，使文学与中国的大地，中国的人民建立了血肉联系，中国文学才获得了勃勃生机。对于我们今天的文学来说，能否呈现出中国经验的丰富性与复杂性，能否展示出中国人内心世界的微妙、矛盾与向往，能否探讨并建立一种新型的价值观，能否发展出一种新的美学，则是完全可以期待的。

2009年11月在《中欧作家诗人对话周》上的讲话

期待现实重新"主义"

最近，在一批回顾2004年文学创作情况的文章中，一些青年批评家们不约而同地把目光投向了现实主义作品，"震惊"、"底层"、"深情"、"尊敬"、"现实主义作家的内在风骨"这样一些褒奖之词频频出现，与仍在高举"主旋律""纯文学"旗帜的各类评奖活动形成了鲜明的反差。一些出版社和文学刊物为了争夺市场也把反映现实生活写在自己的旗帜上，明确拒绝"探索试验"的作品。李建军甚至做了这样的概括：2004年"虚构不如写实，长篇不如中篇"。文章的标题也很有意味：《还是现实主义有热情有精神有力度》。这里，"还是现实主义"的内涵较复杂，既有理性上的判断，也有感性上的无奈。而邵燕君则认为是"当代作家继续使用写实手法可能达到的表现力和穿透力，以及在有大量触目惊心的历史现实尚未被文学有力地表现、甚至被刻意遮蔽的当下环境中，这种手法的不可替代性。"（邵燕君：《2004：从期刊看小说》）也就是说，经历了20世纪80年代"先锋写作"和"纯文学"的形式冲动，90年代"欲望叙事""身体写作"的轮番表演，如今文坛再次将现实主义的生命力放到了价值判断的天平上。尽管在青年批评家的理论视野中依然沿用了近年来惯常使用的某些概念，但他们已经敏感地意识到一个新的文学价值确认时代的来临。（李建军和邵燕君在文章中都把虚构与写实对立起来，我理解应为写意与写实。

因为近年来的文学理论话语中对虚构一词已经有了约定俗成的篡改，而虚构一词在经典现实主义的定义表述中并未受到排斥。关于虚构的辨析，本文在后面阐述。）

　　现实主义究竟死了没有？我们看到的文坛现状是两个极端：一端是由官方组织重点扶植的"精品力作"和文学大奖不断推出，另一端是由商业机构运作的热卖图书和"纯文学"叫卖不断上演，这两端都没有现实主义的位置。这两个极端的热闹就像两个巨大的磨盘，碾轧着那些仍在为人生苦痛和社会进步冥思苦想的作家们的神经。与此同时，越来越多的读者远离了文学，他们已经不再关注这些愈玩愈精致无用的把戏了，甚至连一些专业出身的当代文学研究者也坦承自己已经有几年不读小说了。这种状况热热闹闹尴尴尬尬地存在，至少让相当数量的学者和作家们产生过困惑。这是近年来文学界出现价值认同危机的一个写照，也是相对主义思潮盛行的一枚苦果。前些日子，首都师大文艺学学科点前后召开了两次"文艺学学科反思"会议，提出文艺学研究对象的"扩容"问题，有些学者要把文艺学的研究领域扩大到"日常生活"，比如去研究广告、美容、美发、模特走步、街心花园、高尔夫球场、城市规划、网吧、迪厅、房屋装修、美女图，提出以"日常生活的审美化"的研究置换传统文艺学研究对象。有的人走得更远，认为日常生活审美化是新的美学原则的崛起，在消费主义时代审美无功利，那种带有精神超越的美学已经过时了，审美就是欲望的满足，就是感官的享乐，就是高潮的激动，就是眼球的美学等等。他们的理由是，文学即将终结，文艺学即将失去研究的对象。与其等待文学终结，文艺学自取灭亡，还不如趁"文学性"、"诗意"还没死绝之际及时转型（见童庆炳《"日常生活审美化"与文艺学》）。今天的中国是个什么时代，究竟有多少人口进入了消费主义时代姑且不论，我想说的是，文学一旦"导向"到、纯粹到与大多数人的现实生活感受无关，它的边缘化命运就无可逃避。

　　有意思的是，在美国用英语写作的华裔作家哈金也提出了类似的问题：为什么在高度商业化的美国，文学没有被边缘化，反而是在商品经济还很初级阶段的中国，文学被边缘化了？他说："近年来，国内的作家和学者们似乎接受了文学的边缘地位，好像这也是与世界接轨的必然结果。其实在美国，文学从来就没有被边缘化过。在美国文化结构中，伟大的美国小说一直是一颗众目所望的星。常常有年轻人辞掉工作，回家去写伟大的美国小说，甚至有的编辑也梦想有朝一日能编辑伟大的美国小说。"哈金说的梦想其实就是文学精神，我以为他提出的是个真问题。那就是，文学的价值究竟体现在哪里？什么才是值得追求的？是文学本身出了问题，还是我们的学者作家出了问题？

　　哈金原名金雪飞，现任波士顿大学文学教授，1999年以长篇小说《等待》获美国全国图书奖，最近又以《劫余》获福克纳小说奖。他说美国人为"伟大的美国小说"是这样定义的："一部描述美国生活的长篇小说，它的描绘如此广阔真实并富有同情心，使得每一个有感情有文化的美国人都不得不承认它似乎再现了自己所知道的某些东西。"他指出：目前中国文化中缺少的是"伟大的中国小说"的概念。没有宏大的意识，就不会有宏大的作品。他进而给"伟大的中国小说"下个定义——"一部关于中国人经验的长篇小说，其中对人物和生活的描述如此深刻、丰富、真确并富有同情心，使得每一个有感情、有文化的中国人都能在故事中找到认同感。"他认为"伟大的中国小说"意识形成后，"文学小说就会自然地跟别的类型的小说分开。作家们会不再被某些时髦一时的东西所迷惑，就会自然地寻找属于自己的伟大的传统，这时你的眼光和标准就不一样了，就不会把心思放在眼下的区区小利和雕虫小技上"。

在这里，他使用了"再现"、"真确"、"宏大"、"同情心"、"每个人"这样一些概念，基本上就是我们理解的传统现实主义方法的那些内容。

文学究竟是什么？这是一个争论了几千年的问题。但有一点不能改变：文学是人类认识把握世界的另一种方式，这种认识是通过形象情感的审美来实现的。无论是西方的柏拉图、康德，还是中国的庄屈、李杜，他们都把美看作是超验性的，是对人生的一种终极关怀，带有宗教的意味，它作用于人类的精神而不是作用于人的欲望。这是我们衡量审美的一条底线。那种认为今天的文学活动与商业活动社交活动已没有什么区别的说法，那种认为美已经不具有艺术本性的说法，那种把文学视为文字游戏或叙述技巧的说法，那种认为任何意义都不过是一种表述的说法，无论怎样主义怎样新潮，都不过是泡沫而已。

在中国文学的历史上，正面和反面的经验都告诉我们，在文学创作中单纯的形式追求是不可取的，也不是文学需要的真正价值。诗三百，《风》居首，《风》的文学价值高于《雅》《颂》，大概是没有争议的。从内容上看，《国风》中除少数篇章是关于爱情的欢唱，基本上都是当时人类生存境况与底层苦难的歌哭。难道那时没有"中产阶级"吗？他们没有精神痛苦吗？他们不需要"抓痒"吗？从艺术形式上看，难道《小雅》之委婉奇巧抑扬顿挫真的低于《国风》吗？答案明摆着，古人很早就已经认识到"修辞立其诚"，他们懂得吃不饱肚子与有钱买不到快乐不是同一个量级的痛苦，对于"沉默的大多数"他们不好意思看不见。所以"文附于质，辞达而已"成为那时就已经公认的艺术经验总结。六朝骈文中也出了不少华美精彩的篇章，难道对仗和用典不是一种好形式吗？不是同样可以体现汉语之美妙吗？不是同样具有独创性想象力吗？可是"骈四俪六"却成了后代嘲讽挖苦的材料。因为后人都明白

"言之有物"的重要性,"及物"才是写文章的根本。人的情感经验是离不开社会生活的,倘若认为小说应该表现人的心灵,那么真实的心灵一定是博大丰富的,绝无可能抽去社会历史内容。

理论的力量不在时髦,而在怀疑和超越,它应该同现实保持一种必要的张力,不加批判地一味追逐时尚和肯定现状,就是对现存价值的一种谄媚,就会变成像马尔库塞说的"把现状变成唯一标准"的一种"拍马屁"。而学术更需要思想的光照,学术一旦抽去了思想,就会变成概念的演绎术,如同文学作品失去文学精神就会变成文字技巧的杂耍表演一样。所幸的是,还有清醒的批评家在。

现实何以重新"主义"?写下这个问题时我就明白我在做一项力所难及的工作。何以的意思是,既要说为什么,也要说凭什么,确实难为人。但我还是抛出引玉之砖,就教那些思考真问题的方家。

我认为现实重新"主义"是中国当代文学的必然选择,这是由中国的国情决定的。今天中国的大多数人毫无疑问仍处在争取温饱、争取安全感和基本权利的时代(限于篇幅,这里不展开了,稍有常识的人都能看得见),少数人的中产阶级趣味和主义选择,不在本文论述范围,也不是一个文学问题。王国维曾经发出过"读中国小说如游西式花园,一目了然;读西人小说如游中式名园,非历遍其境,方领略个中滋味"(王国维《小说丛话》)的感慨,但进入20世纪后这个情况发生了根本的转变。最耐人寻味的景观是,一面是经过两次世界大战以后西方国家现代主义和后现代主义思潮的兴起,表达了新知识分子对现存价值的质疑和焦虑;另一面却是有着古老传统文化的民族国家出现了使用本民族语言、反映本民族生活、以启蒙主义人道主义为价值核心的新文学。这是世界文学历史上极具时代特征的两大文学潮流。这一点在小说的审美价值追求上表现得最为充分：西方小说走上了一条背离写实传统转以写意为时尚的价值追问道路，故而在手法上出现了现代主义与后现代主义的形式变革；中国小说则是相反，重在揭示人生苦痛追问人生真相，故而在手法上背离了中国艺术的写意传统，走上了一条以写实为主的现实主义道路。表面上这是两股背道而驰的文学潮流，其实正是不同国度处于人类文明的不同发展阶段的产物。追求现代性，是20世纪乃至今后很长一个时期中国人共同的思想母题，也是中国知识分子在近代以来的共同选择。它既不是谁规划出来的，也不是任何主义可以强加的，更不是谁能够遮蔽的。不论何种阶级何种党派何种主义，都会把现代化写在自己的旗帜上。随着时间变化条件变化，现代化诉求可能会以不同的方式出现，但这个主题不会改变。关注时代、关注现实、关注社会进步是文学摆脱不掉的历史使命。有什么样的社会历史要求就会有什么样的美学形式。现实主义的核心追求是人的现代性，是追求人的价值尊严全面实现，是提升人的精神而不是刺激人的欲望，这就决定了它在内容上的理性色彩，和手法上的写实风格。它是严肃的而不是游戏的，它是批判的而不是消遣的，它是画人的而不是画鬼的，所以它在艺术上的难度绝不在任何形式之下。人是环境的动物文化的动物，文学自然也是环境的产物文化的产物。中国不可能隔绝于人类文明的历史阶梯之外，文学进步也不可能超越于发展规律之外，这是现实主义不死的最深刻的民族背景。

如果把20世纪80年代以后的小说与五四以后的现代小说作一个比较，我们可以发现两个非常有趣的文学现象：一是"文革"以后的当代小说就表现对象（内容）的拓展来看，与五四新文学走过了一条惊人相似的道路：伤痕小说与问题小说；反思文学与启蒙文学；寻根小说与乡土小说；改革文学与革命文学；新写实小说与灰色人生小说；新市井小说与世俗画小说；身体写作与私小说；新历史小说与故事新编等等。这些一一对应的主题题材，说明作家创作思维的扩展过程是有规律的，说明80年代初的思想解放运动不过是接续上了五四新文学的传统。五四新文学理应走完的现实主义道路并没有走完，所以在80年代以后再一次重现，只是表达的具体内容有不同的时代特征而已。二是在小说表现方式（形式探索）方面，中国小说向西方小说移植借鉴的广度和速度都堪称一绝，差不多用几年时间就走完了西方一百多年的艺术历程。1985年前后被称为"方法论年"，其间将意识流、生活流、自然主义（新写实）、新感觉主义、超现实主义、魔幻现实主义等等手法全部操练了一遍。这与30年代兴起的现代派写作又对应起来，同样是接续上了那个时代没有完成的试验，只是时间更短，生命力也更脆弱（既没有改变中国小说的叙事习惯，也没有留下足以传承的范本模式）。

为什么会出现这两个对应？因为一个时代的历史命题不管由于什么理由被迫中断，它一定会在下一个时期重新表现，一次表现不充分，必然会有第二次第三次。这是不以任何人的主观意志为转移的。任何回避真问题，以为在技术层面作些改进就可以绕过去的想法，不过是一厢情愿。社会发展如此，经济发展如此，文学发展也同样如此。所以在内容上，凡是没有被表现过的对象，一定会被找出来重新表现。同样，凡是在形式上没有表现过的方式也一定会被重新试验一遍。这个事实也证明了，艺术形式是不可能脱离作品内容单独得到发展的。形式不过是实现内容的一种方法或通道，它本身并没有高下之分，也无先进落后之别。谁能证明宋词高于唐诗、元曲高于宋词？在写法上举什么样的旗帜，宣称什么样的主义，最终都离不开对本民族社会生活和人生本相的真切透彻的表达，离不开写作者自身情感的深刻与伟大。那种认为怎么写比写什么还重要的说法，那种以相对主义标准来模糊界线的做法，除了收获"身体叙事""大话叙事"的泛滥还得到了什么？最近影视圈流行一本美国人的书，大意是：我们正处在一个娱乐主义的时代，人们需要的是片刻的过目即忘的快乐消费，而不需要深刻与沉重，所以形式感和刺激性才是最好的方式。抛开影视的传播特征不说，其内涵主旨表达的正是当下流行的文学观念。可惜他们忘了他们面对的是中国公众，忘了中国人呼吸的不是美国空气。

90年代以后，知识分子整体上的科层化趋势，大大强化了知识分子的工具理性和专业地位。在这种语境下的知识分子一方面满足于自己在话语等级制度中的精英地位，一方面越来越多地成为了新意识形态的组成部分。他们和五六十年代以前的知识分子做派完全不同，国事天下事已不再是他们的日常话题，只有那些与个人利害相关的事物才是他们关注的目标。他们生活精致，兴趣广泛，有全球意识和商业头脑，他们的中产阶级趣味和他们的专业知识以及他们在高校文学课程中的话语霸权，都有意无意地影响了当代文学的走向。那些进入文学行政权力的新一代官员正是在这样的气氛中建立了新的文学规范和排斥机制。而专业知识又使他们获得了超强的整合异端、改写事实的能力，总是能不动声色地将一切声音归纳到自己的话语体系中去。然而遗憾的是，他们的"能力"虽然提高了，但知识一旦成为工具或被出售，同时也就失去了思想的品质。

如果将"追求现代性"画成一条年代的数轴，将各种主义思潮在每个时期的发生、发展、变化当成一个个的点，再将这些点连接起来，那么我们可以清晰地看到，100年里文学思潮变化的主流趋势就是围绕这条数轴上下翻飞的曲线。每当这条曲线离开数轴较远的时候，它都会拐头向数轴靠拢。今天我们正处于曲线即将拐头的时刻。现实主义既然是伴随着民族国家现代转型时期出现的文学主张，在一百年里的文学变迁尽管五光十色迭经苦难，但历史没有"终结"，这个主张的内容和形式就不会终结。今天回首四顾，我们仍站在原地，中国文学只是实现了由文言文到白话文的转变，我们生活的环境依旧,我们面对的问题依旧。只要这个历史要求没有得到充分有力的表达和宣泄,现实主义就不可能被真正遮蔽。这就是现实主义不死的精神背景。

现实主义不死还有它的现实背景。那就是在文学领域中的形式主义浪潮和消费主义泡沫已经肆虐了20年,被推向极端的"纯文学"与消费主义的通俗文艺在80年代的先锋性合理性陌生感已经在各种过度的表演中消耗殆尽。读者跑了,传媒累了,跟风者也没劲了。有调查说,如今写小说的比读小说的人多,美和理想成为矫情的代名词,"老鼠爱大米"式的趣味成为主流美学观念,流行时尚已经左右了当代青年,大学中文系同学不读当代小说的比比皆是。

认真梳理起来,我国的"纯文学"浪潮大约经历了三个发展阶段,80年代中期的形式模仿阶段,80年代后期至90年代早期个别作家作品的收获阶段,90年代以来后现代式的"小叙事"和"新形式"阶段。这个过程又和消费主义的商业出版炒作纠缠在一起,使"纯文学"不但没有回到"文学本身",反而丢掉了文学精神,收获了越来越多的欲望和大话。对比五四时期创造社的骨干们,他们主张的"为艺术而艺术"并非拒绝社会责任的担当,在这一点上他们与文学研究会并无区隔,有些作家甚至比"为人生派"走得更远。而今天的"纯文学"论者不但躲避崇高、消解精神,某些学者本身就是丑恶的美化者。由于出书比过去容易,一些有地位有钞票的人也都纷纷成了"作家",而个别批评家则成了他们的托儿。比较典型的例子就是前不久闹得沸沸扬扬的小说《长翅膀的绵羊》,给绵羊插上"翅膀"的不仅有地方权力机关,有各级作协的文学大奖,而且还有颇为著名的文学批评家和教授。这样的丑闻不断上演,一方面让真正的作家感到身上沾满了污水,另一方面也将后现代批评家们置于可疑的地位,这就为那些严肃的现实主义作品打开了空间。因为读者可以被传媒时尚诱导一时,不可能被遮蔽永远。

试玉应烧三日满,辨材须待七年期。期待现实重新"主义",重新回到文学价值确认的正常轨道中来,应该是这个时代的正确选择。

期待现实重新"主义",其实就是回到常识,回到对文学作品阅读欣赏的那些最基本的元素中来。一部小说好不好,本来不是什么高深难解问题,有没有真实而独特的人物形象,有没有生动有意味的故事和细节,有没有深刻而蕴藉的情感寓意,有没有大多数人能会心会意的生活认同感,难道是什么尖端科学?非要由批评家解释一番才能看图识字?如果那样,它就不叫小说,就失去了小说文本本来应有的魅力。一部贴上主义标签外加使用说明才能勉强阅读的小说,其艺术生命力是值得怀疑的。然而90年代以来的文学批评似乎一直在做相反的努力,它们不是从小说的阅读本身出发来发掘其文学价值,而是从后现代理论中的某些概念出发来寻找小说中适合这一观念的对应物,然后宣布这就是真正的文学。把文学批评变成一种泛文化研究,以此证明自己已经与国际潮流接轨,比先锋作家更先锋。有些批评家很羡慕美国曾经出现的"批评的黄金时代",认为"典型文学刊物是由100页的批评20页的小说10页的散文和5页的诗歌构成"大概是个世界性趋势,所以才闹出硬给绵羊插翅膀的笑话来。可是论者忘记了,批评一旦消灭了它们赖以生存的土壤,它们"吃谁去呀"(某电视剧语言)?读了哈金的文章我才知道,原来美国并不是像他们说的那样,美国也有"伟大的小说"期待。而这样的大作品不一定要很多,只要有几部,就足以撑起一个时代。

在我国,由于一切专业领域都被行政主导着,而行政主导模式就少不了理论指引,故而后现代主义美学观才有可能成为主流意识形态"有益无害"的补充。这种有理论的行政主导模式的可怕之处在于,它不仅可以使行政蒙上专业色彩,还可以成倍地放大理论的作用，使理论也成为一种权力，成为凌驾于非主流理论之上的霸权话语。我国之所以经常出现"一种倾向往往掩盖另一种倾向"的话语翻烧饼，原因盖出于此。在全球资本主义的大背景下，加上通过评奖、做官和商业操作等辅助手段，文学创作竞争终于变成了一种"可操控的自由竞争"。很多有真实生活感受的底层作家因为不了解这种理论的发生机制，也对自己的真情实感和表述能力怀疑起来，文学变得陌生而遥远，以至于弃笔而去再也不写了。

细究起来后现代思潮并不是什么高深理论，但它终结历史的姿态居然可以使作家忘记常识，丧失自信而放弃自己的热爱，这就是"行政放大"的效应。90年代以后被推上极端的"纯文学"话语，以及后来被具体化了的"小叙事"和"新形式"就是被放大后才出现的。（因为"身体叙事"在本质上是一种商业行为，尽管它也是后现代主义文学观的一个组成部分，但还构不成一个严肃的文学问题，所以就略去不作分析了。）放大后的"纯文学"在表面上并不排斥现实主义方法，谁也没有这样宣布过，但它的指涉意向和对现实主义精神的遮蔽却是显而易见的，主要表现在：

一是划分文学创作的等级秩序。在80年代的"纯文学"理念中，主张多样化和形式探索，还带有追求艺术真实回到文学本身的意味，目的指向是摆脱单一的典型化模式和意识形态化的说教。可是90年代以后，这种文学本身的艺术探讨逐渐丧失了原有的合理性，变成了"有益无害"的点缀，被整合进新意识形态中。于是，"纯文学"逐渐演变为一种话语霸权，有了自己的审美规范和排斥机制。在一些标榜"纯文学"的奖项中，凡是符合这一中产阶级趣味的创作，无论内容如何，有没有精神价值，有没有构成小说必备的基本元素，一概照单全收，置于创造力想象力的顶端，至少也可以封为"最有潜力"。而对于那些现实主义的描写，特别是那些表现草根阶层苦难的作品，描写越细腻越是容易得到"过于写实""类似新闻报道"的评价。因为在"纯文学"的视野中，底层应该是温暖的，农民应该比城里人有更多的幸福感，起码也应该"分享艰难"。于是一部小说是否真实有趣能否感动读者甚至提升精神不再是最重要的了，它的价值被简化为是否"纯粹"。这个"纯粹"的尺度是，是否是"小叙事"，是否有"形式感"。这里，"小叙事"并非指细节，而是指"私人性"，即所叙之事与社会无关，与公共话题无关，否则就犯了忌讳。这当然是个潜规则，不好说出来的。因为这个逻辑既无学理支持，也于常理不通，只宜内部掌握。90年代以来的当代小说迅速地女性化小人化色情化，刻意遮蔽现实阉割精神甚至篡改历史，应该说与"纯文学"标准有极大关系。把"欲望叙事""下半身写作"完全推给市场因素是不准确的，"纯文学"理论难辞其咎。

二是篡改文学概念的固有内涵。如同"全民所有"被悄悄置换成"国有"的概念游戏一样，近几年的理论话语中，虚构一词的内涵也被悄悄置换了。虚构成为纯文学的专利，被重新赋予新的价值，它等同于想象力等同于创造力，有的作家干脆把它解释成"无中生有"。在这个视野中现实主义方法的写实便等同于记事，是不存在虚构的，因此它是等而次之的。因为已经约定俗成，所以在青年一代的批评家那里几乎可以不作分辨地接受下来（这不是他们的错）。邵燕君就有这样的表述："我们常说，文学的力量在于虚构，但在这样的真实面前，你会觉得一切虚构都失去了力量。这些年来，现实主义的创作手法不断被窄化、僵化、庸俗化，以至于它'写真实'的能力被许多人所质疑。"而李建军则把虚构与写实当作对立的概念来使用。事实上，虚构一词从小说与记事文体分离的那天起就存在着，任何写法的小说都是虚构的，否则它就不叫小说。第一个给小说下定义的据说是法国神甫于埃，他15世纪说："凡小说均为虚构的情节曲折的爱情故事。"（沃尔夫干·凯瑟

《小说是谁在叙述故事？》《文艺理论研究》1987年第5期）这里，虚构和情节成为小说文体的关键词。至于经典的现实主义理论描述中，关于虚构的解释更是比比皆是，这里就不再重复。问题不在于我们今天怎样理解虚构这个词，而在于为什么这些年来要重新界定虚构这个词。如果联系到给创作划分等级的种种做法，及其背后的趣味指向，就不难明白其中的奥妙。现实主义小说毫无疑问也是虚构的结果，它表达的是或然，是必然，不是已然。所谓"写实"并非写生活实有之事，而是虚拟的真实艺术的真实。邵燕君提到的"这样的真实"是从哪里来的？就是从虚构中来的。近些年来"现实主义的创作手法不断被窄化、僵化、庸俗化，以至于它'写真实'的能力被许多人所质疑"的原因不在于它缺少虚构，而在于它从另一个方向去虚构，这从很多"主旋律"作品中都可以看出来。如果非要用一个词来概括西方现代主义、后现代主义小说的特征，我以为用"写意"比较准确。因为是写意的，所以才会忽略故事和人物塑造，才会有夸张、变形、抽象等手法的运用，才会把读者引入形而上的哲学思考。但这样一解释，又不符合"纯文学"理论贬损现实主义精神的本意，因为"写意"正是我国古代艺术的一大特点，实在很难。指鹿为马本来就很难，还是回到常识比较容易。

三是模糊小说艺术的客观标准。一段时间以来相对主义十分流行，各类酷评纷纷出笼，其结果就使小说的基本价值成为了一个"问题"。我并不认为现实主义是唯一的方法，现实主义也需要不断创新。形式创新本来就是文学创作的题中应有之义。所谓"形式即内容"指的是那些少数"有意味的形式"，而不是一切形式。但"纯文学"论者把形式夸大了，小说语言、叙事方式成为第一要素，变成小说艺术的唯一标准，这就脱离了常识。"纯文学"的核心目标是颠覆启蒙精神，解构宏大叙事。从这个立论出发才产生了"小叙事"、"形式至上"，以及犬儒主义的生存哲学。事实上文学创作自有自然时序，花开花落都是一景，人为地作出剪裁只能造成伤害。本来评价一部小说好不好，与题材"大小"是无关的，"小叙事"本身也没有什么不好，有人写"大"也就应该有人写"小"，有人专注于形式创新，也应该有人专注于内容创新（当然最好是形式内容都能创新），文学园地才能百花齐放。可是现在"纯粹"成了一把没有刻度的尺子甚至一根棍子，艺术判断就失去了客观标准。结果就是，谁嘴巴大谁调门高谁就是标准。

四是营造小说艺术的边缘地位。文学的边缘化一直以来似乎已成共识，认为它是市场经济的必然，可是哈金质疑了这样一个说法。仔细考察它的来由，又是和"纯文学"有关。在"纯文学"的理念中，作家是无需担当社会责任的，公共领域自有其他人去关心。还有人认为作家和其他知识分子不一样，是"特殊的知识分子"，是坐井观天的，只和自己内心对话的人，作家所有的写作资源都在自己心里。一个作家发现了公共问题，可以去写杂文可以给市长打电话，而不应该写在小说里，作家只能去思考普遍的更加形而上的人性问题，作家对厕所之类的事物是看不见的。而且经过论证，普鲁斯特、米兰·昆德拉和鲁迅等等都是这样的作家。这个论调无疑是说，作家不仅不是知识分子，他连普通公民都不是。知识分子之所以对社会还有用，当然是通过他的专业知识和相应的工作来实现的。可是作家不行，作家这样做了，就不叫"真文学"。这个逻辑说白了，就是取消作家对时代的关注、对道德的承担、对理想的追求。所谓的"形而上的人性问题"也不过就是把文学变成案头膝上把玩的玩意儿。当代文学在整体上对时代"失语"，失去了与时代对话的能力，当代小说就再也不是思考人生的思想资源，这样的文学有什么理由要求社会关注？这样的作家就成了捧笑逗乐的优伶，成了插科打诨的小丑，成了"娱乐界人士"，一个技巧的杂耍者有什么理由不被边缘化？

以上四条虽然只是技术层面的操作，但它的确深刻改变了当代文学的格局。我们不难看出，"纯文学"概念与我国社会领域经济领域的众多改革概念一样，都是希图以技术层面的变化来代替或绕过根本问题，它从开始提出到90年代获得话语霸权的全部过程，其实都是在"玩政治"，而不是什么"回到文学本身"。不管始作俑者的出发点有多少善意，实践已经证明了一切。文学事业毫无疑问是人类进步事业的一部分，它是公共的而不是私人的，惟其如此它才值得上下求索。作家首先是真理的追求者，是人类合理生存方式的叩问者，是现存价值的怀疑者批判者。惟其如此个人记忆才能与集体记忆相关联，惟其如此他的表达方式才能成为"有意味的形式"。

期待现实重新"主义"，并非排斥其他创作方法，也不是谋求现实主义的惟我独尊，只是要求它回到正常的评价体系中来，任何特权都不是好东西。写小说可以是任何主义，也可以是没有主义。它可以是"先锋"的，但最好有内容与之相合，倘若没有当今人类最前沿的思想发现，不能用人类文明的成果照亮时代生活，那么所有的绕前捧后不过是"玩花活"，是杂耍。它可以是"个人"的，但最好是个人对社会人生的独特体验与发现，而不是个人隐私的叫卖，脱光衣服跑到大街上吸引别人的眼球。它可以是"大众"的，但最好是站在大众的整体立场来观察世俗表达人性，而不是追随时尚赞美平庸取消精神。它可以是"小众"的，但最好是在小圈子里互相欣赏，应答唱和，不要浪费公共资源。它可以是"苦难"的，但最好是真实具体的精神困境，而不是绕开社会历史内容去假思玄想，更不是逃避"宏大叙事"和"公共领域"，一个人躲在角落里嘀嘀咕咕。它可以是"后现代"的，但最好有对人类前途的焦虑与瞻望，而不是对几亿人口尚在为温饱挣扎、现代文明空气还很稀薄的中国现实视而不见，装出一副前卫的样子为所谓的文学史写作。

作家是靠作品的生命力存在的,一个认识把握自己所处时代的能力不足的作家,无论名头怎样响亮终将难以持续。作品是靠思想洞察力和艺术感染力存在的,一部只见形式不见形象的小说,无论怎样"主义"同样难以持续。

原载于《文艺理论与批评》2005年第3期

新文学运动百年祭

20世纪90年代以来，国内文坛不断出现评判批评当代文学创作的文章，有"价值多元说"的，有"整体否定具体肯定"的，有"重写百年文学史"的，更有酷评家要把20世纪中国作家作品一棍子全部打死，直接宣告中国已"进入后现代"的。集中到一点，就是文学作品的价值观发生了动摇。2003年10月，《人民文学》与《南方文坛》联合召开会议，议题是"回到文学的基本问题"。也就是说文学的基本价值在今天已然成了一个"问题"。进入2004年，在主流文学刊物上出现了一些大体一致的声音，似乎意在营造一个新的文学价值评判体系。以半官方色彩的《小说选刊》为例，该刊以"季评"的方式分别发表了孟繁华、陈思和、陈晓明三人对当下文学创作的评述文章。这些文章事先是否经过讨论与策划不得而知，但从文章的总体倾向看，说步调一致大概不为过。那就是由孟繁华来宣布宏大叙事的终结，由陈思和来说明惟有形式创新才是文学生存的理由，由陈晓明来解释为什么"小叙事"才是今天的最高成就。照说几个学者谈谈个人看法，对与不对本不值得大惊小怪，但从分工和步骤上看似乎又不那么简单，颇有"宏大叙事"的意味。上述文章既有对当下的形势评估，亦有从形式到内容的指引，路径明确而且边界清晰，大约就是今后的指导方针。这些说辞的理论背景并不难体会，就是90年代初十分流行的西方后现代主义的"话语平移"。回想90年代初,西方后现代理论进入中国时官方学界态度还十分暧昧,频频冠以"资本主义"的帽子。短短十年,沧海已然变成桑田,令人扼腕。

历史悠久的中国文学为什么不同于欧美文学,直到20世纪初才集中出现启蒙主义人道主义呐喊?出现了由内容到形式的根本变革?进而宣告了古典文学的终结和现代文学的诞生?这是因为中国文学内部产生了变革的要求。

20世纪是人类历史发生剧烈动荡分化重组的历史。表现在文学领域最为突出的景观是,一面是经过两次世界大战以后西方现代主义和后现代主义思潮的兴起,表达了新知识分子对现存价值的质疑和焦虑;另一面却是有着古老传统文化的民族国家出现了使用本民族语言、反映本民族生活、以启蒙主义人道主义为价值核心的新文学。这是世界文学历史上最具时代特征的两大文学潮流。这一点在小说的审美价值追求上表现得最为充分:西方小说走上了一条背离写实传统转以写意为时尚的价值追问道路,故而在手法上出现了现代主义与后现代主义的形式变革;中国小说则是相反,重在揭示人生苦痛追问人生真相,故而在手法上背离了中国艺术的写意传统,走上了一条以写实为主的现实主义道路。表面上这是两股背道而驰的潮流,其实正是不同国度处于人类文明的不同发展阶段的产物。追求现代性,是那个时代的思想母题,也是中国知识分子在鸦片战争以后痛定思痛的共同选择。不论何种党派何种主义,都把现代化写在自己的旗帜上。

事实上早已走向衰落的古典文学在19世纪已经不能适应时代,龚自珍作《病梅馆记》就形象地描绘了这个特征。古典文学作为封建社会意识形态的一部分,以文言文为工具的古典文学形式,都到了寿终正寝的前夜。因此才出现了伴随洋务运动的"文学改良"。那时的"诗界革命"和"小说界革命"都取得了一定成果,黄遵宪提出"我手写我口",竭力突破僵化的旧诗体;梁启超主张"新"小说,用浅显的文言写活泼的新文体,推动了晚清小说的繁荣;激进的谭嗣同在他的《仁学》中提出废除汉字;改良派办的《时务报》上时有文字改良主张;而林纾的翻译也使中国知识分子接触到了西方文学的人文精神;更有一批谴责小说和新公案小说的出现,使中国有了最早的民族资本家和平民侦探的文学形象。而在手法上,叙述时间、叙述角度和叙述结构都出现了有别于传统小说单线条的叙事努力。这些都说明古典文学在那时正在向现代文学转变。只是由于"文学改良"的不彻底性,使早期的文学变革要求既无力彻底否定专制制度及其意识形态,也无力创造一种新的文学形式,最后只能流于世俗化。辛亥以后,人们发现中国社会并没有太大变化。于是政治高潮一过,大量言情、哀情、黑幕、侦探(时称鸳鸯蝴蝶派、礼拜六、红玫瑰)的小说出现便是证明。但那时的风尚是,读政治小说高尚,读侦探小说有趣,读言情小说只为消遣,价值判断还是稳定的。

它起码说明:一个时代的文学潮流一定是这个时代内生出来的社会心理、价值观念和审美理想共同作用的产物,并不是哪个革命党可以规划出来的。同时它也说明:以长时段来观察,真正的文学精神可以被遮蔽一时,但不可能被遮蔽永远。正是在这样的背景下,五四前后,爆发了以张扬民主科学精神和个性解放为主要内容的新文学运动。陈独秀提出拥护德先生与赛先生,比之为舟车之两轮,宣言文学革命的三大主义(曰推倒雕琢的阿谀的贵族文学,建设平易的抒情的国民文学。曰推倒陈腐的铺张的古典文学,建设新鲜的立诚的写实文学。曰推倒迂晦的艰涩的山林文学,建设明了的通俗的社会文学)。胡适提出文学改良"八事",主张须言之有物,不作无病之呻吟。周作人在《人的文学》中从个性解放的要求出发,主张"灵肉一致",宣扬人道主义,后来又提出文学"为人生",阐明"以真为主,美即在其中"的美文主张。这些言论对推动新文学的发展有着极大影响,与鲁迅、郁达夫等一批作家作品共同掀起了新文学的大潮。新文学对中国社会进步的影响是众所周知的,不赘述。

比较这两个百年的开端,是件很有趣味的事。同样是大学里的文学教授,为什么对文学的理解和追求迥异?为什么要把一百年前被"推倒"的文学观重新张扬起来?他们在课堂上讲解这段历史和宣扬自己的主张时是一副什么样的表情?唯一的解释是他们认为时代变了,五四新文学的主张已经不合时宜。

孟繁华认为,"20世纪激进的思想潮流培育了作家对'宏大叙事'的热情,培育了作家参与社会生活的情感需求。"而今天"小说这种叙事文学辉煌时代的终结,是凭作家的努力无法改变的"。

陈晓明则断言中国已经"进入到另一个历史时期的开始",(现代性)"那样的历史已经终结,只有历史的碎片剩余下来,只有小人物的个人感觉构成小说叙事的中心,只有文学本身的叙事来创造文学性"。所以他的结论是——"也只有最小值的文学性,构成最真实的审美感觉"。

陈思和在文章中,一方面承认"真正的精神性在任何主题、任何形式中都能显示出它的深度",另一方面又把形式探索夸大到至高无上的地位——进步和成绩"只能是依靠可遇不可求的少数(形式)创造性劳动来完成"。(以上文字见《小说选刊》2004年第4、第7、第10期)

有意思的是这三位教授都是标榜要与"平庸的大众文化市场"划清界限的,要为"纯文学"招魂的。这就不能不认真对待。本来一个学者持有什么样的观点,寻找什么样的理论资源都不会令人惊讶,我惊讶的是,中国式后现代思潮怎么会成为主流看法?而且由自己来宣布,"代表了中国作家在可能的情况下所坚持的文学的最高正义"（孟繁华语）？

中国真的进入"另一个历史时期的开始"即后现代了吗？对这个问题，可能稍有社会常识的人都不难作出判断。我们的确时常在电视节目里看到后现代生存，但那只是被策划出来的虚拟生活，与大多数人无关。中国的人均年产值达到了1000美元，并不表示中国的大多数人有了基本的生活保障，更不表示他们享受到了基本权利。中国与一百年前相比，在物质层面（器物）有了很大变化，电报局和驿站已经被互联网代替，绿呢大轿已经变成奔驰宝马，可以说船坚炮利已经实现（还没有经过检验）。然而在制度层面（政治）基本上还保持着固有的社会结构，今天各行各业里暴露出来的腐臭与黑暗无不与这个结构有关。在人的精神层面（文化），现代性所要求的普适价值，当年陈独秀欢迎的德先生赛先生远没有到来。现代性在中国的政治经济文化乃至社会生活诸领域还是稀缺资源，这大约是无需证明的事实，相信他们三位也不会否认。

在社会层面，中国一向试图绕过去的工业化进程、管理理性、程序正当、市场残酷、法制痛苦，乃至于制度的合法性基础，始终都是绕不过去的现代性门槛。在文学层面也是一样，社会正义、民间疾苦、人生苦痛、人格扭曲、精神萎缩，这些新文学一直坚持的人文主义追问，始终也都是无法回避的。读者对当代文学的批评也主要集中在这些方面。在一些关系社会进步的重大问题上，与社会学、管理学、法学、历史学相比，早已听不见文学发出的声音。当代文学创作实际上已经与现实生活隔绝，失去了与时代对话的能力。这种现状用一句文化生活多元化和互联网"分流了阅读人群"（孟繁华语）是解释不通的，因为这些呼声和批评正是由互联网发出的。最近一些地方组织专家呼吁"广大网民"不要听信网上谣言，针对的也正是类似批评。中国的读者众多，市场很大，严肃的读者也是一个很大的群体，并非一说市场人人都想游戏消遣。即使以消遣为目的的读者也未必总是喜欢浅薄无聊之作。道理很简单，人人都想认识自己以及自己所处的时代，谁也不愿糊里糊涂地活着。而论方便快捷书刊不如互联网，论直观形象传统小说不如影视，论感官刺激读小说更不如看三级片，文学的真正魅力在于精神层面的启迪与愉悦，这不是用美女美男可以包装的。

那么为什么"最小值文学"被夸大为当今文学的正宗呢？众所周知中国对文艺创作一直坚持"正确导向"的，对那些"主旋律"的宏大叙事，通常以评奖和做官来鼓励。一些严肃的文学作品即使得到发表，也是迭遭打压命乖运舛。对此后学批评家们从来都是装聋作哑的。对一些时尚的描写"苦难"之作，陈晓明自己也曾经指出这是"没有历史内容的苦难"（见陈晓明《无根的苦难》），而对那些人欲横流、无病呻吟之作，却又极尽溢美之词，摆出一副真的很喜欢的样子。说白了，不过是以拥抱现实的姿态来重返话语中心。中国式后学论者很想建立起一整套新的话语等级制度并从中分得一个喇叭，我们很容易从某些精英人士的说辞中，看到那种执掌话语权的渴望和傲慢派头。可惜他们自己也"妾身未分明"，正如哈耶克在分析西方知识界的现况时说的，过度的专业化使知识分子丧失了广阔的思想视野。

中国式后学论者对启蒙主义的"解构"和"颠覆"有三：一曰启蒙主义隐含着不平等，即"你启我蒙"，是违背市场经济规律的；二曰启蒙必然带来宏大叙事和造神运动，导致文化大革命那样的灾难；三曰现代资讯的发展使一切文本都成为虚构，互联网的出现使真理和知识变得可疑，为了出售而生产的真理是没有人相信的。其实这三条在学理上都站不住。

首先中国出现启蒙主义呐喊本身就是"向西方学习"热潮的产物，并非长官意志；民主、平等、自由、法制等启蒙理念本身就隐含着自我选择的理性精神，并非强买强卖；在中国呐喊启蒙精神本身就冒着风险，更何况启蒙者与被启蒙者并无天然分隔，启蒙者本身也在被启蒙之列。把"你启我蒙"的二分法强加给启蒙主义然后再加以解构批判，其实正是中国式后学的一贯思想逻辑。其次，造神运动和文化大革命的出现恰恰是违背了启蒙精神，灾难的发生并非来自宏大叙事本身，而是来自造成灾难的社会结构。只要这个社会结构存在，任何叙事都可以导致灾难。而这一点恰恰是主张"小叙事"的人想忽略的。第三，真理是客观存在的，启蒙者不过是发现了它并且说出真相而已，这与传播手段的变化有什么关系？难道《皇帝的新装》因为出售就不是一本好书？孩子说出的真相就没人相信？后学的另一武器就是相对论，他们的最大本领就是模糊界线，然后推倒一切。

后学思潮在中国落脚的时候，正是中国知识分子群体的"新启蒙"遭受重创的时刻，这赋予了后现代主义在中国的传播以千载难逢的机会。其实后现代主义在智性上的反理性、道德上的犬儒姿态与感性上的快乐至上，即便在西方最鼎盛时期，也没有逃脱过有识之士的嘲讽批判。然而它在源发地已经走向衰微的时刻，却在中国却获得了始料未及的推广（所谓"话语的平移"）。有一个经典笑话很能说明问题：鼓吹后现代主义建筑最起劲的查尔斯·詹克斯先生的太太到中国来看了几处民居古迹，就向全世界宣布"后现代建筑在中国"，她从来没有见过这样的封闭结构，这样完美的古朴，简直太"乡土"了，太"社群"了。将来中国有没有人出来宣布"后现代艺术在中国"（比如张艺谋的某些作品）"后现代小说在中国"（比如可以跟国际接轨的某些作品）？也许真有可能。

后现代主义在中国的传播有着深刻的社会原因，更有着具体的现实动机。我们稍稍留意就不难发现主流传媒使用它时的那种意外之喜和驾轻就熟。中国文化保守主义者能够容忍它也是基于这种异曲同工的妙处，前不久由五位文化名人牵头的北京"甲申文化宣言",还有尊孔读经闹剧就是东方主义的杰作。这样就出现了一个奇怪的现象,即中国的保守思潮是根据来自西方最激进的后现代学说。而更为奇怪的是,中国式后现代论者并不是真正想通过发掘传统或重估价值的途径与保守思想建立起有机联系,他们从来就没有认真分析中国传统在当代世界中如何焕发新的意义,也没有兴趣去认真研究中国文化的历史形态,而是仅仅想通过所谓"市场化"的途径抗衡现代性。中国式后学论者这些表现在90年代以后已经成为了一种新的意识形态。

在西方,后现代思潮有它的合理性:它们的反形式与反艺术是建立在西方现代艺术史上,特别是经典现代主义的高度形式化的止题之上的。这样它前卫性的反题便有了相应的理由。而在中国,就很难找到它自圆其说的理论前提。80年代初文学界曾出现过一股提倡个人化的心灵叙事,以及相应的"形式革命"潮流,还产生过进步作用。是因为当时的文学还面临着恢复,需要接续上已经中断了几十年的现代性诉求。而且当时并没有当作唯一,也没有把隐私写作夸大到代表"最高成就"的地步。按当时始作俑者之一钱理群的说法,"我们是针对'文革'带来的极端的意识形态,政治对于文学构成的一种困境,当时是为了摆脱这种困境才提出的。实际上,当时我们提出20世纪文学这个概念的时候,其实也带策略性的,正是为了打破文学史和政治史等同的事实。……但是,今天回过头去看,你强调纯文学时遮蔽了一些东西,遮蔽了什么东西呢?其实,当时我们提出这个概念本身就是那种政治性的反抗。但就理论来讲,它遮蔽了实际存在的文学与政治的关系。"(见钱理群《重新认识纯文学》)换句话说,80年代的策略已然成为90年代的文学新意识形态,这大约是钱先生始料未及的。

那么时至2004年,一再张扬这种"最小值文学"以及中国式后现代主义的文学观,就不能不考察它的动机了。那种没有任何语境前提下的"话语平移",那种貌似嬉皮笑脸的话语霸权,掩盖着的恰恰是新意识形态的文化策略:即中国的现代性既然无法回避,那么以这种思想短路的方式扼杀其文化诉求就是最好方法。这是另一种宏大叙事,一种真正的新意识形态。所以"最小值文学"想遮蔽掉的是文学精神,而不是宏大叙事本身。

说到80年代,还有两个现象值得特别一提。一是80年代文学就主题和题材领域的拓展来看,与五四新文学走过了一条惊人相似的道路:伤痕与黑幕;反思与启蒙;寻根与乡土;改革与革命;新写实与灰色人生;新市井与世俗画;新历史与故事新编等等,这些一一对应的主题题材,说明作家创作思维的扩展过程是有规律的,说明80年代的思想解放运动不过是接续上了五四新文学的传统。五四新文学理应走完的道路并没有走完,所以在80年代再一次重现,只是表达的具体内容有不同的时代特征而已。二是就形式探索方面向西方学习借鉴的速度来看,用几年时间走完了西方100多年的艺术历程:1985年前后被称为"方法论年",其间将意识流、生活流、自然主义(新写实)、新感觉主义、超现实主义、魔幻现实主义等等手法全部操练了一遍。这与30年代兴起的现代派写作又对应起来,同样是接续上了那个时代没有完成的试验,只是时间更短而已。可惜这些追求在90年代被扭曲了(为什么会出现这两个对应,我将另文论述)。

对比这两个时代是有趣的,但解释这两个对应却是沉重的。它起码说明,这两个时代的历史要求是多么的相似。新文学的核心追求是人的现代性,100年来的文学变迁虽然五光十色迭经苦难,但这个命题远没有完成。回首四顾我们仍站在原地。新文学只是实现了由文言文到白话文的转变,我们生活的环境依旧我们面对的问题依旧,此中又有多少苍凉与无奈!同时它也说明,一个时代的命题不管由于什么理由被迫中断,它一定会在下一个时期重新表现,一次表现不充分，必然会有第二次第三次。

　　文学领域与其他领域一样，进步和发展必须遵循规律，任何"跨越式"的进步都不过是一种想象。别国的理论思潮是针对别国的具体问题产生的，每一理论思潮的出现都有它的合理性和局限性。离开了这些理论的具体语境和具体问题，用山东驴子学马叫式的"话语平移"只能移桔成枳。这种思维与过去社会学界鼓吹民族国家可以跨越阶段"首先胜利"、近年经济学界鼓吹"后发优势"可以实现"世界一流"一样，大跃进只能造就大荒唐。

　　另外，国人还有一个挥之不去的历史情结，总认为技术层面上的改进成本最小收效最大，总以为小修小补小改小革不伤筋动骨。这个情结造就了一百多年里反复上演"保名教是以保国家"、"中学为体西学为用"、"中国特色"的悲喜剧，而不愿面对真问题。在文学层面也是同样，总以为搞搞形式创新玩玩叙述技巧就可以保持表面的文学进步与世界接轨，就可以"捍卫当下的小说形势，捍卫当下小说高端的艺术成果和他们的倾向，以解脱我们对小说总体评价的困惑和隐痛"（孟繁华语）。我不知他内心的困惑是否真的解除，仅就他要捍卫的形式而言，恐怕很难乐观。

　　一个大学文学教授关注小说的叙述形式是正常的合理的，因为他要为教书作必要的研究。然而读者关心的并不是"小说作文法"，而是小说的内容，没有内容的形式无论怎样花哨都不可能被认同。以形式创新来代替内容创新，把"怎样写"夸大到比"写什么"还重要，并以这样的思维来指导创作，博士卖驴，书卷三纸，不见驴字。形式本身并没有高下，也没有先进落后之分，所谓艺术不过是为表现对象寻找到了恰当的实现角度和方式。谁能证明唐诗落后于宋词？相反，一个时代的文学繁荣，只有通过一大批反映了时代本质真实的作品才得以实现，相应的艺术创新才可以依附在内容之上得到承认。这已是个常识，三位教授为什么要"博傻"？

总之,"小事崇拜"和"形式至上"确实是90年代以来中国文坛上出现的重要现象,造成这种现象的原因很复杂也很简单,理论界有过不少分析,这里不去复述了。写到这里忽然明白90年代以来后学界似乎在完成一个共谋(起码也是共识):要把创作引上一条华容道。这条道上埋着两支伏兵,一支叫内容,别名"小";一支叫形式,别名"新"。经由这两支伏兵的围追堵截,相信中国文坛就可以跑步进入后现代了。到那时,陈晓明描述的"典型文学刊物是由100页的批评20页的小说10页的散文和5页的诗歌构成"的局面也许真的不远了。依照中国式后学理论的构想,当代小说失去了与时代对话的渴望,失去了把握社会历史的能力,失去了道德担当的勇气,失去了应有的精神含量,失去了对这种关注作审美展开的耐心,小说还剩下什么? 大约还能剩下陈思和的"小说作文法"。

在中国,在当下,那种"没有底盘的游戏"(德里达)、那种"一切皆可"(邓托)、那种"快乐的虚无主义"(奥利瓦)、那种"正经不起来"(苏姗·桑塔格),还有"政治波普"、"泼皮现实主义"、"玩的就是心跳"、"躲避崇高"、"一点正经没有"等等,其实正是权贵资本所需要的精神鸦片。它颠覆的是正义,解构的是一切精神性存在,突破的是人类基本道德底线。它只能是100年里中国现代化进程中的一股不大不小的文化逆流。它从另一个侧面证明,兴起于20世纪初的中国新文学并没有走到尽头。今天仍是启蒙的时代,宏大叙事没有过时,中国的公共话题多得很。

100年时间也许并不算长。新文学运动从发动到成长,几起几伏,几经磨难,几代文人,几多兴叹。尽管对文学精神的遮蔽从诗经那个时代就已开始,尽管这种遮蔽在各个时代的表现不同,但文学精神不可能被完全杀死。真文学的血脉一直在屈子庄周,在李白杜甫,在汤显祖曹雪芹,在鲁迅郁达夫这些文学巨人身上顽强地延续着,一代又一代,薪火相传不绝如缕。一部中国文学史反反复复说的都是这样一些事。从功用诗学到代圣贤立言，从骈四俪六到叙事陷阱，从好人好事到小人小事，真的就能把文学精神遮蔽掉吗？

中国不可能永远隔绝于人类文明的历史之外，社会进步不可能背离于客观规律之外，文学也是同样不可能游离于现实拷问之外。文学固然不是什么经国之大业，认不得真，但也没必要那样不堪。如果我们关心文学是真实的、我们求真求善求美是发自内心的，那么我们为什么非要挤上这趟车蹚这个浑水，作违心之论呢？我们求真则意味着人类对自身和世界的理性认识，因此我们才对虚假、黑暗特别厌恶；我们求善则意味着人类对生存、发展所需要的关系调整，因此我们才对和谐、光明特别向往；我们求美则意味着人类对合理、健康生活的精神追求，所以我们才对生理心理的放松愉悦特别需要。回首百年大潮，个人实在渺小得很，着什么急呀。

《小说选刊》的下一位"季评"作者是谁还不知道，但欢呼2004年的丰收是可以肯定的。但愿这位文坛"F4组合"的最后一位歌手能够唱得扎实一些，也算是对新文学百年大潮的一个祭。

原载于《小说评论》2005年第2期

文学批评中的八个关键词

之所以选择这个话题有两个背景：一是20世纪90年代以来，文学批评的公信力已经降到了冰点，最近《文艺报》连篇累牍地讨论文学批评的现状，就是想挽回一点批评家的面子，恢复批评的公信力。公信力丧失的原因主要还不在于红包批评、圈子批评，各行各业都在腐败，文学界当然也不能例外。丧失公信力的原因也不在于媒体的多样化，批评家群体的多元化，我认为根本的内伤是，批评家的价值体系已经错乱，皂白不辨，鹦鹉学舌，中国当代文论还没有建立起自己的语言。我这里也算是一点思考，借讲课的机会作个响应。二是从全球化视野看中国当代文学的理论批评，出现这些问题一点都不奇怪。大家知道冷战结束以后，中国文坛一直盛行"终结论"和"后现代论"，是所谓宏大叙事终结了，历史碎片化，个人原子化了，文学游戏化了，只剩下语言在狂欢。为什么？就是因为美国成了大赢家，赢家就要通吃，赢家不允许别人有自己的主体意识，任何游戏要按照赢家的意愿玩，要按赢家的规则出牌，否则赢家就不带你玩。生怕不能跟人家接轨，这种心态在各个领域都有表现，反映在文学上，就是这些年来中国文坛一直以追求"西方承认"为目标，说得好听一点叫"诺贝尔情结"，说得不好听就是一部分中国人在现代化过程中已经失去了民族自信心，放弃了文化权力，迷失了自己。萨特曾经说过一句话叫"词的暴政"，今天的文坛就是因为有人使用了词的暴政方法，才有了文学批评中经常被扭曲被阉割的八个关键词，强迫你跟着他的思路往下走。这是我说这个题目的两个背景。

90年代以后，很多长期生活在基层，有体验有才华且有思想能力的作家都弃笔不写了。老朋友聊天，经常免不了会为某人的才华惋惜。探其究竟，大体都是"迷惘"二字。毕竟，一个孤独的歌者很难一直保持高音华彩的。这和90年代以后理论批评的语境发生了变化有关系。"后现代"的能指所指游戏，确实解构了许多我们以为是常识的概念。词还是那些词，可它的内涵已经被阉割了置换了，他说的话你听不懂了。如同在社会学界、政治学界、经济学界发生的许多事情一样，似是而非的文字概念游戏正在大行其道蒙蔽视听。所以需要我们从头梳理，正本清源，还其本来面目。

首先是关于文学性。在今天，谈论一部小说的文学性，已经和80年代的涵义完全不同，因为每个人手上都拿着几本西方文论，都能说几个新名词，你说你的我说我的，都在告诉你什么才是文学。但不管话语如何多元，文学的价值标准只能有一个，否则鸡同鸭讲是讨论不出答案的。文学是什么？在任何一部中外辞典里都是明确的：以语言文字为工具通过形象来表现社会生活和表达作者情感的艺术。这个定义就是完整的文学性，语言是工具，形象是方法，目的是表现生活和作者情感，这是千百年来人类共通的，通过反复比较抽象达成的共识。但在今天的中国，这个定义被阉割了，说文学仅仅是语言的艺术，语言是怎么成为艺术的？他不回答。这就好比说工业是机器的产业，农业是锄头镰刀的活动一样不完整。语言只有通过形象的方式，通过对客观世界的呈现和作家主观情感的表达才有可能抵达文学。换句话说，文学性由几项中介共同实现的，文学是语言的艺术，也是形象的艺术，更是表现社会生活和作者情感的艺术。雅各布森是语言学家，他是从语言学的角度研究文学的,他不关心社会价值和道德判断是有道理的,但一个文学批评家说这种话就显得很滑稽。那么相声是不是语言的艺术?评书是不是语言的艺术?通过词的暴政把文学精神阉割了,手段变成了目的。于是小说在一些人眼里不再与生活相关,不再是作家对生活的发现,作品的精神高度和思想锋芒不再重要,而仅仅指的是作品形式和技巧,作品的内容已经被过滤掉了,是所谓"内容得零分,形式得高分"。这就是纯文学。尽管论者没有明说(明说就露出了学理上的马脚,聪明的批评家是不会这么干的),但眉宇间约定俗成的情态就已经告诉你,游戏时代谁还关心那个?太老土太陈旧了。所以"诗到语言为止","叙述就是意义的源头","小说就是语言、叙述和结构","小说就是发现小说能发现的东西"大行其道。我们经常看到批评家们一本正经地探讨小说的可能性,他不好意思把话说完整,他实际上是在探讨小说还有多少种"写法"。一旦他们意识到各种各样的"写法"已经山穷水尽时,他们就要庄重宣布"文学死了"。但文学性显然是不能纯粹到如此地步的,否则一部《成语词典》《妙语大全》或者《技巧汇编》不就把文学性一勺烩了?一个读者买小说是来看你的"写法"的吗?所以我们今天要真正理解某一种话语,就不但要知道他说了什么,还要知道他故意不说什么。小说说到底是人类把握认识世界的一种方法,只不过这种认识是通过形象的方式,通过情感审美的方式来实现的。它毕竟不是小圈子里的文字游戏,也不是书橱里的语言工艺品。所以持纯文学观念的人很着急,因为他主张的那种文学确实已经死了,已经走到了尽头。这就是为什么玻璃橱窗里的美女模特儿尽管身材窈窕时尚无比,可就是没人去爱她的原因。这也就可以解释那些宣布"文学终结了文学死了"的批评家为什么还要不辞辛劳飞来飞去参加各种文学活动的原因。因为他们知道,没有生命没有灵魂的美女是不可爱的,无论她穿着什么样的衣服。他们也清楚,人类对未知的探索,和求真求善求美的愿望是无止境的,文学性正是这种要求的本质体现。只要人类还有感情存在,文学就不会死。小说是文学门类中综合性最强的艺术,小说就要集中体现这种本质要求,这是小说区别于其他艺术门类的一个首要特征,也是我们强调文学性的理由。如果只强调形式而忽略了内容,只重视"怎么写"而忘记了"写什么",那也就从根本上取消了文学性。比如我们讲小说是求真的,但小说又是虚构的,真从何来?所以这里说的真其实是指作品传递的真实感,是更加本质的真实,所以真实感是第一位的文学性。所有的方法所有的主义其实都指向这个最简单也最难达到的境界。真正的作家绝不是那种特别聪明、特别"会写"、特别会玩花招的人,而是那种对世界抱有赤子之心、对人类境遇怀有悲悯情愫的人。这本来是个常识,批评家们不是不知道,只是故意要那么说而已。批评家故意那么说是青鸟不传云外言,丁香空结雨中愁。其中原因我在《在历史的大格局中》谈过(作家主体性丧失,对"现代派艺术"的理解误区,和与世界的"接轨"冲动),不重复。我们知道,在80年代纯文学口号还曾经起到过摆脱意识形态控制的进步作用,有着某种精神上的先锋性,可由于这个口号本身就是去政治化的政治,所以到今天已经走到了自己的反面,成为一个工具,成为新意识形态的一部分。所以要和它划清界限,洁身自好。

这就牵扯到第二个关键词:艺术性。小说既然是艺术,就是要讲艺术性的。没有艺术性的小说就不能被称为好小说,所以近几年来的文学争论大都围绕着艺术性展开。何谓艺术性?纯文学论者又告诉你,就是与外部世界无关的个人内心隐秘,是诗性,是审美,是语言叙述和结构。那么为什么一与外部世界有联系就不诗性了不审美了?这个世界上真的存在着只有语言叙述和结构没有内容的小说吗?其实内容他们还是要的,他想要的是贵族梦想加文人雅趣,只是不好意思这么表达。这么一表达马屁股上的封建主义纹章就露出来了。即使按最激进的后现代主义批评家阿多诺的说法，文艺作品的艺术性在于其能否表达时代的真理内容（truth-content）。这就是说，有没有时代真理内容是检验艺术成就的必要条件，脱离了真理内容的表达充其量只能称之为技术。如同张艺谋拍的那些"大片"，除了一堆声光电的技术操练，我们感受不到艺术一样。真理需要表达，表达有好坏之分，所以才有艺术性高低之说。为了表达得更准确更生动更有趣，才需要各种各样的技巧，才需要创新。而不是仅仅在形式上翻新就可以称之有艺术性。理解这个道理应该不困难，但在今天偏偏成了一个困惑。王国维在《人间词话》中开篇就说，词以境界为最上。有境界，则自成高格，自有名句，说的就是这个道理。比如，寻寻觅觅凄凄惨惨戚戚，被认为创造了一种双声叠字的新形式，是千古流传的艺术。那么高高低低上上下下左左右右来来去去，同样是双声叠字为什么就不是艺术呢？因为这是毫无意义的形式，不能表达孤苦无着的情感。一切艺术形式都是对人类情感的挖掘和表达，艺术性不过是实现表达的手段或者通道，这是要和效果联系在一起考察的，而不是看它贴上了什么主义标签。只有那些深刻有效的挖掘才能说得上是审美，只有那些独特有力的表达才能称之为有艺术性。艺术贵在创新，这本来就是文学创作的题中应有之义，很正确。创新当然指的是内容和形式两方面，而且内容创新是更重要的根本创新。我们知道无论今天的电灯换过多少种形式，电灯是爱迪生发明的，创造者是爱迪生。电话机无论换过了多少种样式，发明者都是戴尔，不会是任何一个国际大公司。小说也是同样，只有那些对生活有新发现的，对精神有新探求的，对理想有新境界的小说才能称之为好小说，这是一个最基本的条件。因为思想穿透力和艺术感染力都是美的，弥足珍贵的。但在纯文学论者的语境中，内容被剔除了，形式被夸大了，小说被简化为语言、叙述和结构，似乎这些外在的技术操作才够得上谈论创新。

当然这也是不好明说的，只能存在于心领神会之中。于是把写好的段落像洗扑克牌一样打乱，就叫"意识流"；于是流水账式的文字记录就叫"生活流"；于是"多少年后，×××想起×××说过的×××"这样一个句式在中国文坛蔚为壮观，被称为"过去未来现在时"，了不起得很，出现了无数个副本。本来学习吸收别国的叙述方法也属正常，甚至模仿借鉴那些注重修饰的翻译体二手语言也无不可，因为毕竟与传统的白描手法划清了界限，有了陌生感。但就此认为如此写法才叫创新，把它奉若神明，置于文学等级的顶端，就实在有些滑稽。遗憾的是这样的思想逻辑至今仍在延续，在近年出现的"当代文学的缺失"的讨论中，依然把"创新的缺失"理解为形式的缺失。在"小说的难度"的讨论中也把"难度"理解为形式难度而不是思想难度。实际上形式从来都不可能孤立存在的，它依附于内容而存在，它不过是作家实现自己表现对象的一种方法或者是通道。创新是否有效，要从作品达到的效果去考察，不是看它贴上了什么样的标签。表现对象实现的程度才是检验形式是否有效的标准，实现得越彻底越深刻越丰富就越是好形式。反之亦然。一部作品是否具有创新性，只能从它的内在品质上去考察——认识是否独特，情感是否深刻，表达是否独到等等，绝不仅仅是外在的语言叙述和结构。所谓"形式即内容"并不是指一切新、奇、怪的形式，而是指建立在内容基础之上的有效的形式，是生活逻辑之上建立起来的历史逻辑和艺术逻辑，只有这样的新、奇、怪才能称为创新。然而在纯文学话语中的创新观念就这样被阉割了，物质产品尚且不能依赖包装，精神产品怎么能像换衣服那么简单？我们的文坛在这样的心理定式推动下，对艺术的评估必然导致双重标准，人前说人话人后说鬼话，横竖他都有理，创新必然会变成一种稀缺资源，创新的权力必然越来越集中到少数成名的作家身上，同样一篇谁都不知道在说什么的小说也许放在成名作家身上叫创新，放在别人名下也许发表都困难。这种气氛也使成名作家越来越不负责任，越来越膨胀，真的以为自己打个喷嚏也有美感。

第三个词叫虚构性。小说是虚构的文体，世界上所有的小说都是虚构的。这个本来不是问题的问题，如今也变得尖锐起来。主要体现在两方面：一是对于那些触及了社会现实的挑战了现存秩序的小说，批评家就忘记了小说是虚构的。很多非文学标准就是这样制造出来的，比如出身，籍贯，年龄，性别，职业，职务，健康状况，居住地等等。他们很在意作者的身份，一旦发现小说描写的生活与作者身份不一致，他就如获至宝，说这是知识分子在"代言"，是"从书斋到书斋的不在场"，代言怎么能可靠呢？所以"感动不是文学"，"道德不是文学"、"历史正确政治正确不是文学"，总之这样的小说不是文学。按照这个逻辑，鲁迅不可以写祥林嫂，托尔斯泰不可以写玛斯洛娃，当然余华也不能写福贵，莫言更不能写"我奶奶"。二是对于符合他们潜规则的小说，歪曲历史遮蔽真相的小说，他又不说代言了，他说"文学的力量就在于虚构"，"虚构、玄幻是21世纪的主流"，"想象力是第一位的文学品质"，说白了就是为权力资本的新意识形态做辩护士，为胡编乱造寻找理由。一个萝卜两头切，左右都是他得。据说最早为小说下定义的人是15世纪的法国神甫于埃：凡小说均为虚构的情节曲折的爱情故事。他指出了虚构和故事两个特征。小说之所以能从一般叙事文体中分离出来成为独立的文体，文之所以为"学"，原因就在于它能通过虚构更加真实地反映事物的本质。因此一切虚构都是为了更加真实而不是更加虚假。但在一些人叙事伦理中，虚构等同于虚拟，虚拟等同于想象力，把虚构与写实对立起来。因为在他们看来现实主义方法是写实的，因而不叫虚构，因而是低级的落后的。把现代派艺术当作现代化艺术，以为艺术创造是和物质生产技术进步相匹配的，时间越短越先进。由于这一说法使用频率极高，竟然习惯成了自然，在一些青年批评家那里也沿用下来。其实西方现代主义、后现代主义小说也是严肃的、批判的、介入的，《变形记》《城堡》《等待戈多》《秃头歌女》《鼠疫》《第二十二条军规》等等作品都是对资本主义的揭露批判，所以卡尔维诺才会说"卡夫卡是严格意义上的现实主义"。如果我们非要用一个词来概括现代主义小说的艺术特征，我以为用"写意"比较准确。因为是写意的，所以才会忽略故事和人物塑造，才会有夸张、变形、抽象等手法的运用，才会有"小说哲理化故事寓言化人物符号化"，才会有现代后现代虚构的高度，才会有这些作品的世界性影响。但这样一解释，又不符合纯文学论者贬损现实主义精神的本意，因为"写意"恰恰是中国古代艺术的一大特征，传统得很，看不出先进性来，实在很难。指鹿为马本来就很难，还是回到常识比较容易。事实上寓言式小说在中外古代文学作品中都有，它的结构内核是来自一个比喻，象征，或者一个推论性的想象，恰恰是问题小说的雏形，是从观念出发的小说，是标准的主题先行。而优秀的现实主义小说是来自生活本身，它的悲苦与歌哭就是作家的感同身受，二者的创作机理是不一样的。其实早在黑格尔那个时代，这种寓言化童话式的小说就被他讽刺为"上半身变成了美女，下半身还是鱼"，是艺术发育进化未完成的品种。他这个话有没有道理可以讨论，但说它是美学常识应该没有问题。

第四个词是个人性。一切文学写作都是个人写作，集体创作也是由个人执笔的，当年普列汉诺夫就论证过作家是个体劳动者。为什么要强调个人性呢，因为文学既然是"学"，它就不是一般的文字记载，它总是要表现出你与他在认识和表达上的不同，作品才有存在的理由。也就是说文学只有摆脱了大众话语和意识形态束缚它才能成为独特的文本。所以理解个人性要从它的源头找答案：个人性一词出现于西方的文艺复兴和启蒙运动，首先在于强调一个自然的、一个真实的、不戴任何面具的自我,其核心是反抗神权;其次,在西方现代话语中,个人性还同知识分子的身份和立场密切相关,坚持个人性,就是坚持知识分子在社会结构中的边缘性和独立性,积极介入公共生活。它强调的恰恰是个人对公共生活的干预,因此个人性是相对于公共性而言的,没有公共性就谈不上个人性,没有对集体话语的辩驳也就无所谓个人话语的独特。因此它正是中国作家十分稀缺的个人主体精神,即人格的独立和表达的独特。但在我们的批评家那里只能看到,个人性被曲解为私人性,被说成是与公共生活无关的隐私欲望,变成了闺房和浴缸。放弃了社会承担和价值判断,于是"小说就是阳光下的私密","没有身体的解放就没有人的解放,也就没有真正的人性基础和真正的文学表达"。我们的纯文学马车上只剩下了性在一路狂奔,于是欲望叙事身体叙事下半身叙事就成了文学的正宗叙事,凡是与公共生活相联系的叙事就不纯粹了不艺术了不优雅了不高贵了。这种话语转换和词语暴政在商业出版和新闻媒体的爆炒之中已经达到了癫狂,以至于"超女""快男"不断被刷新纪录,我们经常可以看到这种表演性质的个人性。其实这样的表演恰恰是最没有个人性的,因为脱光了衣服人和人差别不大。

  第五个词叫日常性。我们知道小说要写得真,很大程度上要依赖作家的个人经验和对生活的理解,要能写出人人心中有个个笔下无的境界,这样才能唤起读者的认同,才能产生美感。所以现代小说往往把个人日常生活当作描写对象,由此来实现作者对时代对社会对人生对情感的表达。这样做的目的是为了克服以往小说中情节过于戏剧化,依靠偶然性的误会巧合来制造矛盾、推动叙述的弊端,使之更加接近生活的本质和普遍规律,而不是相反。就像马克思在研究劳动价值时,要把那些特殊行业个别因素全部剔除,集中最一般最普遍的企业样本一样,这样计算出来的剩余价值才是可靠的无可辩驳的。因此日常化描写是对小说更高的艺术要求，它是相对于总体性规律性而言的，没有总体性规律性的把握也就没有了日常性，它就成了流水账。这个词和个人性一样，是相对于依赖于另一个词的，取消了对总体性的把握也就取消了日常性存在的理由，我们绝不能把琐碎无聊当作目的本身，古今中外成功作品中的日常化描写无不深藏着作家对历史的宏大悲悯情怀，所以日常性是作为小说艺术的一个重要指标经常出现的。但在时尚批评的语境中，由于认为历史已经终结了，宏大叙事就应该解体了，历史被碎片化了，个人被原子化了，总体性叙事被认为不可能，认为真实感只能存在于细节中，于是日常性就被歪曲成日常生活的描写本身，似乎它与生活本质无关，与作家的精神追求无关，这就完全抹杀了它的本意，使它成为一种逃避现实的新意识形态。为了逃避现实，遮蔽本质和规律，偶然、巧合和误会这些低级艺术手段又重新得到批评家们的青睐，似乎写得"轻"，写得"温暖"，写得"安稳"才够得上文学。这种论调的源头就是夏志清的《中国现代文学史》，为了达到颠覆中国革命的目的，就要歪曲中国的历史，就要中国人忘记自己被殖民的屈辱，就要老百姓当顺民失去记忆，就要主张"人生安稳的一面"，就要"颓废"，就要反对"感时忧国的精神弊端"。目前这种论调正在大行其道，改写文学史，要把文学史与社会大历史的联系割断，是他们的基本策略。他们忘了，文学史是文学作品和文学思潮的历史，是活生生的历史客观存在，它既不是史家的观念史，也不是少数人的学舌史。

第六个词叫人性。这是最常见的也是最模糊的一个词。我们经常可以在报刊上发现这个被滥用的词，说它滥用是因为它已经成了精神鸦片。张爱玲的《色戒》据说是最人性的，范跑跑也是最人性的，相反抗日志士是不人性的，在地震中张开双臂保护孩子的谭千秋老师是不人性的。在一般老百姓中有这个认识不奇怪，因为孔子也说，食色，性也男女之大防（这句话怎么断句可以讨论），由于孔子影响了中国人几千年，人们就误以为吃饭和性交是人的本性。但当一些知识分子也在传播这样的理论时我们就不能不警惕。因为他们很清楚，人性指的是人区别于动物的特性，而不是指人和动物的相同性，那样谈人性就没有意义，等于什么也没说。我不否认人具有动物性的一面，需要吃饭和性交，但那不是人之所以为人的本质。那么人究竟有哪些区别于动物的本质特征呢？是语言、逻辑、情感、想象、劳动、创造这样一些高级生命才具有的欲望和能力，这是人类特有的，其他生命没有，所以研究它才有意义。所以我们的文学作品才要去追求人性之美，才要我们去审美，去想象人类合理的生存方式，去批判那些黑暗的不人性的事物。同时我们也要看到人性的形成是一个历史的文化的过程，它必然要打上种族的时代的阶级的烙印，任何人身上都不存在抽象的人性。那种鼓吹抽象人性抽象的爱的说法早在上个世纪二三十年代就已经争论得很清楚了，只是近一二十年又重新沉渣泛起。鲁迅和茅盾就有过很多很形象的文字，比如女人有母性，而没有单独的"女"性和"妻"性，不一一列举。现在在批评家那里经常使用的这个词，实际上指的是人的动物性而不是真正的人性，把动物性夸大为人性。还比如经常出现的"性格即命运"，通常被作为衡量小说艺术逻辑的标准。但别忘了它的前提，它是指人在稳定的变化不大的社会条件下，个人性格才能决定个人命运，外部条件一旦改变，人的命运也随之改变，我们实际上是不可能把个人从社会中抽离出来的，人从树林里走出来就已经是社会的人了。

第七个词叫普世性。世界上有没有各民族各阶层都适用的普世价值呢？我认为有。比如我们经常说的真善美，人人都渴望知道真相和真理，人人都渴望和谐愉悦的社会关系，人人都渴望一个人类最合理最美好的生存方式。但普世价值的内容确认是需要一个历史过程的，是需要在平等条件下反复探索的，不是由强势话语自封的。那么文学作品的普世性是什么？这个标准谁来定？一些人就说，谁嘴巴大谁定。谁的嘴巴大？当今世界美国人的嘴巴最大，所以我们的文坛要以获得西方文坛的承认为标准，所以要出美国式的《西方正典》，要与"世界接轨"，要听"美国人"夏志清、李欧梵、王德威的。所以我们看到一些人千方百计要确立"全球一体化"的价值观，实际上他们不是在寻找一个大家都能接受的客观标准，而是要强迫我们把西方白色人种富裕人群的价值观全盘接受下来，所以颠覆解构自己的一切传统成为学界和文坛的最能吸引眼球的时尚。凡是历史上已经反复证明过的正确结论，全部要推倒重来，凡是你们自己的价值观，全部要重新改写。总之你们全都错了，170年来中国人全是在瞎折腾。革命党不如维新党，维新党不如保皇党，保皇党不如慈禧老佛爷。当老百姓的就要守住自己的"人性"和"日常"，人生不要太飞扬，要安稳。"颓废"才是百年文学史的美学特征，革命不过是感时忧国的"精神弊端"。但是以这些东西为普世性，又带来另一个麻烦，如何解释它的合理性和正当性？因为这些都是西方白色人种富裕人群的价值观，把这一套强加给全人类，涉及历史必然要为侵略和殖民辩护，涉及现实必然要为压迫和剥削辩护，涉及文学必然要把技术说成艺术，这是一个铁的逻辑。这就带来了非常大的困难，所以言说者的表情就复杂一些，所以鼓吹抽象的"人性"抽象的"爱"就成为最佳选择。当然明眼人还是能看得出的，所以现在网络上这些言词一出现就会遭到抨击，今天的经济学界、历史学界、法学界、社会学界的精英们已经大不如前了，两股战战，怨气很大，日子不太好过。文学界的争论还没开始，刚刚受到挑战而已。

最后是文本。文本这个词大约是中国文坛使用最频繁的一个词。作品一旦到了批评家手里，它就成了文学尸体，把它摁到解剖台上，轻蔑地称之为文本，看他符合不符合"正典"规范。这和中国的学术体制有很密切的关系，有那么多的学生要考试，又有那么多的教师要评职称，有那么森严的刊物等级和科研项目，又有那么多人想挤进SCI，还有那么迫切的话语权需要维护，因此他们需要文本，需要一个能够证明自己存在的理由。而在做这些事的人基本上是从这个学校门出来又进那个学校的门，他们对于社会生活知之甚少，仅仅是从书本到书本地理解文学。文本就是这样产生的：它适于解剖，便于"阐释"，合于观念的目的性，同时更重要的，是能够把文学作品本质化知识化，方便销售和扩大招生。于是作品内容就被化约了，抽象了。在上述几个关键词被扭曲的共同作用下，只剩下了"写法"和样本（文本）。这世界有没有为文本而写作的作家？我相信有，他们的脑袋已经被忽悠坏了，很乐意自己也成为文本，做各种各样的试验，寻找各种各样的"可能性"，渴望有一天也成为正典。他们以为经典就是这样试验出来的，而不是因为有了生活有了真情实感。须知，经典是用来鉴赏的，不是用来模仿的，如果这世界上有一部经典已经成了文学创作的样板模式，那它也就从根本上窒息了创作。是所谓学我者生，似我者死，因为文学写作是一种创造性的劳动。

我自己也在大学里教书，我当然知道把文学知识化本质化的利害，否则我就失去了饭碗。但知识一旦变成可以销售的商品，它就失去了思想的品质，这也让人苦恼。我教学生写作课时也常说，你们写什么我不管，对不对我也不管，我只看你们怎么写，写得好不好。这话对大学生说说或许是必要的，因为学生写作文毕竟不是文学创作，需要多掌握一些观察和表达的基本功。但用这一套来指导创作，那简直就是卖老鼠药了。

据说最早在大学里开设文学课程的是十八世纪初的法国，中国在辛亥以后为推广现代汉语也把文学作为必修课程，因为那时人们都把文学作为建构民族文化的一项重要任务来看待,文学批评就是由大学授课的讲义发展起来的。但如果认为批评家理论家的"理论"可以指导创作那就大错特错了,果真如此他为什么不把创造的快乐留给自己?这就如同那些股评家,他要真知道哪个股票能涨,干吗告诉你?他想学雷锋?有时候我也被人请去讲讲课什么的,乱吹一气,这也许是最具中国特色的当代文学现象,当今世界绝无仅有:一大批基本不读小说、基本不写小说、或者不屑于写小说的人却热衷于指导、引导、领导别人写小说。他们成天飞来飞去,通过各级文学衙门,各类评奖活动和各色高端会议,挥洒才情指点江山规划蓝图。你们听听罢了,千万别当真!

谢谢大家。

(根据2008年7月30日在广东省文学创作系列职称培训班上的讲课录音整理)

原载于《文艺理论与批评》2005年第3期

小说的基本价值

小说创作这个课怎么讲？瞎吹牛。各位都是有经验的作者，谈不上讲课。写作这个东西不是一种知识，而是一种能力。知识你不知道，我告诉你你就知道了，知识是可以学到的。而写作是一种能力，能力只能通过实践。就好比游泳，我告诉你自由式游泳双臂划水两次，脚背拍打六次，你会不会？还是不会。还是要到水里去扑腾，喝了一些水，拼命要浮起来，慢慢才会游。会游泳了你想自杀都淹不死。后面来一只老虎你游得比鬼都快。这就说明能力是在实践中获得的，而不是通过老师传授知识可以获得的。我们经常说大学课堂里培养不出作家就是这个道理。中外文坛都有一个特别有趣的现象，就是不写小说的人往往最喜欢指导别人写小说。他越写不出小说，就越想告诉别人应该如何写小说。所以说理论是灰色的，生命之树长绿。各位都在生活第一线，都有自己的人生体验，因此也就有了天然的写作基础。因为每一个人都需要表达，而表达可以在不成熟、不完美、不那么文学的基础上逐渐地成熟、完美，甚至优秀起来，这就是能力的提高。我说这番话的意思就是说写作是一种能力，每个人都可以掌握这种能力，人和人的差别并不大。法国是最重视思想的国度，法朗士死的时候，一些科学家想研究他是不是比别人聪明，对他的大脑进行了解剖，发现他的脑容量还不如别人，也是1400多克，说明他并不比别人聪明。这只是一个机械的说法,可以肯定的是人和人的差别不大,即使是一个不识字的农民,他也有表达的欲望,即使是一个哑巴,他也有表达的欲望,当他不满的时候会捶胸顿足。我们写小说其实就是要完成自己的表达。

我刚才把课题改了两个字,原来是让我来讲《小说的基本规律》,我觉得自己来讲规律,可能自视太高,还是讲小说的基本价值吧。我们中国正处在历史大变局的转型时期,转型的起始点就是广东这片土地,有160年改革开放的历史,为什么说160年?从鸦片战争以后中国开始开放,当然是被迫的,被人家打出来的,那个时候的统治者也要改革的,包括慈禧光绪。今天也许还在延续这个没完成的历史,社会正在剧烈地动荡,我们的观念正在剧烈地冲撞乃至转变。在这个时代,小说的一些基本价值也发生了认同危机,特别是进入2000年以来,在各种讨论会,在各个期刊里,在各个出版社里,都出现了一个问题,究竟什么小说才是好小说,糊涂了。当了几十年编辑的老编辑、老学者,拿到一部书稿,居然不自信了!2003年《人民文学》开了一个座谈会,讨论的题目就叫《小说的基本价值》,换句话说,连《人民文学》这样的刊物,他也搞不清楚小说究竟基本价值在哪里。去年北京师范大学的文艺学学科的一些教授开过两次会,来研究文艺学的转向问题。因为他们觉得审美已经失去方向了,他们开始研究美女、广告、街心花园、提出了审美的日常化。换句话说文学已经不是审美的对象了,这就是我们这个时代价值认同危机的写照。这个危机很容易解释,这其实正是中国当代知识分子的精神困境。精神上遇到了困境,原有的价值体系产生了动摇。

我之所以选择基本价值这个题目,就是这样的缘由。就是我们今天已经把基本价值忘记了,我们需要回到常识。我在这里就个人一些粗浅的看法跟大家一起交流。那么小说的基本价值究竟是什么呢?

小说的第一个基本价值：生动有趣而且真实可信的故事和细节。小说是什么？大约15世纪的时候，法国有一个神甫叫于埃，他是第一个为小说文体下过定义的人，他说小说是虚构出来的爱情故事。此后法国的一些文人又进一步扩充了他的定义，说小说是虚构出来的关于爱情和生活的大约长度是50000字左右的故事。那么大家注意到这些定义中有两个基本的关键词，一是叫"虚构"，二是叫"故事"，也就是说小说这样的文本，是以故事作为基础存在着。我们中国过去只有文章而没有小说，先秦、两汉的时候连文史哲都不分，汉朝开始文本有了分类，汉唐以后有了小说的字样，那个时候的小说跟现在的小说的含义还不一样。到了明清时代，小说才从一般的叙事文体中正式分离出来，作为一种带有美学意味的文体才正式确定下来。为什么要虚构一个故事？因为通过虚构可以更加本质地认识世界。当然在新文化运动以后，传统的小说又经过了改造，这个改造主要体现在四个方面：

第一是叙事时间的改造：由过去单一的顺序时间变为任意时间，即可以顺叙、也可以倒叙，也可以插叙。使时间不再是被动的自然，时间成为作家可以自由剪裁的艺术表现手段。

第二是叙事视角的改造：过去作者是全知的，像上帝一样什么都知道。一个叙事者什么都知道，读者就怀疑了，不可信，所以后来就发明了限制叙事的方式，也就是从一个人物的视角看出去，叫做带着镣铐跳舞，有了真实感现场感。所以今天的小说不但可以全知，也可以单知，使叙事角度成为一种艺术手段。

第三是小说结构的改变：原有的单线条的小说叙事方式改为多线条的叙事方式，使外在的事件结构转变为内在的心理结构，可以立体地表现生活，使结构也成为表现的手段，为审美目的服务。

第四是小说审美趣味的改变：传统小说中用于宣讲道义，为圣人言，为大人言的思想观念发生了变化，现代小说更是把情调、诗意、美感融合进了小说。

　　现代小说的这个转型很重要，它使小说文本从其他叙事文体中真正分离出来了，成为一种艺术。但这个转型不是发生在今天，而是发生在大约一百年前，一个世纪以前。也就是说，在技术的层面，现代小说在一百年前就已经完成了现代转型。指出这一点是必要的，因为经过了这些年的宣传，特别是80年代后的宣传，我们的批评界和理论界对小说的观念进行了很大的改造，于是有些人误认为这个转型是80年代才发生的，以前的小说不叫艺术，小说就是语言，就是叙事，就是结构这样一些技术操作，以至于把小说是干吗的都忘记了。作为学院派的批评家、理论家为什么要这样摆出问题，因为大家知道大学教书是要收学费的，学校里面的老师，讲授文学的教授们，他们是要用研究小说来挣饭吃的，所以有必要把文学本质化知识化，把文学转变为可以传授、卖钱的知识，他才需要把它本质化。文学本质化以后还剩下什么？就剩下了语言、叙事、形式。而在后现代主义思潮的大背景下，这种认识又得到了空前的强化。所以我要说，这个转型并不是在今天才实现的，而是在一百年前就已经实现了。

　　我之所以跟大家讲这个话，就是要告诉大家，要清醒地认识到，一些理论家们倡导的所谓"诗到语言为止"，"叙述就是意义的源头"，"一切意义不过就是一种表述"，"小说就是语言、叙事、结构"这样一些说法，对于大学老师来说是必要的，因为他们要把它本质化，把它变成考试题，他就没有必要关注故事本身的价值，关注形式就够了。作为一个小说作者，你相信这个话就坏了。你们不需要去讲授这些知识，你们需要的是迫切地感受周围的时代生活并且把它艺术地表达出来。普通读者也不需要知道这些，普通读者买小说绝不是为了研究语言叙事和结构，他是为了了解别人的经验。

那么一个好故事应该有哪些基本特征呢？用一句话来表述，就是建立在生活逻辑之上的历史逻辑和艺术逻辑。故事应当是什么样的？首先是符合生活逻辑的故事，而不是胡编乱造的故事。我们看到书市上炒作的80年代、90年代这些概念，还有什么美女概念，下半身概念，似乎概念越新颖故事就越好，其实这些和文学品质没有任何关系。写的是什么呢？写的是今天在星巴克喝咖啡，明天到拉斯维加斯赌钱，后天去地中海游泳，他没有给读者交待他是靠什么生活的，他的钱是从哪里来的？这样的故事显然是不可信的。而不可信的故事怎么去感动人、打动人？所以要符合生活逻辑。其次是在生活逻辑上建立起来的历史逻辑和艺术逻辑。一个人爱上另外一个人，绝不仅仅是气味相投、相貌姣好就可以的，我说的爱是真正的爱，不只是简单的欲望，我说的是精神性的爱情，必然是建立在深刻的了解上，痛切的认知上和精神的能够交流、能够融合上。建立这样的历史逻辑就必然要和那个人的民族特征、时代特征、文化特征相联系。除此以外他还必然需要我们在生活逻辑的基础上去进行合理的艺术论证，怎么样开始、发展、变化、经过什么样的考验，有过什么波折，最后才可以产生结果。这就是建立在生活基础之上的艺术逻辑。我们看一本小说、一部电视剧、一部电影都有这样的感受，只要你认为有一个环节虚假了，整本书、整出电视剧、整部电影所有情节都让你觉得假的，所有的链条都会垮掉，为什么？因为它就像沙滩上的阁楼，不可以让你信服。第二点，故事是个人的，但故事传达的感受却是大家共通的。80年代以来有一些理论宣扬小说向内转，认为只有写私人的，隐私的，甚至是下半身的才是真实的。我要告诉大家，当个人的经验与意义不能建立联系的时候，当个人的经验与历史的经验不能相一致的时候，我们就不可能去反映同时代的本质真实。没有对同时代的本质真实的认识，就不能产生这一个人的"真实感"，不能转化为艺术的真实，因此也是不可靠的。第三点，我们通常对情节所要求的，是否曲折、是否有趣。传统艺术也是这样，文似看山不喜平。平铺直叙的叙述，显然更不符合现代人对社会人生的认知，而不符合现代人的认知水平，就不能让现代人感同身受，也就不能产生美感。所以要曲折、有趣，同时在曲折、有趣的时候有大量的生活细节，我们读一本好书，什么东西给我们留下印象，有时候我们讲不出故事的全貌，但是好的细节却不会忘记。大家看鲁迅的《孔乙己》，最深刻的印象是他把手罩在茴香豆的盘子上说多乎哉不多也，是茴字的四种写法，这个细节活生生地刻画出那个时代知识分子精神特征：自己明明落魄了却又很爱面子，渴望被人理解却只能与孩子交流，这样的细节既是个人的又是时代的民族的，让人无论过多少年后都不会忘记，孔乙己的人生经历我们已经记不清了，但这个细节却永远记得。这就是小说细节的重要性。第四点，这个细节还不能是一般的细节，最好能超越我们日常经验的细节。换句话说大家都知道的早上起来要刷牙、洗脸，如果你写出的经验都跟大家的习惯一样，谁愿意去看这个细节？你肯定要提供通常人虽然知道，但是没有人说出来，平常大家都感觉到没有被人表现出来的细节，那样才有看头。如果这个细节有更多的内涵就更有嚼头，如果富有更多的美学含义就更有想头。所以细节要超越我们的日常经验。

小说的第二个基本价值：是独特的有丰富内涵的人物形象。一篇小说写得好不好，我刚才说故事是基础，而有个性有内涵的人物才是成功的关键。小说是故事，但写小说并不是为了编故事，这话有点绕口。编故事对在座各位都不是困难的事情，困难在于塑造一个有血有肉、有内涵、有时代特征的活生生的人物，所以能不能鲜明地塑造艺术形象是小说成功的关键。人物的行为逻辑、内心世界你描写得是否准确到位，如果是准确的，这个人物在某一个特定情景下所作所为、所思所想肯定能够唤起读者的同感，如果不是准确到位的,是作者强加给他的,肯定在读者心中产生强烈的反感。前几天看电视剧《新结婚时代》,我夫人说这个农村老汉肯定不是一个地道的农民,在农村也是一个无赖。因为她当过知青,了解农民,一眼就看出描写这个人物的细节是夸张的,是编剧强加他的,不能令人产生认同感,哪怕你的动机良好,想反映出他多么可怜,但是不能够在读者心中产生共鸣。其次人物内心是否丰富复杂,我们说真实的人都是复杂的人,是情感非常丰富的人而不是单向度的人、平面的人。每个人在同一件事情上,都有复杂的另一个侧面,如果不能够表现出这个复杂性,人物就很难立起来。举个例子,《杜十娘怒沉百宝箱》。李甲把杜十娘卖给富商之后,杜十娘并没有跟他争吵,而叫他去睡觉。只是在第二天杜十娘梳妆打扮的时候,从镜子里面偷偷观察李甲,如果李甲当时有悔愧的意思,杜十娘觉得自己还有救。因为杜十娘并不缺钱,她缺的是爱情,她把自己的爱情都寄托在李甲身上。作者写道:"十娘微窥公子,甲悻悻然似有喜色",她这才知道自己完了,只有去死了。短短十一个字,把人物心理的复杂性丰富性表现出来。在传统小说中没有心理的直接描写,但是有人物心理外化的描写,叫白描。作者没有说杜十娘心里怎么想,他是通过人物的外在动作来描写心理的,因此这一段描写被现代理论命名为人物心理的外化描写。这些都写出了人物情感的丰富性和复杂性,我们在写小说的时候能够把人物的复杂性、丰富性描述出来,这个小说的人物肯定是动人的。再次,人物是否深刻有力。在写小说的时候这个人并不是现实存在,而是作家在塑造人的时候所有的用心和情感,这肯定包含作者对社会生活的认知,对某种情感的价值取向,那么你认识得是否深刻,是否高于别人,是否与众不同,就决定了人物是否深刻。深刻了、刻画描写得有力量了,人物才可以打动人,才可以在我们心中留下印象。你会觉得这个时代留下了这个人,这个人物的精神状态能唤醒我们很多思考。换句话说这个人物深刻有力与否，取决于作家的思想认识深度，有没有把这个人物放在特定历史条件下去考察、拷问，如果做了，这个人身上肯定有这个时代、民族、具体环境中人身上的某些文化特征，这个文化特征才是小说塑造人物真正要表达的目的。否则我们为什么要写小说，写一个通讯报道不就完了？正是因为小说比新闻能够更加细致地、深刻地展示特定环境中、特定民族中、特定时代中的某一些精神现象，所以我们才需要小说这样的文体。有一次《人民文学》的副主编在深圳开座谈会的时候，发出一番感慨，"我这个当编辑的人，一天到晚看稿子，看稿子看到头疼。有些稿子我就不明白，作者辛辛苦苦花这个时间写这部小说是干吗？"这位编辑为什么发牢骚，因为他具有职业的敏感，他觉得读这篇小说浪费了时间，没有从中得到好处。作家自己也往往认为，我的小说写得这么深刻，为什么送到编辑部给退回来了？要明白，你要想感动读者，首先要感动编辑、其次是主编，因为他们是第一读者，是过滤器，要经过这个网子过滤了，才有可能让自己的作品站得住。我们也需要检讨一下自己，这个人物是不是真的写得很深刻，是不是真的发现了某些社会的人性的真理。你说自己很辛苦，看了多少书，吃了多少苦，花了多少时间去发明电灯泡，有意义吗？爱迪生早就做了这个事情，今天的电灯泡那么漂亮，永远都记在爱迪生的头上。无论现在的电话多漂亮，它的发明者都是戴尔。我们说创作，就是这个意思。就是这个世界上原来没有这个人物这个情感这个意境，是你把它创造出来的，这才叫创作。

第三个基本价值：蕴藉而深刻的情感寓意。作家的情感、作家的价值判断，作家的思想认识一定是通过故事和人物反映出来的，如果直接写观念、在小说里面发了很多的思想高论，那不是小说，那是论文。写小说必须把思想转换成故事、转换成人物，而这个人物正是体现了作家的情感价值取向、审美趣味和理想。对社会生活的理解应该通过人物表达出来。情感的蕴藉与否是影响作家水平高低的标志。如果没有这个东西，写小说有什么意思？都是道听途说的故事，今天生活中的故事远远超出我们的想象，生活里发生的事情远远大于艺术，作为艺术家作家，我们今天都会觉得在生活面前瞠目结舌，匪夷所思。我前几天看一个新闻，江苏省交通厅的厅长养了160个情妇，其中两个还是母女俩。你说他颠倒人伦禽兽不如，用什么语言骂他都不为过。但是把这个故事写成小说人家肯定不相信，却在现实中已经存在了。故事和人物是衡量小说的底线，但我们要把人物、故事写得超出常人的经验，听起来很矛盾，但艺术就是这样要求我们做到的。如果你可以超出常人的生活体验，这个人物故事又是真实可信的，就经得起咀嚼，作家的主观情感、主观认识才可以打动读者；如果超不出，就只能停留在一般的街谈巷议上。小说必须给人更加深刻，感情更加有意味等东西，如果有了这个东西，你的情感底蕴就有了象征意义。我们用什么标准来衡量一个东西是不是艺术品，其实很简单，第一是它本身，第二是超越了它本身。一个茶杯本身有使用价值，如果这个茶杯做成了艺术品，它就不只有使用价值，这个茶杯也有了审美的功能。换句话说我们人类的审美有两重境界，两项含义。第一项含义是艺术品本身的功能，任何人都可以直接到达；第二项含义是象征含义，如果这件艺术品还象征本身以外的一些什么东西，这个情感就被调动起来，观众、读者往往都是被第二项含义打动的。文学是艺术，是关于心灵的艺术，这种艺术一定要具有艺术的本性，这个本性就是超越功利之上的审美特性。换句话说就有了第二项审美功能。好的情感寓意不是张三爱上李四。一男一女、数男数女的相爱结婚是没有区别的，区别在于相爱过程中的情感发现，每个人都是不一样的。每个人都对人生、人性有了更多的理解，那才是这部小说和那部小说的区别，我们不能简单地认为商人和运动员相爱过去没有人写过，我写了就是题材的创新。他和她是什么人不重要,他们只是两个普通的人,两个人产生的爱情之所以值得写,因为爱情的价值和别人不一样。所以我们在写小说的时候,要挖掘的是这个东西,而不是表面的是什么职业、什么身份,家庭遭遇,而是在这个之上的新的价值发现,这才是艺术需要的。我们说阅尽人间千般事,好诗不过是人情。人类的情感有重复性,可以反复显现,因此我们对情感的认识才有不断的发现,不断的掘进,使人类的情感越来越完美、越来越丰富。安娜·卡列尼娜的情感和现代女性的情感不一样,因此才需要你写现代的女性怎么对待这个问题。当然她身上还有其他的内涵,我就爱情问题是这样说。她身上那个内涵是俄国向现代转型时期贵族的分化和动荡。

第四个基本价值:多数人会心会意的生活认同感。我这里特意用"多数人",因为小说不是写给少数人看的,有人宣称小说是写给自己看的小圈子看的,我认为这种说法是虚伪的,写给自己看为什么要拿出来发表呢?为什么要占用公共空间呢?这样说只是想吸引别人的眼球。写小说就是要给别人看的,什么样的东西才可以给别人看,就是可以唤醒别人生活认同感的东西,才可以引起别人的共鸣。我们大家都处在同一个时代,今天都处在相似的生活环境中,可是你却发现了这个环境里、同时代的很多秘密,而我懵懵懂懂,一无所知,我想分享你的经验,才会花钱买你写的小说,这是买小说最原始的动机。有人宣称自己不是这样的动机,我的小说就是写给自己看的,那不过是想做广告。就像有些人去街上裸奔,目的就是吸引别人的眼球,而不是裸给自己看。为什么多数人会买你的书?就是因为你有独特的经验。反过来说,没有读者的小说是没有价值的,而没有独特经验的小说也没有价值。我们知道独特性是艺术的生命,这里出现了一个悖论,越是独特的东西别人越难理解,别人越容易理解的东西越是没有独特性,这就需要我们在可理解性、独特性之间找到链接点、找到接口。怎么样既让别人理解，同时又是独特的经验。如果能找到这个东西，那么就能够完成一部很好的小说。所以我们经常说，所谓艺术性，它存在于似与不似之间。你写得太像了不叫艺术，写得太不像了也不叫艺术，它是似与不似之间的状态，我们才称为艺术。说起来是很绕口，但有写作经验的作家们就能够体会到哪些地方应该"似"，哪些地方应该"不似"。

我一开始就跟大家谈到生活逻辑，生活逻辑必须"似"，只有生活逻辑的"似"才有可能寻找到艺术逻辑的"不似"。鲁迅有一句话"画鬼比画人容易"，鬼没有人见过，无论你怎么写，别人都没有异议，但是要写好一个人，特别是要写好身边的人，很不容易。我们学校每年举办大学生的征文比赛，我每次都希望同学们能写写大学生自己的生活，但是学生们写出来的稿件大都是别人的故事，都不是写自己的生活。其实写一个身边的人是最困难的。因为想让身边的第二个人、第三个人认同更困难。这就是"似"与"不似"的难处。更进一步，认同感还表现在能不能唤醒读者的参与和想象。如果一个读者参与进来，能够把你的空白继续填满，继续按照你提供的资源想象下去，那肯定会获得好的效果，《红楼梦》这部小说之所以成功，今天还称为经典，因为给无数的读者、专家、理论家提供了无尽的想象空间。到今天，《红楼梦》研究已经成为了显学，还有索引和考证学派。它赢取了这么多的想象空间，说明它在艺术上是成功的。再进一步，一部小说如果能够具有超越一般人的发现能力，则是更高的对小说的要求。我刚才说谁都不想去发明一个电灯泡，是因为你没有创新。那么你的发现究竟在什么地方高于其他人呢？我们在写作的时候有没有反过来问一下自己，反过来考量一下自己？凭什么让读者掏钱来买自己的小说？如果做不到，最好小心一点，保守一点，这样才可以提高我们的水平。应该说这是一块试金石,其实作为个体,今天已经不太可能去了解这个世界上究竟有多少样式的小说、多少内容的小说,任何一个专家都做不到了。有人说一个中国一年生产长篇小说是1000部,谁有能力一年将1000部小说读完?凭什么让别人觉得你的小说超越常人?和别人不一样?确实很难做到。有一个编辑说,我不需要吃遍北京所有的馆子才来评价北京哪家馆子的菜好吃,但是你没有吃遍凭什么来吹牛呢?你的评价一定是可疑的。但是作为一个作者,确实需要有这样的信念,你确实站在常人之上,确实表达了常人之上的经验,超于常人的认识才去动手。这就要求我们有一个参照系,要求我们对文学史,对当今世界的文学状况有基本的了解,你要想超越常人才是可信的。小说的基本价值就是这些,它不是什么高深的道理,基本是常识,但这些年确实在很多人那里糊涂了,忘记了常识。为什么?因为小说的观念发生了很大的争论。

下面我就说一说小说的观念之争。我们现在面对着价值认同危机的时代,这个时代当中小说观念的正确与否也决定着我们信心是否可靠,决定着我们走哪条路,采用什么样的方式、态度来进行小说创作。我们都知道,中国在70年代末,80年代初进入了又一次改革开放的时代,这个时代是经历了一次思想解放运动,思想解放运动中文学曾经充当着非常重要的意识形态作用。那个时代出现的伤痕文学、改革文学的文学样态,到了80年代中期,大家发现伤痕、改革、反思这样的思路其实和以往几十年的文学样态并没有发生根本的变化,依然是用僵硬的意识形态规定性来看待小说、看待生活,依然是在单一的现实主义典型化规范下来创作小说。所以那个时候需要一个变革,这个变革最初由一些理论家和作家们共同提出来的,这就是所谓纯文学观念的由来。这个观念产生的大背景是"躲避崇高,告别革命",文学要从意识形态的规约中解放出来,要从单一的现实主义的方法束缚中解放出来,要回到文学本身。有一个形象的比喻说，文学这架马车上过去装载着过多的东西，理想啊道德啊责任啊，现在的任务就是把这些东西从马车上卸下来。但文学马车上卸下这些东西后还剩下什么呢？只剩下一个性在没完没了地狂奔。这期间大家都在引用马克思·韦伯的"三分法"，韦伯把人类的经验分为知识、伦理、审美三个部分，以此来论证彼此分工是必要的。让科学去求真，让道德去求善，艺术只能去求美，大家互不干涉。即文学应该回到艺术自律原则上来，只要美的原则而无需考虑真和善。这就是纯文学口号的理论基础。美不是坏事，大家写小说都要追求美，但是这样一种理论掩盖了美的本质特征。美是个历史的概念，是个发展的概念，是个相对的概念。唐明皇那个时代女人的美是"肥胖"，而今天大街上女人的美丽是"消瘦"，美在变化，这个变化的过程是受真和善左右的，世界上不存在脱离真和善的美。因此纯文学观念的提出本身是有缺陷的，它本身就是一个"去政治化"的口号，是在玩政治，而不是在讨论文学。但是纯文学口号的提出，对当时文学摆脱僵硬意识形态的控制确实起到了推动作用，使很多写小说、写诗歌的人、文学爱好者认真地去思考怎么样表达的问题。通俗地说就是怎么写比写什么更重要，确实有这样的推动作用。但这个作用到了二十一世纪的时候，已经走到了它自己的反面，怎么写的问题成了小说创作的一切，写什么的问题反而不记得了，换句话说我们忘记了为什么要写小说，把技术当成了小说唯一的任务。这就是为什么我们在今天流行的文学作品中看不到道德承担，看不到时代真相，看不到价值判断的原因。

这20年，中国的小说技法可以说把西方几百年里积累的艺术经验，各种各样的写法都操练了一遍。我们回到文学本身没有呢？今天在艺术表现形式上，艺术表现能力上，中国的文坛可以说各种各样的形式都借鉴过了，在技术的层面上好像确实回到本身了，但是在同时我们丢掉了更为重要的东西，那就是文学精神。我在上海大学做过一次演讲，有人问究竟"文学精神"是什么东西，简单地讲，就是真善美的统一，就是我们热爱文学的人求真、求善、求美的追求之心。如果仅仅是求美，我们就有可能丢掉了真和善。朱光潜在引用康德经验主义美学时举过一个例子：一艘轮船在海上航行时遇到了大雾，黄昏时天边出现了美丽的彩霞。太阳光的映照下这些雾在不同人的眼里功能是不一样的：有经验的船员考虑到暴风雨即将来临，船主立刻想到这艘船可能被毁灭，而旅客却在欣赏难得一见的美景，都在惊艳天公造化，不知道危险即将到来。就是说美在不同人的眼里是不同的东西。唯美主义这个口号表面上听来是很动听的词汇，实际上是一个遮蔽真和善的词汇。我们为什么不会去爱一个橱窗里的塑料模特儿？因为我们知道那不是一个真实的生命，不管她的身材多么符合黄金分割率，也不管她的服装多么高雅时尚，都不会爱她。换句话说，在我们这个时代强调唯美主义，在大量真相被刻意遮蔽的历史条件下，就是有意识地想掩盖某些东西。掩盖某些时代的真相、社会的真相、甚至在刻意地让我们形成意识形态幻觉，是鲁迅批判的"瞒和骗的文艺"。所以纯文学到了90年代后期，在资本介入和控制中国社会的条件下，成了意识形态有益无害的补充。这样一种纯文学观念从产生、发展、到衰落，从反对文学的工具化开始，到了21世纪恰恰成为了意识形态的新工具。今天的主流意识形态是个资本意识形态，反映了资本的一元化要求，它严重地束缚了社会的进步，思想的发展，包括文学的发展。这么一个意识形态使文学放弃了它应该追求的最本质的东西，就是求真、求善、求美。因为我们求真，必然要对世界的本相、本质和规律进行追问。这种追求精神的反面是什么，必然是对假象、丑恶的揭示。我们求善就是追求人和人、人和社会、人和自然和谐的共存关系，其反面必然是对混乱的，压迫的，黑暗的状态进行反抗。我们求美，必然要对人类的美好的生活方式进行想象，必然是要对人类美好情感进行合理展开，反过来必然要对倒错的，混乱的，不合理的形式进行反抗。因此任何一个事物既有正面，也有它的反面。所以求真、求善、求美说起来很容易，做到其实很难。最近温家宝总理的讲话也在说，要求真、求善、求美，要求作家讲真话，要求大家提供真实的社情民意为人民呼吁。当然我们不敢讲这不是好意，起码这个好意跟我们经常听到的某些会议精神是不一致的。因此求真、求善、求美不是那么容易的事情，是要付出代价的。鲁迅曾经写过一篇《立论》的文章，说到朋友家吃小孩的满月酒，讲说真话不容易。他说升官和发财倒是未必，说将来一定要死却是肯定的。所以写小说要求真、求善、求美其实也不容易。

前年，一个美国籍的华人作家哈金，发表一篇文章《期待伟大的中国小说》，他说中国人好像已经接受了市场经济必然带来文学边缘化这样一种说法，自己很奇怪在美国这样一个高度商业化的国度，小说没有边缘化，但是在中国这个市场经济相对落后，远远没有发展起来的国度里，小说已经被边缘化了。他在文章里说，一本伟大的美国小说一直是众人仰望的星，美国每一位年轻的作者，出版社的编辑，都想编写伟大的美国小说，有一些年轻人一辈子梦想这个事情。所以美国伟大小说的观念没有过时，但在中国这个观念已经过时了。他指出：目前中国文化中缺少的正是"伟大的中国小说"的概念。没有宏大的意识，就不会有宏大的作品。他进而给"伟大的中国小说"下个定义——"一部关于中国人经验的长篇小说，其中对人物和生活的描述如此深刻、丰富、真确并富有同情心，使得每一个有感情、有文化的中国人都能在故事中找到认同感。"他认为"伟大的中国小说"意识形成后，"文学小说就会自然地跟别的类型的小说分开。作家们会不再被某些时髦一时的东西所迷惑，就会自然地寻找属于自己的伟大的传统，这时你的眼光和标准就不一样了，就不会把心思放在眼下的区区小利和雕虫小技上"。这里面他使用了很多传统现实主义中的定义，那就是反映、真确、经验、同情心，认同感、多数人这样一些概念，这样的概念恰恰是我们这些年来一直受到批判，甚至被宣判为已经死亡的概念。这就是美国的华人作家跟国内的时髦理论家在观念上的区别。不同的小说观念的争论在国内也在进行，从2004年开始，有逐年升级的倾向。在理论界、批评界愈演愈烈，很多高校的老师都卷了进来，他们讨论今天应该怎么认识文学的价值，以前大家都认为文学终结了，历史终结了，为什么今天越来越多的人在写小说，为什么小说的经典越来越少，越说越糊涂，所以说今天是价值认同危机的时代。在这里我想说的就是，不管这个观念怎么争论，不管有多少种新鲜、时髦的理论，我们都应该坚守常识，回到常识中间来很多问题就可以看清楚。什么是小说？小说是写给谁看的？在人物层面上小说应该追求什么，情感寓意上小说应该追求什么，价值取向上小说应该追求什么，这样一些东西我相信永远不会过时，它不是时髦的词汇但是却是基本的价值。这个基本价值概括一下就是求真、求善、求美，是小说艺术的不二法门。

　　最后我说一下我们写小说并不仅仅是要写一篇文章出版，拿稿费，我们都想为文学的进步做出贡献。任何一个想做出贡献的人，都必然要有一定的准备，这个准备就是心中有标尺，你知道前人做到了什么程度，才有可能在前人的基础上做出新的贡献，前人的标尺是什么？纵向是文学史，在我们已知的文学历史上，小说有了哪一些发展，我们知道不知道？在这个了解文学史的基础上，我们才有可能往前走一步。第二叫做全球视野，那是横向坐标，在这个时代世界上的文学状态大体上怎么样，我们知道不知道？别人怎么做，他民族怎么理解文学？如果我们知道，就有可能做出新的贡献。所以最好我们写小说的朋友们能够多多少少读一些理论，多多少少了解一些别人的状况，哪怕不能通读原著，也可以了解当今世界，了解自己的历史。明白什么是文学写作，什么是商业写作，什么是新闻写作，就可能使自己心中更加有数。我们要承认，文学的进步是艰难的，这个艰难不仅是因为文学每一次进步都要对以往的规则、规范、边界进行突破，而且在于在进步的过程中，跨越很多陷阱、很多的危机、很多的诱惑、很多的埋伏。我讲的文学进步当然不仅仅是指小说样式的进步，也不仅仅是指小说内容的进步，我是指包括内容、形式在内的整个文学精神的进步。其实这些陷阱客观存在于小说创作的方方面面：

首先来自政府的要求，这个要求是很客观的，任何一个地方政府他都会要求当地的作者要为当地的政策宣传服务，他要追求政绩，追求发展，要追求政府的合法性。宣传政绩，肯定要求文学作者多写本地的好人好事，这就必然导致了文学的工具化和娱乐化。你为我做宣传，成为工具，如果不做宣传，起码不要捣乱，你可以逗乐，让我们快乐。这就是工具化和作家自主性的天然矛盾，我不是说政府的领导是好是坏，任何一个领导都会这样要求。这是客观要求，那么对一个作者来讲，就是天然的压力，领导这样要求，而我没有这样做，就是天然的压力。贾平凹跑到深圳去讲，文学和社会有着天然的紧张关系，什么是紧张的关系？文学本身的求真、求善、求美和当地政府的工具化娱乐化要求有天然紧张的关系。

其次是来自市场的要求，出版商掏钱出书是要赚钱的，是要让资本增值的，他关心码洋印数，即好卖原则。马克思说资本有两个本质要求，第一是要求在最短时间内的实现；第二是在最大程度上的实现。由于资本有了两个最本质的要求，就必然要求作家的明星化和读者的粉丝化。一个作家的一本书好卖，他所有的书都会好卖，这就叫强者通吃。这给大家带来的心理压力非常大。什么叫粉丝化，就是盲目崇拜，没有自己的头脑，失去判断能力。只有粉丝化了，商业利润才会在最短的时间内、最大的程度上流向书商。

第三就是来自学院的要求，是教学是科研，是经费学术地位，是话语权，我的话要成为规则，你们要按我的牌理出牌，必然要求文学的本质化和知识化。只有把文学作品本质化，知识才可以出售。于是小说就被抽象了，故事不见了，情感不见了，只剩下语言，结构和形式，这样才能够在课堂上讲解，这是学院的要求，不是读者的要求。读者买书肯定想看看有什么新故事，有什么新内容，至于你用什么新方法来写，普通的读者并不关心。本质化和知识化了，文学作品就转化为可以出售的知识了，学院的教授才有饭碗，才可以扩大招生。

第四个难度是来自作家自身的，每一个作家都想扩大影响，他要生存，要知名度，要版税。在这个时代怎么办？有的人就想办法"偷跑"，有的就修改规则；有的人搞行为艺术，吸引大众眼球。那么在这个时代，最通行的经验是什么，就是犬儒化和国际化路线，所有敏感的话题我都避开，国际上流行什么我就写什么。什么叫国际化，就是好卖原则，有一个书商总结了三条好卖原则，第一是爱情，第二是人与自然，第三是环保。但这样一来作家就不是知识分子了，而只是一个编故事的人了。这样一个编故事的人，对文学进步没有任何贡献。作家被犬儒化和国际化之后，必然要放弃文学性追求。这些要求都是客观的，不是哪个人的个人品质好坏能够改变的。所以我们看到的中国特色的文学景观就出现了，就是文学被边缘化了泡沫化了。前面讲了八个"化"，加上边缘化泡沫化，一共十个，真正十面埋伏。所以说文学进步是很困难的，任何一个优秀的作家，不为利害所动是很难做到的。反过来说你要想成为优秀的作家，坚守文学品质又是必不可少的。所以在这个时代确实很难，但是文学的坚守也很有意思。

最后就是我们每一个作家在这样的大形势下，可以为自己做一个设计，就是说自己大体上能够成为什么样的作家，我在多大程度上能为文学做出贡献？如果做了这样的设计，就可以比较实事求是地规划自己的写作。如果你认为自己是一棵大树，不妨勇敢地坚守自己的个性，把根扎得深一些，没有人买账也不要紧；如果认为自己不是一棵大树，而只是一棵小树，我建议你生长在河流拐弯的地方，因为在拐弯的地方容易被别人看见，容易被别人记得；如果认为自己既不是一棵大树也不是一棵小树，而仅仅是一棵草，那么不妨心态放松一点，生长得别致一些，把文学当成娱乐自己的爱好。一个业余爱好者，无须去背负那么沉重的十字架。大家可以各得其所，在自己的时代找到自己的位置。我就说这么多，大家有什么问题可以提问。（以下略）

2006年12月25日在广东省文学讲习所的讲话

要科学，还是要玄学？

1918年，由钱玄同和刘半农针对学衡派的复古主张，在《新青年》演了一出双簧戏，一个假说一个反驳，借以扩大新文学的影响。鲁迅说"那时仿佛不特没有人赞同，并且也没有人反对，我想他们感到寂寞了"。正如两位艺术家，面对既无掌声，又无倒彩的观众，有些耐不住性子，着急是可以理解的。没料想，进入2009年，我们又见到了这精彩的一幕。表演者是一批批评家，话题是当代中国文学达到了"高度"还是"低度"，使用的方法是"西学"还是"中学"，争得煞有介事，赚到不少眼球。以至于后来的参加者不得不提高分贝，连揭老底、说家史的战法都用上了。这样的热热闹闹是新闻媒体最欢迎的，它吊起观众的胃口，而又无伤大雅，触及不到真问题，所以有网友评论这是"关公战秦琼"。

而在我看来，这种争论只不过是一个噱头，是双簧表演还是群口相声并不重要。一方说难道我们连一点点中国立场都不能有吗？一方说你们不配有自己的"文化立场"，你们这叫"长城心态"！一个假摔一个真打，一方委屈一方愤怒，后来者干脆再给一顿群殴。他们说，一百年前，中国还是一个帝制国家，你们读到的文章还是文言文，你们的文化基因决定了你们必须谦虚地接受现代性、普世性的价值——这就好比捧哏的为难逗哏的，脚本早就这么安排了。没有多少根本分歧的辩论只能证明背后另有出题人，这个人才是牵动木偶线的组织者，目的仍是推销眼下受到广泛质疑的主流文学价值观。中国当代文学批评的真问题，既不是高度也不是低度，既不是西学也不是中学，而是要科学还是要玄学。

有人说，五四以后第一个30年是解决挨打问题，第二个30年是解决挨饿问题，第三个30年是解决挨骂问题。打开今日中国各类主流媒体，所有的话题几乎都是追随在西方媒体的身后，人家指责什么我们就要讨论什么，从垃圾说到高度说，从普世价值到民族问题，中国的各个领域，自20世纪90年代以来一直居于法统道统地位的正是这个价值观，它已经成为中国文坛的新意识形态，也是中国当代文学的理论前提。抛弃了它就等于抛弃了某些人的通灵宝玉。

放在全球视野中观察，这种主流价值其实正是资本全球化的一元化要求，它既不是一种文学话语，也谈不上一种学术研究，而是一项帝国战略。它争夺的是文化领导权，是批评话语权，让中国文坛在"诺贝尔焦渴症"时代吃药，在将醒未醒之时加以当头棒喝，可以说基本上取得了成功。它的表现主要有三：

一曰虚无主义的历史观。所谓"一切历史都是当代史"，"一切事实都不过是一种陈述"，反对事物的客观实在性。90年代以后中国作家精神生活发生的变化就隐含在这种表述里，所谓历史终结了宏大叙事解体了成为最流行的精神姿态，只要仔细辨析就可发现，这种表述正是戈培尔"谣言重复一千遍就是真理"的中国翻版。

其实在中国，历史虚无主义思潮并不是真的"虚无"，而是以虚无的文学姿态达到非常实在的目的。所谓"告别革命"论，既是这种思潮的集中表现，又是它不加隐讳的真实目的。在论者看来，中国革命只起破坏性作用，没有任何建设性意义，更谈不上必然性合理性。一些人拼命渲染革命的"弊病"和"祸害"，所谓"革命容易使人发疯发狂，丧失理性"，"革命残忍、黑暗、肮脏的一面,我们注意得很不够"。历史虚无主义在糟蹋、歪曲历史的时候,却声称自己是在进行"理性的思考",是要实现所谓"研究范式"的转换。似乎只要戴上文学光环,就能名正言顺地抓住历史表达的话语权,中国革命就再也不具有正当性了。在刘再复《告别革命》一书迅速获得主流思想界推崇的情况下,创作与批评中的颠覆历史之作就一波接着一波,其核心内容是"去政治化的政治",颠覆中国人的历史记忆,否定"土地兼并必然导致几百年一次的农民起义和王朝更迭"的历史结论。中国农民问题和土地问题是解读中国历史的一把钥匙,也是中国革命合理性的基础。否则我们就无法理解弱小的共产党何以战胜了强大的国民党,也无法理解国民党政府何以刚到台湾就匆匆忙忙地推行"三七五减租"和土改。这股虚无主义思潮来自海外,通过台湾香港逐步在大陆渗透,起初还是"人生无常个人幻灭"式的感慨,逐渐便发展为对革命本身的质疑。起初还是夏志清"力挺张爱玲"式的为个别作家翻案,逐步发展为王德威"没有晚清何来五四"式的对一个时代的质疑,最终就变成李欧梵"民国海上花"式的殖民地赞歌了。表现在文学创作和批评中,就是通过"个人化的历史""虚无感的历史""戏说历史"替换客观实在的真实历史。当这些论调成为了主流共识,成为了文化艺术的内在价值,文化领导权也就被彻底颠覆了。在一些人看来,仅仅否定"文革"是不够的,只有彻底否定了土改和革命,才能否定毛泽东和孙中山;进而否定两千多年来的农民起义,才能否定中国革命的合法性基础,否定被压迫人民要求平等渴望解放向往尊严和自由的历史正当性。其实说白了,不过是为迎合盎格鲁·撒克逊们的"中国观",满足他们对中国人落后野蛮自私愚昧的想象,为侵略和殖民辩护,为压迫和剥削遮丑,把人民英雄纪念碑推倒,把李鸿章袁世凯慈禧太后请回来。

二曰精英主义的审美观。所谓"颓废才是20世纪中国文学的美学特征",主张顺民奴才人格和后现代贵族式的孤独、焦虑和优雅,排斥反抗型人格,更反对感时忧国的精神传统。

　　与虚无主义历史观相联系,"文革"以后中国文学的主流审美观念也出现了根本性的逆转。知识分子挥之不去的文革怨毒心理与全面否定百年文学历史进而否定中国革命史的政治思潮结合起来,形成了一股强大的审美虚无浪潮,甚至认为中国没有出过真正的诗人(刘再复认为:中国文学史上只有陶渊明一个诗人)。当否定文革进而否定中国革命的思想逻辑需要时,曾经致力于反共宣传的美国人夏志清的《中国现代文学史》就顺理成章地在大陆流行起来。夏志清力挺的张爱玲则成了中国文坛的美学样板,张爱玲的"当老百姓的就要守住自己的'人性'和'日常',人生不要太飞扬,要安稳",就成为了经典美学标准。"颓废"才是百年文学史的美学特征,革命不过是感时忧国的"精神弊端"——夏志清这些并非学术的思想逻辑居然成了社会主义中国当代文坛的审美法则。其实夏志清力挺张爱玲真实意图从一开始就是政治,并不是什么纯文学。比如他认为"20世纪最伟大的中国小说是《秧歌》",就是一部完全没有艺术含量的拙劣之作。当然在大陆宣传《秧歌》这样的小说是没有说服力的,于是就笼统地宣传张爱玲的所谓"悲凉"。顺便说一下,我并不认为以意识形态划线是合理的,张爱玲的文学成就如《金锁记》是应该肯定的,前30年的现代文学史叙述中不提或少提张爱玲沈从文并非科学的审美。反过来也一样,后30年用张爱玲来否定现代文学史上几乎全部优秀作家则是玄学的审美了,因为二者使用的是相同的思想逻辑。熟悉现代文学史的人都知道,即使在孤岛文学时期,与张爱玲齐名的,南有苏青北有梅娘,无论当时的影响力还是作品的实际艺术含量,都不在张爱玲之下,为什么张爱玲的影响这么大?原因就在于张出走香港后接受了美国中央情报局香港新闻处的津贴,写出了歪曲土改的《秧歌》和《赤地之恋》。

所以夏志清的所谓审美现代性并不是一个美学问题，而是一个不折不扣的政治陷阱。这种精英主义的审美观说白了就是，维护一切统治秩序所需要的上等人趣味，抹杀一切草根阶层作为人的尊严和情感。正如一位先锋批评家所归纳的，"现在就是要回到民国去。"

三曰技术主义的文学观，或曰本质主义的文学观。在上述历史观和审美观的思想逻辑下，所谓"小说是语言的艺术"，"诗到语言为止"，"一切意义都是一种表述"，"文本即世界，世界即文本"等等说法便流行开来，反对当代文学与当代的真实生活发生联系。

发轫于上世纪80年代的纯文学思潮强调文学自律性、主张回到文学本身这些口号曾经起到过推动文学进步的作用。但到90年代以后这些曾经进步的主张几乎成了批评界唯一的话语方式，即所谓"先锋性"。也就是要以模仿欧美现代派艺术为最高目的，误以为现代派艺术就等于现代化艺术，代表了先进和潮流，非如此就不能"与世界接轨"。其实这些艺术主张在智性上的反理性、道德上的犬儒姿态与感性上的快乐至上，即便在西方最鼎盛时期，也没有逃脱过有识之士的嘲讽批判。在80年代，我们都以为文学进步是和物质生产、技术进步相匹配的，把西方的一切想象为文明和先进，把自己想象为野蛮和落后，中国文学没有走向世界是因为技不如人，人家都用刀叉了咱们还拿筷子，可以理解。然而时至今日还在坚持这样认识则是闭目塞听顽固不化了。至于把小说仅仅归纳为语言艺术的说法，则是把工具当作了它本身。有人喜欢引用雅各布森对文学的定义，认为文学的本质就是字词句的排列组合，与社会承担和价值判断无关。一个语言学家从语言的角度来理解文学是有其学科理由的，因为他的对象就是语言形式。而作家批评家这样理解文学则是荒谬的，混淆了语言学和文学是不同学科的常识。这就好比把工业说成机器的产业，把农业说成锄头在劳动一样可笑。把工具当作它本身，就抹杀了小说与其他文艺样式的质的规定性，与相声、评书、话剧等等无法区别开来。小说不仅仅是语言的艺术，它更是以语言文字塑造形象的艺术，是关于社会生活和作家情感的艺术。衡量小说的艺术性是需要联系小说的效果来考察的，而不是看它举着什么主义什么派的大旗。小说对表现对象实现的程度才是衡量艺术性的标准，实现得越彻底越复杂越丰富，它的艺术性也就越高，反之亦然。正是在这个意义上，连最激进的后现代主义批评家阿多诺也承认，"一个艺术作品的艺术性就在于其能否表达时代的真理内容"。本来这是个常识，现在却被技术主义的文学观故意把水搅浑了。事实上，即使在这些技术层面，自诩为"先锋"的批评家们至今也没有归纳出一条公认的新叙事技巧，没有一部作品成为我们今天的范式文本。我们至今仍在沿用的现代叙事技巧，诸如"叙事时间"、"叙事视角"、"叙事结构"、"注重情调氛围"等等经验都是现代小说在100年里积累的成果。那些已经著名的先锋作家，其成功的作品无一不是借助影视传播获得影响力的，他们使用的方法也无一不是传统现实主义技巧。而那些被认为后现代小说的"人物符号化"、"故事寓言化"，以及"偶然性结构性"、"戏仿与拼贴"等等叙事方法，在中外古代文学史上比比皆是，早在黑格尔的时代就被他讥讽为"上半身变成了美女，下半身还是鱼"的艺术发育未完成品种。需要指出的是，技术主义的文学观在中国文坛流行是一个渐进的过程，是被"先锋批评家"们长期诋毁真实性嘲笑思想性逐步诱导出来的。多数作家渴望通过技术改进、追求个人艺术境界的努力是正当的，与推行这种价值观的动机有着本质区别。我们当然应该向任何人学习一切有益的知识和经验，但学习的目的是为了壮大自己，而不是取消自己，更不是把中国文学变成西方观念的贴牌生产。

在此基础上，伴随着中国文坛精英化的进程，近20年一直盛行着"历史终结论"、"后现代论"、"宏大叙事解体论"、"小事崇拜论"、"形式进化论"、"人性发现论"、"范式转换论"等等论调,而且一直以"纯文学"的话语方式活跃着主流着,只不过近两年,这些论调会随着气候冷暖换换马甲。

这些主张实际上已经贯穿了90年代以来中国文坛最主流的文学创作和批评活动,形成了心照不宣的文学标准,并且通过官方机构把这一套当作规则,当作秩序,谁胆敢突破这个边界立刻受到围攻。比如涉及历史的必然要为侵略和殖民辩护,涉及现实的必然要为压迫和剥削辩护,涉及当下生活的必然是"逃避"、"穿越"和"玄幻"。千篇一律的批评话语则是把这种恶搞当作"艺术",对真情实感和严肃思考进行嘲弄。这种不参加思想建构和时代精神风貌建设的文学批评实际上已经取消了自身存在的合理性。在个别批评家那里,为了强调这个立场,不仅不要学识,不要逻辑,甚至取消了常识,把年龄、性别、相貌、出身经历统统拉进文学评判中来。更有人以所谓的"代际差异"来评判文学优劣,这无异于文革时期以家庭出身来划分红五类黑五类一样荒唐。

进入90年代以后,新的社会课题、历史现象层出不穷。80年代的文学批评范式赖以存在的那些具体的历史语境,比如庸俗社会学、政治功利性等等,已经发生了极大的变化。遗憾的是,在历史剧烈变迁的时候,在中国社会与人的精神生活出现诸多异常复杂尖锐问题的时候,在社会各界面对复杂的社会现实都进行反思的时候,很多文学批评家并没有介入到这些思考当中去,而是封闭于80年代所建构起来的那套知识资源,已经无力对人们迫切需要了解的当代生活的复杂性提供任何有价值的阐释。他们回避真实问题、主动躲进书斋的做法,不仅使他们丧失了解决精神难题的能力,也使他们退出了社会价值生产的中心领域。那些80年代曾经进步的观念在他们手中变成了新的教条。这种新教条在90年代的文学批评实践上的具体表现就是对学科的独立性与自主性的夸张性强调。90年代伊始，就有批评家大力呼吁，以80年代确立的那些观念为基础，建立以"文学本身"为本位的学科规范。甚而还正式提出了当代文学批评的经典化问题，建议将当代文学批评变成某种断代文学研究，确认自己的"边界"，在学科类型上向古代文学、现代文学研究看齐。可以说，在整个90年代，学科的自律性诉求逐渐成为当代文学批评的主流声音，专业化和知识化成为相当一部分批评家获得相互认同的依据。批评界逐渐形成了一个默认的潜规则：只有在自己的边界以内进行的批评工作，才是正当的，如果超出了自己的边界，所获得的成果则不具有合法性。学科的边界圈定以后，批评家们又纷纷开始在其中认领自己的领地。有的人按照体裁来认领，诸如小说、诗歌、散文、影视；有的人按照年代来认领，诸如17年文学、新时期文学、新世纪文学；此外，还有人按照作家、地域、流派来认领，不一而足。这种在大地盘中再划定小领地的做法，不仅使批评家失去了全面把握社会历史的整体能力，而且失去了对社会发言的知识前提。最终造成的局面是，十几年下来，批评界已经出现了一批貌似形式规范的"学术著作"，但曾经的思想锋芒和艺术敏锐却大面积消失了。原本是科学审美的文艺批评，逐渐演变为玄学审美；原本是文艺理论和文学史知识的阐释者，却比作家还爱谈"感觉"爱谈"艺术"，尤喜飞来飞去"指导"作家创作；曾经站在思想前沿的文学批评只能内部生产着自我抚慰，以没有思想为荣，甚至演变成为影响时代精神演进的一种负面因素。

面对急遽分化的中国现实，文学还有没有作为？文学究竟是一种文字技术操练还是思想感情的表达？我们对此是作出历史的解释还是道德的解释？把世界理解为人与人之间的分配关系，还是物与物之间的交换关系？产生这一现象的原因，是制度的安排还是个人的命运？底层和上层，劳动和资本，究竟是不是"一根藤上的苦瓜"？这些，可能都是严肃的知识分子必须回答的时代课题。一般而言，对文学存在多种多样的理解和认识并不是坏事，它有利于文学的平等竞争，有利于文学发展的多元化。但中国的情形有些特殊，权力的作用很大，往往是一种倾向压倒另一种倾向。这些价值观念通过大学文学教育，经由体制性放大，已经渗透到了方方面面，成为了一种新的意识形态，成为一种影响精神发展，甚至影响社会进步的压迫性力量。

　　新世纪出现的底层文学思潮，正是在这样的背景下对主流文学价值观作出的一些回应，也在国内外产生了一些影响。底层文学的概念如同众多文学概念一样不是那么准确，但它是中国作家在80年代以后首次大规模地面对社会公共事务发言，也在审美意趣上出现了多元杂呈的诉求，体现出了一种新的人民性品格。底层文学不再以权势者和英雄明星的成功与否而悲欢，它把审美建立在小人物的苦难经历和奋斗历史上，肯定弱势者在这个世界上的一切存在价值，赞美他们为尊严和自由而付出的所有努力。它抛弃贵族精英式的审美趣味，把诸如雅正、精致、颓废等美学范畴统统纳入到更加历史化的审美要求中来，强调真实感、现场感，重新肯定劳动、力量、激越、粗犷的美学价值。但底层文学就总体而言，声音微弱。原因在于中国文坛曾经贯穿百年的"历史的美学的"文学观念逐渐式微。就目前而言，底层文学也正处在被主流文化改造规范的过程当中，它的核心价值正在被"底层温暖主义"、"底层浪漫主义"所消解。

　　然而，历史并没有也不可能被终结，五四以后的第四个30年已经在我们面前展开。对于一个有着60年社会主义革命建设的历史记忆的民族，科学与玄学的挑战意味着什么？历史的钟摆已经走到了尽头？我们都看着呢。

原载于《文艺争鸣》2010年第3期

一条文学华容道
——兼与陈晓明先生商榷

陈晓明先生是一位关注当代文学创作的批评家，我读过他的《无根的苦难》和《重返现代性氛围》，认为他是个严肃的思想者。可是读了发表在《小说选刊》2004年第4期上陈晓明的一篇评述文章《小叙事与剩余的文学性》，我的这种看法发生了动摇。我自己是写小说的，谈理论似乎是"捞过界"了，但因事关重大，所以还是忍不住想说几句，并向陈晓明先生讨教。

设身处地地想，被人请来喝喜酒，说几句恭维话是难免的，为近期创作寻找学理支持亦是好事，但话说过头了就反而不讨好，就像鲁迅在《立论》中描绘的那种困难。陈晓明的过头话是——他断言中国已经"进入到另一个历史时期的开始"，现代性"那样的历史已经终结，只有历史的碎片剩余下来，只有小人物的个人感觉构成小说叙事的中心，只有文学本身的叙事来创造文学性"。所以他的结论是——"也只有最小值的文学性，构成最真实的审美感觉"。联系到《小说选刊》2004年第7期陈思和在《春来发几枝》中，一方面承认"真正的精神性在任何主题、任何形式中都能显示出它的深度"，另一方面又把形式探索夸大到至高无上的地位——进步和成绩"只能是依靠可遇不可求的少数创造性劳动来完成"。

而且这二位都是标榜要与"平庸的大众文化市场"划清界限的,要为"纯文学"招魂的。这些源自"后学"及其实践进程的话语,使我感到中国文坛已经有了主流理论,路径明确且边界清晰。加上《小说选刊》的地位和影响,这可能会成为一种霸权话语,或者叫文学意识形态。我本人是赞成《小说选刊》倡导的"好作品主义"的,所以不能不担忧。

中国真的进入后现代了吗?对这个问题,可能稍有社会常识的人都不难作出判断。我们的确时常在电视节目里看到后现代生存,但那只是被策划出来的虚拟生活,与大多数人无关。现代性在中国的政治经济文化乃至社会生活诸领域还很稀缺,这大约是无需证明的事实,相信陈晓明也不会否认。那么他的"最小值"结论是怎么推导出来的呢?"小事崇拜"确实是20世纪90年代以来中国文坛上出现的重要现象,造成这种现象的原因很复杂,理论界也有过不少分析,这里不去复述。本来一个学者持有什么样的观点,寻找什么样的理论资源都不会令人惊讶,我关心的是,中国式后现代思潮成为主流看法以后对文学将产生怎样的影响?我忽然明白90年代以来理论界似乎在完成一个共谋(起码也是共识):要把创作引上一条华容道。这条道上埋着两支伏兵,一支叫内容,别名"小";一支叫形式,别名"新"。经由这两支伏兵的围追堵截,相信中国文坛就可以跑步进入后现代了。到那时,陈晓明描述的"典型文学刊物是由100页的批评,20页的散文和5页的诗歌构成"的局面也许真的不远了。

后现代主义思潮在中国落脚的时候,正是中国知识分子群体的"新启蒙"遭受重创的时候,这赋予了后现代主义在中国的传播以千载难逢的大好机会。其实后现代主义在智性上的反理性、道德上的犬儒姿态与感性上的快乐至上,即便在西方鼎盛时期,也没有逃脱有识之士的尖锐批判。而后现代主义在它的源发地已经走向终结的时候，却在中国获得了始料未及的繁衍（所谓"话语的平移"）。有一个经典笑话很能说明问题：鼓吹后现代主义建筑最起劲的查尔斯·詹克斯先生的太太到中国来看了几处民居古迹，就向全世界宣布"后现代建筑在中国"，她从来没有见过这样的封闭结构，简直太乡土了，太社群了。将来有没有人出来宣布"后现代艺术在中国"（比如张艺谋的某些作品）"后现代小说在中国"（比如被封为纯文学的某些作品）？也许真有可能。

后现代主义在中国的传播有着深刻的社会原因，也有着更为具体的现实动机。我们稍加思索就不难发现中国文化保守主义者欢迎它的弦外之音。那种"没有底盘的游戏"（德里达）、那种"一切皆可"（邓托）、那种"快乐的虚无主义"（奥利瓦）、那种"正经不起来"（苏姗·桑塔格），还有"政治波普"、"泼皮现实主义"、"玩的就是心跳"、"逃避崇高"、"一点正经没有"等等，其实正是权贵资本需要的社会氛围，那就是颠覆正义、解构一切精神性存在和道德底线。后现代主义者很想建立起一整套新的话语等级制度并从中分得一个喇叭，我们很容易从一些精英人士的说辞中，看到那种执掌话语权的渴望和傲慢派头。可惜他们"姜身未分明"，正如哈耶克在分析西方知识界的现况时也承认，过度的专业化使知识分子丧失了广阔的思想视野。

在西方，后现代主义还有它的合理性：它们的反形式与反艺术是建立在西方现代艺术史特别是经典现代主义的高度形式化的正题之上的。这样它前卫性的反题便拥有了相应的正当性。而在中国，就很难找到它成为主流的理由。如果说80年代初提倡个人化的心灵叙事，以及相应的形式革命还有它的合理性和进步作用的话，是因为当时的文学还面临着恢复，需要接续上已经中断了的现代性追求。那么时至2004年一再张扬中国式后现代主义，就不能不考察它的动机了。那种没有任何语境前提下的"话语平移"，那种貌似激进的话语霸权，掩盖着的恰恰是文化保守主义策略：即中国的现代性既然无法回避，那么只能以这种思想短路的方式扼杀中国的现代性诉求。所以"最小值"真正遮蔽掉的是文学精神。

在社会层面，我们一向试图绕过去的工业化进程、管理理性、程序正当、市场残酷、法制痛苦，乃至于制度的合法性基础，始终都是绕不过去的现代性门槛。在文学层面也是一样，尽管对文学精神的遮蔽从诗经那个时代就已开始，尽管这种遮蔽在各个时代的表现不同，但文学精神不可能被完全杀死。一部中国文学史反反复复说的都是这样一些事实。从功用诗学到代圣贤立言，从骈四俪六到叙事陷阱，从好人好事到小人小事，真的就能把文学精神遮蔽掉吗？相信陈晓明先生自己也不这么认为。

依照中国后现代理论的构想，当代小说失去了与时代对话的渴望，失去了把握社会历史的能力，失去了道德担当的勇气，失去了应有的精神含量，失去了对这种关注作审美展开的耐心，不知小说还能剩下什么？

原载于《时代快报》2005年9月4日

在历史的大格局中

每个人都在历史的大格局中,中国文学当然也不例外。无论你选择什么"立场",使用什么样的"语法",只要历史不结束,你的选择就不会结束。

大约是1989年冬天,有一天老布什到美国国会演讲,说,今天戈尔巴乔夫给我打电话了,冷战结束了,你们赢了!于是全体议员起立,一个个老泪纵横,掌声经久不息,长时间都不能坐下来开会。这确实是一个戏剧性场面,经过两次世界大战,半个世纪的冷战,历史突然在一个早晨轻松地定格了凝固了。

于是一个名叫福山的人和他写的书立刻风靡全球,他宣布历史终结了,"为承认而斗争"的人性欲望已经得到了满足,普遍史就失去了发展的原动力,于是发展和质变都没有可能,历史就这样终结了。于是在中国,在学界,在文坛,普遍主义的"终结论"也开始大行其道。于是"后现代"开始了,于是文学也进入终结时代,宏大叙事更是应该终结了。于是历史被"碎片化"了,个人被"原子化"了,文学被"游戏化"了,只剩下语言在狂欢。但这究竟有什么可开心的,您当真明白吗?套用一句北京胡同串子的话:究竟是我傻了,还是他脑袋进水了?

"终结论"者有一个隐含的思想逻辑:既然历史终结了,人家赢了,那么赢家就该通吃,赢家就该坐庄,这个世界就该重新洗牌，游戏的玩法就该按赢家的规则来，从今往后大家都要按赢家的意图出牌。

任何政治经济战略都需要自己的修辞，但任何修辞都改变不了内在的战略意图。比如夸大文明差异、以西方和非西方划线的《文明的冲突》，比如认为技术进步可以改变历史、宣扬技术至上的《第三次浪潮》。表现在文学上，就是后现代主义的文学观在中国的全面登陆。人家美国都打喷嚏了，中国能不得流感吗？从前言必称希腊，如今不"后"就不叫学问。拿别国的理论资源来硬套中国的现实，简单的"话语的平移"，是桔是枳不论，能确立"全球一体化"的价值观就行。于是我们看到，颠覆解构既往的一切成为学界和文坛的最能吸引眼球的时尚。

我们空白，一部现代文学史只剩下两个半人：张爱玲、沈从文和半个鲁迅。且不说赵树理周立波丁玲柳青这些来自解放区的作家，就是茅盾郭沫若叶圣陶郁达夫朱自清闻一多这些国统区作家也都提不上台面。因为人家美国人夏志清李欧梵王德威不承认呀，人家只认张爱玲沈从文钱钟书呀。人家是立言《中国现代文学史》的呀，是主张价值中立的呀，人家这才叫"普世原则"呀。至于说鲁迅，既然暂时还抹杀不掉，那就阉割他吧。于是作为忧愤深广的思想界斗士鲁迅不见了，只剩下一个颓废的孤独者鲁迅，一个写不出长篇小说的鲁迅，一个七情六欲俱全、经常记载"濯足"和讨要稿费的鲁迅。

我们怀旧，殖民地上海成为我们最温馨最感伤的记忆摇篮。民国杂忆，秦淮旧趣，吴侬温软，夜夜笙歌，小资风流，如烟随影。租界弄堂里有着最丰富最复杂的人性，舞肆歌楼里的柔软身段最为消魂，与洋人性交才能称得上做爱。在文学想象中上海还是个亚洲城市吗？她的姐妹花叫香港，她的近亲是东京，她的远戚是巴黎伦敦纽约，上海可以像当年的日本那样"脱亚入欧"了，或者直接脱亚入美，成为一块飞地。

我们唯美，不，我们纯审美超审美，六朝无文，惟归去来辞。中国文学史上只有一个诗人，他叫陶渊明，其余的都不能叫诗人。在中国古典诗词中，陶渊明的诗最好，独一无二，超过李白、杜甫、屈原诸人。"采菊东篱下，悠然见南山"是诗，"哀民生之多艰兮，掩长袖以太息"就不是诗，"可怜身上衣正单，心忧炭贱愿天寒"也不是诗，"朱门酒肉臭，路有冻死骨"岂止是粗糙？简直就是污言秽语。没有身体的解放就没有人的解放，没有与身体细节密切相关的日常生活的全面恢复，也就没有真正的人性基础和真正的文学表达——这叫"文学身体学"。

总之我们全都错了，160年来中国人全是在瞎折腾。革命党不如维新党，维新党不如保皇党，保皇党不如慈禧老佛爷。当老百姓的就要守住自己的"人性"和"日常"，人生不要太飞扬，要安稳。"颓废"才是百年文学史的美学特征，革命不过是感时忧国的"精神弊端"。

这样的"重写文学史"不过是重写中国历史的另一种说法。文学史首先是文学作品的历史，而不是史家的观念史。历史不是被"写"出来的，是活生生的客观存在。这种充满了傲慢偏见的叙述不是一种文学话语，也谈不上一种学术研究，而是一项帝国战略。它包含了社会市场化、资本自由化等经济内容在内的，旨在摧毁社会福利体系、摧毁工会运动和社会保护运动，从而使财富向大官僚大资本方向积聚的政治指向。

客观一点说，美国人夏志清李欧梵王德威的"现代性"叙述也有学术的一面：他们看到了启蒙现代性的局限，批判了单向度思维，从而挖掘到了中国文学"颓废"的另一面。然而，他们太急于用"颓废"的现代性来遮蔽革命的现代性，用"颓废"的美学改写"反抗"的美学，因而在使用现代专业知识的同时，却失去了宽阔的思想视野。中国为什么会发生革命？中国革命有没有历史必然性和正当性？

在这里我只想说，过去中国文坛遮蔽张爱玲沈从文是没有道理的，以意识形态划线是应该反省的。而今天遮蔽五四以来一大批为现代文学作出卓越贡献的作家作品，使用的是相同的思想逻辑，同样是没有道理的。所以这样的叙述在学理上同样不文学不学术。为殖民主义的侵略历史辩护，同样是服从于服务于某个大战略大格局的意识形态叙事。

然而历史仍在进行时，新教条主义的意识形态法则正在形成当中。1989年确实是历史的重要分水岭。

首先是历史并没有终结，美国很快找到了新的敌人和"邪恶国家"。美国需要敌人，这是他们国内政治和经济文化利益所决定的，否则执政党就失去了国家动员力和凝聚力，这是移民国家不得已的选择。其次是预期中的全球一体化并没有到来，美国作为"公共人格"的代表形象并未取得合法性，他对全球资源的分配并不美妙，依然要靠杀人维持话语权。但按照福山的说法，普遍史观是带有普世的关怀，是建立在"末日审判"的期待上的，这种上帝的承诺从一开始就预设你不能用理性来反驳。再其次，如果他真能找到人类历史的终结点，无论他的理论逻辑是对是错，都将窒息人类本身。人类对于未来的好奇和对于美好生活的向往是人类向上的动力源。这个的动力不是乌托邦的实现，而是对它的不懈追求，可以说没有了乌托邦就没有了人类历史，我们也就丧失了对历史的理解力。

我的问题是，为什么这个明显带有宗教色彩的话题在中国也长盛不衰？咱们这些专家学者为什么也跟着大声忽悠起来？这里面难道没有一点点合理性必然性吗？当然不是。当代文学创作的诸多困境自有其内生的原因，如果我们的眼光能更开阔一些，就能在世界历史大格局中发现蛛丝马迹，中国文坛的许多事情都不是空穴来风。

第一，1989年后中国知识分子在整体上陷入了精神困境。王安忆《叔叔的故事》非常生动地刻画了这个失魂落魄的作家形象。中国作家集体"躲避崇高""告别革命"的苦涩宣言并不说明文学与政治无关，而恰恰证明那是自我精神矮化的开始。知识分子的整体犬儒化策略造就了一个时代，而90年代客观上知识分子待遇的改善，也使他们找到了利益均沾的感觉，于是嘟嘟囔囔语焉不详起来。细究百年中国，知识分子有过三次大的个人主体性精神的失落。第一次是五四以后，个人没有出路，经历了一次寻找"集体"的痛苦（但那时与民众结合的真诚美好还在）；第二次是反右"文革"以后，个人更无出路，经历了一次"国家"认同的痛苦（但那时改造自身的善良愿望还在）；第三次就是90年代以后，个人欲望得到部分满足，"身份质疑"成为时尚，经历了一次"拜金拜权"的痛苦（此时除了嬉皮笑脸装疯卖傻娱乐至死已没有其他表情）。可以说这一次的精神溃败是致命的，主体意识完全消失。毋庸讳言，"消灭了法西斯，自由并不属于人民"是知识分子心中解不开死结，以真诚换羞辱，好心当作驴肝肺，确实是怀疑主义滋生的土壤。而"反右"和"文革"又是心中挥之不去的隐痛，空前的失望感失败感使他们已经无意再去舔干伤口。但消灭法西斯错了吗？追求理想错了吗？眼中有多少泪珠儿需要宣泄30年？我们泼脏水非要把孩子也泼掉吗？

第二，对"现代性"的理解误区。要实现现代化，是中国160年来无数志士先贤的不懈追求，并以历史潮流浩浩荡荡来比附这个过程，因此现代化就意味着先进化高级化不可抗拒化。但用贴标签的方式来理解复杂的思想，用一风吹的方式解决思想问题，又是我们永不悔改的自选动作。在80年代大多数作家都把"现代派"艺术理解为"现代化"艺术，可能是由于深思不足消化不良所致。可是迟至今日还坚持"现代派"艺术就是与物质生产科学技术进化史相匹配的、并能表现更为复杂的现代人生存状态的高级文学样态就是脑子有病了。在80年代围绕着《无主题变奏》和《你别无选择》的"真伪现代派"的讨论，以及后来出现的关于《文学的根》究竟是"现代的根"还是"中国的根"的讨论，都充分表明无论哪种悖论都是西方中心主义的思想方法，把中国想象为他者，确认为边缘与中心、落后与先进的关系。说现代、后现代的艺术形式高级，本身就隐含着传统艺术的低级，很自然地就把现实主义当作了低级的粗糙的落后的艺术，是标准的文学进化论。艺术形式有高下吗？宋词高于唐诗吗？元曲高于宋词吗？以"现代化"作为价值标准来评价"现代派"艺术，实际上也完全忽略了"现代派"自身的反现代性内容。与此相对应，在哲学领域对萨特尼采等人的介绍中，也把他们对西方现代性批判的内容故意遮蔽掉了，仅仅把他们当作个人主义的反权威的先锋来描述。这种简单的进化论的文学史观统治了我们近二十年，以至于很多文学青年不知道五四以来中国文学现代化的真相。在80年代，"现代派"被理解为刚刚被发现的新形态，看作一只"漂亮的风筝"，并被当作创作的新资源，事实上是源于无知。中国在五四时期就经历了这样的发现过程。对西方现代派的译介、研究和吸收早在五四时期就开始了，中国小说在叙述时间、叙述视角、叙述结构和情调氛围等要素的现代转型在一百年前就已经基本实现。在30—40年代，"现代派"小说诗歌的创作甚至在《现代》杂志的倡导下达到过一个高峰期。在50—70年代，在封闭、封锁的条件下，茅盾在《夜读偶记》中也透露过西方现代派最新进展的信息，并把它作为与现实主义对立的"新浪漫主义"来研究的。而对西方"现代派"作品的译介，在60—70年代就有，只不过那时还是停留在特权阶层的"内参读物"，经由高知高干子女的传播，刺激起小圈子的创新意识而已。

　　第三，"赶超一流"，"与国际接轨"和"诺贝尔奖情结"。在理论上，由于进化论的文学史观逐渐占了上风，中国文学没有走向世界的原因就被简单归结为技不如人，就和当年维新派一样，要解决船坚炮利问题。认为现代的必然高于传统的，西方的必然领先于中国的，新人必然超过旧人，"写什么"已经不重要了，关键是怎么写。于是整天都在琢磨那个瑞典老头的心思，他究竟喜欢什么？魔幻的还是结构的？意识流还是生活流？重的还是轻的？是存在还是彼岸？宽门还是窄门？于是艺术就被简单理解为形式与技巧，而这种形式与技巧的艺术又直接和文学画上了等号。文学是什么，文学就是一门专业技术，小说就是语言、叙述和结构，诗到语言为止，作家就是特别会码字的人。不再是发现和认识，不再是思考和想象，更不是发出中国自己的声音。人家都那么写了，咱们还这样写！可是你真那么写了，你自己还在吗？中国人失掉自信心了吗？这是鲁迅当年的问题。在今天可能还要加一句：中国人失去审美判断力了吗？有一个陕西老太太的剪纸在欧洲出了画册，这美轮美奂的艺术令欧洲人目瞪口呆大为赞叹，可她自己家里却挂着港台明星的招贴画，她说那个——好看！到了90年代，随着商业出版的盛行和新闻媒体的炒作，这种形而上学的文学观念更是衍生出了众多的类似"标准"（比如年龄、性别、籍贯、职务、身份、长相、健康状况、写作速度、发行量、外国人喜好等等）。如果说80年代提出纯文学口号尚有摆脱精神枷锁的进步意义，此时的纯文学马车已经完全抛弃了社会承担和价值判断，只剩下性在一路狂奔。于是"怎么写"就变成"这么写"，否则就脱离了"国际"。

　　在中国文学的历史上，正面和反面的经验都告诉我们，在文学创作中单纯的形式追求是不可取的，也不是文学需要的真正价值。诗三百，《风》居首，《风》的文学价值高于《雅》《颂》，大概是没有争议的。从内容上看,《国风》中除少数篇章是关于爱情的欢唱,基本上都是当时人类生存境况与底层苦难的歌哭。难道那时没有"中产阶级"吗?他们没有精神痛苦吗?他们不需要"抓痒"吗?从艺术形式上看,难道《小雅》之委婉奇巧抑扬顿挫真的低于《国风》吗?答案明摆着,古人很早就已经认识到"修辞立其诚",他们懂得吃不饱肚子与有钱买不到快乐不是同一个量级的痛苦,对于"沉默的大多数"他们不好意思看不见。所以"文附于质,辞达而已"成为那时就已经公认的艺术经验总结。六朝骈文中也出了不少华美精彩的篇章,难道对仗和用典不是一种好形式吗?不是同样可以体现汉语之美妙吗?不是同样具有独创性想象力吗?可是"骈四俪六"却成了后代嘲讽挖苦的材料。因为后人都明白"言之有物"的重要性,"及物"才是写文章的根本。人的情感经验是离不开社会生活的,倘若认为小说应该表现人的心灵,那么真实的心灵一定是和真实的历史联系着。倘若认为写小说也是审美,那么这个审美对象一定是和意义联系着。

有人发出预言,说将来中国的图书市场要被外国图书占领,将来的读者只读外国小说,中国的书根本没人看。我不相信。我只知道,在世界文学历史的大格局中,17、18世纪的文学高峰是欧洲人创造的,19世纪的文学高峰是俄国人创造的,20世纪的文学高峰是拉丁美洲人创造的,似乎并没有转移到美国去的迹象。于是对拉美文学就采取了阉割的态度,也不管人家同意不同意。民族国家百年受压迫和人民反抗的历史不见了,只剩下"魔幻现实主义"和"结构现实主义"这技术层面的审美。那些战略家们深知仅仅输出电脑芯片是不够的,重要的是输出文化和价值观念,于是就输出"普世原则",输出"西方正典"。再以帕慕克新近获诺贝尔奖的《我的名字叫红》为例:作品明明是通过"细密画"及内在精神与西方油画及思想方法作对比,表达两种不同文明既有冲突的一面又有共存的一面这样一种思考，以回应"文明冲突论"。可在某些战略家那里，这种思考不见了，只剩下"五十一种声音同时说话"的技术经验。五十一种声音真的很难吗？

我一点都不怀疑，随着中国的经济地位和国际影响力的提高，中国的语言文字和文化产品一定会大批量地走出国门。这就好像80年代全国都在说粤语白话、模仿港台明星做派一样，那是由经济高地向洼地的自然流动，而不是作品的品质决定的。到那时中国真的能拿出表达中国人民（而不是少数精英）争取解放、渴望尊严和自由、并由此寻找到中国道路的优秀作品吗？我不知道。

原载于《小说选刊》2007年第8期

纯文学"向上"了吗?

我们今天已无法回到百年之前,换上长衫布鞋,端着大烟斗举着雪茄烟或慢条斯理或面红耳赤地讨论"为人生",还是"为艺术"。而且我们也不会像当年创造社、文学研究会的老先生们那样单纯,那样认真。我们已经比他们精明了很多,也苍老了很多。因为这场关于"纯文学"的讨论,着实触痛了某些人的神经。有人认为这是"话语权"之争,也有人把口水战的双方简化为左派右派,事实当然不会这么简单。但其中的确折射出当代文坛六神无主的精神乱象。这个看似文艺学领域的专业话题,实际上与经济学、政治学、社会学领域发生的许多事情一样,都是中国社会急遽分化断裂时期的文化症候。

最近在网上读到郜元宝先生的宏论《谁剿灭了"纯文学"》,加深了我的这个印象。这篇文章先在《新京报》发表,紧接着又出现在《南方都市报》上,随后《文艺研究》和《文艺争鸣》也同时刊出(尽管使用了不同的标题),可见其急不可耐。其中《南方都市报》还配了一幅漫画:一个大拳头恶狠狠地砸在书上。

仔细读了,原来是批评孟繁华《中国的"文学第三世界"》的。郜先生不欣赏工农出身的作家写作,也不同意把反映底层生活的作品说成"第三世界"。照说在这个时代一个学者持什么样的立场有什么样的趣味,本不是一件稀奇事,也不值得大惊小怪。最初让我惊讶的是,一个学者在捍卫自己的理想时,为什么不是学理的言说,而采用小孩子"学嘴"斗狠的修辞方法来证明自己正确?

深思下去,才明白确实意在言外,所以才表情特别丰富。他是针对前些时候持续升温的关于"纯文学"讨论的。在他看来,京沪一些学者的讨论打破了文坛近20年来的文坛既定方针,"这一次关于纯文学的讨论,我看先是李陀没有想好就说了一大通,后是许多人没有听清楚,跟着闹了一大通。"原有的平衡被打破了,有人要出来收拾局面了,于是才有了郜先生这篇非同寻常的檄文。郜先生说:"这些本来浅近的道理,之所以到了21世纪的今天,反而变得异常暧昧,我觉得是有许多人故意要造成这种暧昧。"

这种底牌被揭开的恼羞口气有点耳熟,与前不久经济学家张维迎回应某事的语气十分相似:"这本来都是内部达成共识的事!我不和无耻的人辩论!"

那么郜先生的"浅近道理"是什么呢?他指出:"我们活在当代,凡有发言,当然须以当代生活的感动为燃料,为素材,但之所以在投诉电话、'人大'提案、'纪录片'、'三农研究'、'国企改革对策'、'环保倡议'之外,还需要文学,是因为文学能够将这一切上升为人类普遍的情感,表达出来,期望超越个体生存的局限,被不同处境中的读者普遍地感到,懂得,于是有心灵的沟通,共鸣,于是不同时代、不同地域、不同语言、不同文化的人,也可以在文学中得到某种共同的维系,于是而有'文学性'、'纯文学'、'艺术自律'种种未必高明然而也绝对有所实指的说法。"

如果你觉得这个说法还有些模糊,他进一步为"纯文学"下的定义是:"文学,向下固然可以被研究者、考证家们还原为若干的'本事',并且可以参与实际的社会生活的改造,可以'为人生'。但文学还不止于此,因为向上,文学可以一面将人生的一切实际问题包含着,一面却将诸般的信息转化为心灵语言,从而'改变精神'。"

郜先生断言"纯文学"是向上的,是精神性的,其他的种种都是向下的。似乎这样一来质疑这种纯粹的向上的文学就落入陷阱,不攻自破,不值一驳。然而连讨论都没有必要的"纯文学"今天居然还有人要剿灭它,不是该回以重拳吗?

我不清楚有谁胆敢剿灭"纯文学"。"纯文学"不是正执掌着话语权且风头正健吗?说实话我自己也"纯"过,作为一个从80年代过来的小说作者,我自认还是知道一点当时的情形,以及"纯文学"观念在后来的创作实践中的影响和变异。因为郜先生在文中点到了我的名,所以不得不站出来说几句。要是我连答辩的勇气都没有,好像也太露怯了,连哼都不敢哼一声?

正如郜先生所言,"纯文学"在80年代是"绝对有所实指的",指的是在文学创作界理论界共同推动下形成的一股文学思潮。当时的始作俑者钱理群、李陀等人都有过很清楚的说明和反思,它指的是文学要从僵硬的意识形态束缚中解放出来,要从单一的文学创作模式中解放出来,回到心灵,回到文学本身。应该说这一文学主张当时起到了很正面的作用,所以才有了"纯文学""文学性""艺术自律"等等说法。但由于这一说法带有很强的政治功利色彩,本身就是一种"去政治化"的策略,所以到了90年代副作用逐渐显现,以至于它自己也成为以经济为中心的新意识形态"有益无害"的一部分。所以才有了近几年的质疑和讨论,和文学自主性的要求。尽管讨论的各方角度不同,观点各异,否认这一事实的好像还没有。

但"纯文学"的虚幻性是显而易见的,许多批评者借用布迪厄的"场域"概念,来说明文学无论如何都处在一个复杂的权力网络之中,不可能有一个纯粹的自足的文学空间。文学从现实中逃离出来,只不过进入了另一个圈套而已。不折不扣地完成了由批判"工具论"开始,逐渐沦为另一种工具的全过程。

"纯文学"观念在学理上也是无法自洽的。如果说它"向上",大约还有唯美主义的一面。然而美学也是一个历史的概念,既要"唯美",就不可能顾及"真"和"善"。朱光潜在引用经验主义美学时举过一个例子:一艘轮船在海上航行时遇到了大雾,太阳光的映照下这些雾在不同人的眼里功能是不一样的:有经验的船员考虑到暴风雨即将来临,船主立刻想到这艘船可能被毁灭,而旅客却在欣赏难得一见的美景(大意)。此时的旅客就在唯美主义的迷思之中。郜先生指的大约就是这一面,可惜他遮蔽了另一面。

近年来有些人喜欢引用韦伯来说明"艺术自律性"。韦伯把人类的经验分为知识、伦理、审美三个部分,以此论证彼此分工是必要的。让科学去求真,让道德去求善,艺术只能去求美,大家互不干涉。即文学应该回到艺术自律原则上来,只要美的原则而无需考虑真和善。因此我们看到,在"纯文学"的视野中,没有时代真相和生活逻辑,没有道德判断和公平正义,更没有知识分子立场和人文关怀。这也反过来证明,在真相被刻意遮蔽的历史条件下强调"纯文学",实际上就是主张虚假的文学,主张瞒和骗的文学。它"向上"还是"向下"是一目了然的。当然,迄今为止我们还没有见到哪位唯美主义者敢于公开承认自己喜欢谎言,是玩儿虚的。"纯文学"就像橱窗里不停变换时装的塑料模特儿,美则美矣,爱它很难。现在有人指出假来了,所以郜先生急眼了。

事实上,在二十年"纯文学"的创作和批评实践中,我们只要看一看它的发展演变过程也就明白"向上""向下"了(以某些被商业资本炒作和郜先生喜爱推荐的作品为例):

就表现对象而言,"纯文学"大体经历了心灵叙事——个人叙事——欲望叙事——私人叙事——隐私叙事——上半身叙事——下半身叙事——生殖器叙事这样一个发展路线图。依我推测往下还有发展潜力:还可以发展精子叙事和卵子叙事,一定能更加本质纯粹。当代小说的女性化小人化色情化倾向其实就是这样被"理论"诱导出来的。它满足的是中产阶级处于暴发期的狎亵趣味，它和旧时的名士做派还不太一样，别不好意思承认。总之"纯文学"王国是有特定边界的，已经形成了特有的排斥机制，凡与时代有关与历史社会内容有关与公共话题有关的指意均被排斥在外，因为它们不"纯"。

就表现形式而言，从上世纪80年代中期开始，当代小说进入了一个主义轰炸、形式至上的时代，写什么不重要了，怎么写才是第一位的。说白了就是移植模仿西方小说的"写法"，因为当时认为让文学回到自身的唯一通道就是形式变革，解决技术落后问题，赶超世界一流。所以要玩博尔赫斯、玩福克纳、玩卡夫卡。一句"多少年后，×××想起父亲在他十几岁时说过×××"，曾经迷倒了一代作家，出现无数个"过去现在未来时"的叙述文本。90年代趣味又变了，开始玩"轻"的，玩米兰·昆德拉、玩卡尔维诺、玩杜拉斯。总之人家老外就是这么玩的，咱们得跟上趟。后来大家都记起来，第三个把女人比作花的人，是蠢材。这才觉得总是模仿也不行，写来写去都是人家的"副本"，得变，变了才叫创新。我非跟你不一样，我非把钢板掐出水来，我非把汉语叙事搞成全球一体化。总之要"往狠里写"，要"生冷怪酷"。你不是魔幻吗？我玩怪异。你不是荒诞吗？我玩迷宫。你不是黑色幽默吗？我玩黄的。

这样的回顾，绝对不唯美，但它是事实。

据说郜元宝先生是把自己定位于"60后"一代先锋作家行列的（陈思和语），而且善于将年龄、性别、籍贯等等非文学因素纳入批评标准。又听说郜先生是研究鲁迅的专家，十分想"靠近"鲁迅，不知他对鲁迅的《"硬译"与"文学的阶级性"》怎么看？

愿意讨教。

原载于《文学报》2005年11月17日

浏览《剑桥美国文学史》

2008年新出的《剑桥美国文学史》煌煌八卷,每卷都有60—100万字(我只见到第一、二、七、八卷)。促使我驻足的动机说来惭愧,竟是逆反心理。在我的印象中,"一切历史都是当代史""一切事实都是一种表述"好像已经根深蒂固,尽管这不过是戈培尔的历史变声,但确实在中国学界和主流媒体上最响亮也最实用地回荡着。特别是夏志清的《中国现代文学史》给我留下的浅薄印象很难消除,标准的地缘政治叙事却成了中国文学史界经常提起的样板。所以这次也就随手翻翻,看看"那一套"是怎么忽悠自己的,并不打算多留。但这次我错了,我的脑袋已经被他们忽悠坏了,也有点戈培尔后遗症。真正的西方主流学术并不全是夏志清式的轻佻,人家对自己的历史是严肃的,一点都不游戏。主编萨克文·伯科维奇在《中文版序》中说,"这是至今撰述得最为全面的美国文学史,它也是最具挑战性的著作。"几天看下来,我的结论是,这样的自许恰如其分。

首先在于它的包容性。一部好的文学史当然应该给读者以完整的关于文学作品和思潮的描述,尽可能避免编纂者的主观臆断,使之最大限度地接近历史真相,读者才能通过读文学史了解一个民族关于历史的文学想象。或者说,使文学史尽可能地接近想象中的民族历史。《剑桥美国文学史》确实做到了,它不是一部关于美国国家意识形态的叙事,起码不全这样。也不是一部把文学与民族历史切割开来的"纯文学史",就像中国某些学者主张的那样。在编撰者们看来,美国文学是"一种富于个人主义和冒险精神的文学,一种蕴涵种族冲突和帝国政府的文学,一种折射大规模移民和种族关系紧张的文学,一种反映资产阶级家庭生活和个人自由与社会限制不断斗争的文学"。这正是我疑惑了很久的问题,原来美国文学也不"纯",原来《西方正典》是写给别国看的正典,所谓的"美国经典"正是萨克文·伯科维奇不屑的观念。同样是关于现代性的叙事,他们并不排斥"感时忧国",而且恰恰相反。美国文学传统不仅仅是用英语写作的白人作家的产物,对美国的文化认同和身份认同是所有生活在那个国家的人民共同创造的。以往的美国文学史(1917年和1948年各出过一部)中许多被遮蔽被低估的作品这次得到了大规模的挖掘和呈现,印第安人文学、蓄奴制罪恶文学、非美国裔(包括华裔美国人)文学重新受到了众多文学评论家的接纳和评介。这也许和当下美国学界在方法论上的变革有关,文学文本越来越成为跨学科研究的焦点。性别研究、种族研究、通俗文化研究都渗透到了这部文学史的方方面面,但共同的基础还是美国文学,还是关于作品和思潮的梳理。这样,那些被遗忘的被压制的文学作品和作家重新获得认识并发出光芒,这显然是美国学术界的一次重大进步和调整。同时,它又不仅仅是数量的扩容和多元,而是在新世纪中整个学术界在文化反思中的一次新的亮相。我认为这样的调整意义重大,它意味着由方法论变化而导致的世界观变化,正在促使西方主流学术界瞪大了眼睛,重新打量这个世界的真实面貌。

其次是它的权威性。一部浩瀚的史学著作倘若失去了权威性也就失去了它存在的理由,如果为了"包容"而牺牲"权威",把它变成一个文学史料的大拼盘,显然不是任何一个编撰者愿意付出的代价。《剑桥美国文学史》的做法是令人敬佩的,这些文学批评家们对旧有的权威性作出了果断的重新定义和认识。所谓权威性是指存在差异却又互相联系的知识体系的一种期许,因此权威性是相对的,是"差异的权威性"。而"联系的权威性"则是一种特别的阐释或阐释方法的融合,挑战印证其他阐释或阐释方法的能力——这是一种与其他阐释模式建立实质性的、有深度联系的能力。这样,在扩容了数十倍乃至数百倍的文本和文学材料面前,编撰者面临着一道必须跨越的门槛:以什么样的历史观、文学观、文学史观来统领这些材料?在遴选作者时如何充分考虑他们在各自领域的权威性?并且能够给他们以足够的空间来展开各自的论述?萨克文·伯科维奇说的挑战性就在这里。于是,一部包含了多种研究手段和方法路径的著作诞生了,一部从社会学、文化学、思想史和美学四个不同角度来审视文学的文学史出现了。这些研究方法有时是互相抵牾甚至是矛盾的,有些观点是相左的甚至是对立的,但它们又是自始至终采用了修正式的非对抗性的方法来处理文本和相关的时代背景。这就使《剑桥美国文学史》成为了学术史上也许是第一部着力展示我们这个意见分歧的时代,而不是宣布一个自以为正统观念的文学史巨著。这个特色有可能会对今后的学术研究和文学史编撰产生深远影响,也可能会对其他民族的文学史体例模式产生影响。你有权阐明自己的观点,你无权遮蔽别人的声音。

再次是它的宏大叙事。这是一个真正的众声喧哗的交响曲,从1590年到1995年的四百年间美国文学的各种风格流派都得到了广泛的展示和跨学科的论述。它凝聚了过去30年来美国主流文学评论的全部成就,也代表了每一代文学批评家的学术传承与割裂。它不再是极端地以少数有色人种富裕人群的霸权观念凌驾于文学史之上,把被压迫被剥夺人群排斥在外,也不是来单照收式地或者蜻蜓点水般地对历史扫描一遍,更不是以某一种审美观念为正统。这部著作的价值就在于它全是由一流的批评家,萨克文·伯科维奇、查尔斯·卡斯韦尔、塞洛斯·帕泰尔、迈克尔·达维特·贝尔、芭芭拉·L·派克等数十位学者以自己高质量的研究,以宏阔的视野和灵活的治学方式,在充分拥有材料基础上的大规模复调式地叙述。每一卷,每一种叙述方式尽管不同,但都有着广阔的视野和丰富的细节。每种叙述都是旗帜鲜明的,而且都有详细的令人信服的论证,真正体现了学者自身的权威性。特别有趣的是,不同叙述之间都彼此相关,体现了共同的主题和人文关怀,做到这一点非常不容易。比如第二卷是关于1820—1865年的散文作品(除诗歌以外的所有体裁),主题是美国文艺复兴,批评家不仅对美国文艺复兴的精神领袖和作家们进行论述,而且突破了既往的文学边界,分别从文化的社会的审美的思想史的视角来看待文学。在《扩张与种族的文学》中,埃里克·J·桑德奎斯特采用了广义的文化评述概念,将探险者、拓荒者及反蓄奴作品论述中的不同声音糅合在一起进行分析。在《文学职业化的背景》中,迈克尔·达维特·贝尔把文学生产的社会条件与职业写作在美国的变迁历史作出探索性的梳理。在《超验主义》中,芭芭拉·L·派克将大量思想史材料作为超验主义文学的各种神学哲学论战背景,揭示出文学生产的精神渊源。在《叙述形式》中,乔纳森·艾阿克的论述将南北战争前虚构作品的发展看成各类散文体裁的"辩证",即新的形式是不同民族不同地域和个人风格相互碰撞竞争的结果。如此等等的对文学形成机理的认识和阐发,使文学重新回到了那个包括种族冲突、宗教派系、社会变革、书刊出版在内的错综复杂的历史舞台,大幕徐开徐合,历史缓缓流淌,让我们看到了文学作品生产流通的社会前提,文学只是整个社会肌体的一个细胞切片,也使我们进一步理解了个人与历史与社会的联系:一种文学现象一种文学思潮并非仅仅是作家个人的天才想象,它是宏大历史中的一个片断,也是改变历史进程的一只号角。

最后在于它的对话性。没有标准答案,整部文学史充满了批评家的个人声音,但他们并非是以自己的理论强加于人,标示自己的权威。如此的放低身段，仿佛是沙龙里的小声谈话，恰恰说明他们对历史对真理的敬畏，这一点正好与国内某些批评大腕动不动妄下断语不作论证的风格相反。在每一卷中，对同一时期的散文诗歌批评家们都提供了一组各具风貌而又互相关联的论述，尽管丰富多彩，但不妄作评断，好像是一部连续的对话记录。美国文学的历史就在这样的方式中获得了深度和广度的拓展。关于超验主义文学，多卷都涉及了这个论题，从思想史的角度，从哲学神学论战的角度，从社会发展变化的角度。"抨击洛克"考察了美国对康德经验哲学的不满；"卡莱尔与美国超验主义的发端"分析了卡莱尔对波士顿学人的影响；"奇迹之年"揭示了超验主义者声势壮大的1836年涌现的书籍演讲和小册子；"成规与运动"追溯了唯一理教保守派与超验主义者之间的论争；"文学与社会改革目标"考察了超验主义从一个教会运动发展为一个更大抱负的社会运动的过程；"各奔前程"则追叙了超验主义者们各自走上自己的发展道路；"反奴岁月"展示了1850年通过《追捕逃亡奴隶法》到1862年林肯颁布《解放黑人奴隶宣言预备案》之间的反蓄奴诗歌散文的不断高涨；以及芭芭拉·L·派克叙述爱默生与其他超验主义者发展起来的独特抒情诗体，等等。在这些开放式的论述中，美国文学的历史延续性和变化性像一幅画轴慢慢展开，给人以更加深邃的历史启迪。《剑桥美国文学史》这种编撰模式确实与以往文学史写作不同，无疑具有开创性，也给我们带来了新的文学观、文学史观和历史观。

  以上只是我粗粗浏览的一点心得，谈不上精读，更谈不上研究。我无意去拆穿什么，人类在进步，历史也终将进步，一个承认差异多元共存的时代迟早会到来。而那种权贵精英式的审美观和历史观，那种自以为正宗文学的盲视偏见，那种刚"做稳了奴隶"就摆出"奴隶总管"的傲慢，也迟早会成为笑谈。

原载于《文艺争鸣》2009年第3期

莫衷一是的黄仁宇

黄仁宇先生是笔者比较信任的一位历史学家,《万历十五年》在大陆的流行更是让他声誉日隆。但读了黄先生的《从大历史的角度读蒋介石日记》却让人一头雾水,这是黄先生一贯自许的历史学主张吗?在这本书里,封建色彩浓厚的独裁者蒋介石陡然变成了"历史最高使命"的受命人,实在令人很难相信出自黄先生的手笔。再仔细阅读黄先生的文章,黄先生并没有提供先前不为人知的史料,只不过对一些历史现象作了自己的重新阐述,但这种阐述却很难自圆其说。

古代的儒家一向标榜忠君爱国,强调对君主的绝对忠诚,但遇到改朝换代之事却为了自圆其说,于是就发明了"天命"一说,承认开国君主是奉天承运,通过这样的君权神授为自己寻找一个逻辑起点。现代人已经没有了神权观念,历史决定论中的"最高历史使命说"就替代了过去的"君权神授说",为现代统治集团提供了合法性依据,一切的罪恶都可以为完成这一使命而原谅。

近年来,经过哈耶克、波普尔著作在国内的传播,"历史终极使命说"已经没有多少人相信了,尤其是主张新自由主义的学界人士,更是将之视为当代迷信。

仔细阅读黄仁宇先生的《从大历史的角度读蒋介石日记》,以及其他黄先生论及当代中国历史的书,他立论的学理基础竟是如此不同。身处美国,黄先生没有,或许不敢提出历史终极使命一说,因为毕竟是他自己批判过的。但这里却发明了"阶段性历史最高使命"一词。

如黄先生在论及中原大战时，就说冯、阎、李、白祸国殃民，身为最高统帅的蒋也难辞其咎。表面上对蒋也有批评，但实际上却是为蒋辩护。明明是军阀混战，在黄先生的笔下却成了地方军阀反抗中央政府，阻挠了国家统一。

笔者从前很佩服黄仁宇先生的，就是黄先生反对过分从道德的角度来看待问题，而主张尽量从技术的角度来看待问题。他认为，中国现代化的关键在于数目字管理，必须通过大规模的历史转型才能实现这一任务。但在这本书中他却把自己彻底否定了，"历史最高使命"使黄先生回到了道德史观的窠臼里。

黄先生一直认为问题一提到道德层面就无法讨论，可他却先验地把蒋介石说成完成历史最高使命的最合适人选，那还有什么问题可讨论呢？仍以中原大战为例，什么叫"最高统帅蒋介石"？按照国民党的法统，汪精卫才是国民党的最高领导，无论中山舰事件还是南京政府的成立都是非法的军事政变，蒋介石才是真正的叛乱者，最高统帅一词不知从何而来。在国民党内部，1927年以前汪精卫的地位高于其他人，1927年以后汪精卫、胡汉民、蒋介石的地位一直平起平坐，直到1935年胡汉民去世，抗战爆发后国民党才选举蒋介石为总裁，汪精卫为副总裁，蒋的最高地位才算确定。即便按照儒家道统，中国挟天子以令诸侯的传统，中原大战中，冯、李一方因有汪精卫的参加无论如何也算不上叛乱。先验地将南京政府定义为合法政府，把蒋定为不可挑战的最高统帅，黄先生就落入了自己反对过的道德评判的陷阱之中。

有意思的是，中国相信新自由主义的学者们对此却顾左右而言他了。而我读了这本书，深感失望。

原载于《时代快报》2009年12月16日

创作谈和演讲

得意忘形论

小说的叙事技巧经历了几百年发展变化,说花样百出大约不为过。作为一种叙事的艺术,小说和其他艺术门类一样,创造性的至高境界是什么?是得其"意",忘其"形"。做人不可得意忘形,写小说却应该这样。

吾虽不善书,晓书莫如我,苟能通其意,常谓不学可——这话是苏轼说的。他说的是书法,写小说的道理也同样。从纯粹技术的角度看,当代小说已经经历了三重境界:一曰看样学样,二曰刻意求异,三曰得意忘形。

从上世纪80年代中期开始,中国小说进入了一个主义轰炸、形式至上的时代,写什么不重要了,怎么写才是第一位的。说白了就是移植模仿西方小说的"写法",因为当时我们认为让文学回到自身的唯一通道就是形式变革,解决技术落后问题,赶超世界一流。所以要玩博尔赫斯、玩福克纳、玩卡夫卡。一句"多少年后,×××想起父亲在他十几岁时说过×××",曾经迷倒了一代作家,出现无数个"过去现在未来时"的叙述文本。90年代趣味又变了,我们开始玩"轻"的,玩米兰·昆德拉、玩卡尔维诺、玩杜拉斯。总之人家老外就是这么玩的,咱们得跟上趟。

后来大家都记起来,第三个把女人比作花的人,是蠢材。这才觉得总是模仿也不行,写来写去都是人家的"副本",得变,变了才叫创新。我非跟你不一样,我非把钢板掐出水来,我非把汉语叙事搞成全球一体化。你不是魔幻吗?我玩怪异。你不是荒诞吗?我玩迷宫。你不是黑色幽默吗?我玩黄的。总之要"往狠里写",要"生冷怪酷"。

　　我们的小说果然形式化了很多,陌生化了很多,技术装备程度很高,可就是远离了心灵,远离了生活,当代小说已经失去了与时代对话的能力。这不能怨别人,得怨我们自己。读者读着这些小说就像看着橱窗里不停变换时装的塑料模特儿,美则美矣,爱它很难。扬州一梦二十年,醒来时我们还在原地。究竟什么叫小说艺术,反而糊涂了。

　　小说是最具思辨色彩的艺术,要经得起咀嚼才好。它可以是"先锋"的,但最好有内容与之相合,倘若没有当今人类最前沿的思想发现,不能用人类文明的成果照亮时代生活,那么所有绕前捧后的表演不过是玩花活儿,是经不起时间检验的。它可以是"个人"的,但最好是个人对社会人生的独特体验与发现,而不是个人隐私的叫卖,脱光衣服跑到大街上吸引别人的眼球。它可以是"大众"的,但最好是站在大众的整体立场来观察世俗表达人性,而不是追随时尚赞美平庸,把丑字当五字写。它可以是"苦难"的,但最好是真实具体的精神困境,而不是逃避"宏大叙事"和"公共领域",一个人躲在角落里嘀嘀咕咕。它可以是"形而上"的,但最好是如《皇帝的新装》《三个和尚没水吃》,老少妇孺皆可晓畅,而不是绕开历史社会内容去假思玄想。它也可以是"后现代"的,但最好有对人类前途的焦虑与瞻望,而不是对几亿人口尚在为温饱挣扎、现代文明空气还很稀薄的中国现实视而不见,装出一副前卫的样子为所谓的文学史写作。一个没有能力把握认识自己所处时代的作家,一部只见形式不见形象的小说,吹上天去我也不相信它是"纯文学"。上述种种主义说白了,不过是掩饰低能和犬儒心态,不敢面对现实的借口而已。因为毕竟画鬼比画人容易得多（鲁迅语）。小说作为一种叙事艺术没有文学精神，就如同相声艺术取消了讽刺，它当然不如影像来得直观，不如网络来得便捷，也不如三级片来得刺激，美女美男也包装不了。

所谓艺术，不过是为表现对象找到一个实现的角度或方式。艺术形式本身无高低，也无先进落后之差别。谁能证明宋词高于唐诗，元曲胜过宋词？艺术性的高低取决于表现对象的实现程度，实现得越彻底越丰富越深刻，艺术性就越高。舍此无论什么样的形式什么样的主义都谈不上艺术性。说白了好的艺术就是能感动人的方式，"感动"才是根本的标的，其他都是附加值。什么东西能感动人？真的，善的，美的，三者统一，缺一不可。

所以文学之纯，并非纯在形式，也非纯在唯美。而是纯在对表现对象的真知灼见，纯在说出这种真知灼见的勇气，纯在延绵不绝迭遭遮蔽的文学精神。所以想"纯"文学必要先"纯"精神，而非"纯"技巧。一个技巧的杂耍者充其量是个玩花活的，成不了"家"。

得其"意"，就是对表现对象真的了解，是确知，是痛知。真的知道，方能探幽烛微，开掘到位，言人所不能言。忘其"形"，才能为表现对象所吸引，抛开既定的形式束缚，心与神游，汪洋恣肆，找到最适合"这一个"对象的实现方式。这是它独有的方式，是不可替代的方式，是屠格涅夫所说的"像青草一样自然而然生长出来"的方式，是苏轼所言"如万斛源泉，行于所当行，止于所当止"的方式，是巴金赞美的"无技巧境界"方式。

小说进入这一境界，方可领略创造的自由，真正沐浴美的华光。

原载于《作品》2006年第1期

沧桑阅尽意气平

1992年,我应朋友之约到深圳办过一段时间杂志。那时对深圳的五行八作三教九流都有过一些接触,也认识了一些朋友。

有个朋友老常,他的名字很怪,每回他来玩,编辑部都能热闹一阵子。都说,又来临了!当然有揶揄的意思,但更多的是莫名其妙的快乐。

也不尽然是因为他名字怪,老常确实是个有趣的人。怎么说呢?他是属于那种既想做人,又想做事的人。而在这个时代,大家都认为要做人就不要做事,要做事就不要做人,这是个铁的法则,早已有了定论,二者不可得兼。老常偏偏想扳的就是这个理,把熊掌和鱼一勺烩。有段日子他经常来,来了就把商战趣闻和公司里困惑倒腾一遍。他并不老,也就35岁(今年也50多了),可他提出的问题太幼稚太陈旧,让人觉得他已经老了。他总是歪着脖颈问:点解(为什么)呢?点解呢?两只耳朵支棱起来,背着光看去,通红,像极了紫色木耳长在一段枯木上——这是我们编辑部黄毛形容的。老常认为讨论如此深奥的问题必须和文化人讨论才"够档次"。而我们几个漂泊的文化人早就不把自己当人了。

做人,和做事,是同一个问题吗?

老常是另一个朋友带来的客人,是某开发区一家企业的书记。头一回见面先愣住了,然后拉着我的手不放,说见过的见过的,你就是那个傻老头!

这一咋呼,全都乐了。我们编辑部的黄毛厉声喝问:你们说曹老师是个傻老头吗?全体回答道:NO!他们刚刚抗议过我对他们的"剥削"。

这其实是一个误会。我去市区办事搭乘的中巴车上,有一个穿得挺体面的小伙子要求我把靠窗的座位让给他,说是他头晕想吐,我照办了。可后来发现他浑身乱动,手老往前排座位底下伸,前排坐着一个小姐,我就有点不满。我说你想吐就把车窗拉开,冷风一吹就好。那小伙看看我,手还是不老实,我就替他把车窗拉开了。这样过了一会儿,那小伙子下车走了,后头还跟着几个年纪相仿的也下车了。好像是一口气憋了好长时间,车里突然一下热闹起来,这时才有人跟我说,好危险啊,后头人把刀子都拔出来了!我迷迷瞪瞪问,我得罪他们了吗?他们说,你还看不出来吗?那人手指上夹着刀片呢,他在划前面那女的提包,你还帮他开窗子!这样七嘴八舌一说,前面的小姐坐不住了,一声不吭下车走了。众人于是就更加兴奋活跃,说特区经验,叹世道人心,总之好人是做不得的。也有人说,爱管闲事是人到老年的标志,年轻人才不会这么傻。那时我刚到深圳不久,对世情了解不多,也就一笑了之。再说我就是白头发多一点,才四十来岁怎么就老了呢,本来还以为做了一件好事,起码不是坏事吧?结果倒像是自己出了一回丑,想当护花使者却被当面啐了一口,搞得很不爽。

当时这议论的人群中就有老常,他的问题是:老人家这么大岁数还出来闯世界啊?我说我都老掉牙了你们看不出来吗?

在编辑部里,总是充满莫名其妙的快乐,黄毛尖着嗓子喊:曹老师下回您要出去见义勇为,一定带上我啊,我的文笔特煽情,您是知道的!

常先生再三向我道歉,说当时问那话的意思不是说我老,而是说特别佩服。只是他越解释，那些笑声越暧昧。我去倒一杯水，黄毛还撇着洋腔说，大英雄亲自喝水呀？我说是啊，一会儿大英雄还要亲自上厕所呢。

其实这样的说说笑笑每天都有，谁也不会当真。因为大家都清楚，那无处不在的漂泊感需要排解。而无处不在的排解又都变成了无处不在的恶毒搞笑与自嘲。我们的编辑部与深圳的任何一间公司没什么不同。深圳的任何一间公司每天都在各种各样的大楼里上演着相同的故事。就这样，老常成了我的朋友，他一定要成为我的朋友，他说你值得交，真的！

他认为我这个人还有点傻劲，这一点很重要，是个底线。另外一点就是文化人，他说在深圳，老板老总满大街都是，都是学历高文化低，讲话都在肚脐眼以下发声，差不多，特没劲。而他认定我是真正有文化的。他提议干一杯。他说这就叫缘分。那时我们都很穷，一个月才700元，所以那时我们喝了他不少酒。原因大概就是他认为我们"够档次"。

我们的杂志叫《闯世界》，是一份面向打工仔的文化综合类刊物。编辑部也都是来自各地的文化人，从这个意思上说，我们也确实够得上文化，也确实够得上打工。他说他也是出来闯世界的，我说我们都是，谁不是闯世界？小平同志说，深圳的经验就在于敢闯，大家都是为一个共同的目的闯到一起来了。于是为共同目标为改革开放为人生转折干杯干杯再次干杯。

有两期刊物封面是我和美编亲自策划的，就送了两本请他指教。一个是典型的深圳打工宿舍楼作背景，作了淡化处理，隐隐约约可以辨认出一层一层的女孩子们晾晒的衣物，主体是穿着牛仔裤的高挑女孩拖着一只旅行箱。另一幅是深圳标志性高楼作背景，近景是高大的脚手架上有几个扎着白头巾的惠安女，这些能干的惠安女在脚手架上爬来爬去，像极了五线谱上跳动的白色音符。因为是第一次用电脑合成的照片,又是这样有意境有内涵,我和美编都很得意。那一期还有一篇报道《"老妇"今年刚十九》,说的是广东揭阳姑娘李淑宜因工厂失火而遭严重毁容、终日以泪洗面的事情,我亲自去采访过,极受刺激。

不料老常看了半天,说怎么看不见女孩子的脸?靓女看不见脸她还靓吗?还有,那些惠安女别说脸了,连身体都看不见了,小蜘蛛一样挂在架子上,"冰果"来买呀?"冰果"就是谁的意思,谁都不买我们还办它干吗?

这一打击非同小可,呛得小耿连连咳嗽。黄毛撇嘴说,早就告诉你们用大头美女,不听。又简单又卖钱,不听。内涵,内涵还不如内急呢。睫毛越假越好,口红越黑越好,这就叫市场!

倒是常先生过意不去,连说不好意思不好意思。不好意思是深圳人的口头禅,是文明的标志,香港人都是这么文明的。其实总说不好意思的人恰恰是脸皮最厚的人,这点我们曾经议论过。于是我们也都笑起来,这一笑,他倒是真不好意思了。

老常认为来深圳闯世界的人最大困惑就是不知自己究竟是"冰果",能做"乜",这个角色定位问题是个严重的问题。他说自己也是,一切的不适应都是由这里开始的,我是"冰果"?要做"乜"?

我说刚来深圳的人都一样,大家都找不着北,慢慢就好了。黄毛是个豪爽的北方女孩,喝得眼底通红舌头打卷,说要找北干吗?跟着潮流走呗,你都下海了你还能干吗?一个溺水的人,纵然有一身肌肉十分胆量,能做的不过是紧紧抓牢一点什么,不至于彻底淹死而已,其他的动作全都多余,白费。那天大家都喝了不少。

老常走后,黄毛跟跟跄跄比划说,又来一个傻逼!我说,也不能那么讲,咱们刊物要发展还真少不了这些企业家,说不定他还能成为咱们的赞助单位?

黄毛痛心疾首：曹老师你就毁吧，你就把所有的好人都毁了吧！

我们编辑部租的楼叫读月楼，忽然感慨，自己在这里别说没读过月亮，一年当中又有几天注意过天上还有月亮？南国的冬夜并不寒冷，只是那月色的凄清与内地一样撩人心思。

月明星稀，鸟雀南飞，绕树三匝，何枝可依？我想家了，忽然。

老常就这样走进了我的小说，一个既想做事又想做人的人物。书中的某些传奇经历就是他在干杯时告诉我的。

2007年，快到60岁了，忽觉大限将至，就特别想写下这段经历。一个同事介绍我认识了一位他教夜大时带过的学生。他说，你跟她谈谈，可能会有收获。

这样，在一个茶社，我们用一个下午加一个晚上，聊了她经历过的深圳印象。她在一家咨询公司工作，是个标准意义上的社会工作者。谈话结束，她看了账单，立刻掏钱付了一半。她拒绝我买单的请求，她笑着，说对不起。

她说，从前人好傻，真傻，傻得要死。

她就是《问苍茫》中的柳叶叶，一个小俏俏的贵州女孩，两只眼睛很黑，偶尔一笑，嘴角还有一道褶皱。只是她眼神是直的，有点迟疑，眼睛总盯着一个地方，好像总在琢磨事，几多沧桑都写在脸上。她说她二十九了，听口气倒像是九十二，嗓音嘶哑神情疲惫，一副曾经沧海见多识广的样子。她说她是老深圳，已经在这儿混了十几年了。她说不管再过多少年，都不会忘记自己是怎么走出来的，当然，她也不会忘记第一次参加罢工的那个刮台风的下午。她说她当时吓得要死也兴奋得要死，她说从前人好傻，骗你都不是人。

其实她很能说，只是没机会给她说。其实边缘人的感受都是相通的。其实经历过雇佣关系的人，很多感觉，一个眼神一个手势，互相一比划就懂。

记下这些，仅仅表示我对她的敬意。同时也要对众多无名的网络作者表示敬意，是他们真切的生活感受给了我很大启发。

我们那个杂志失败以后，编辑部的同仁都各奔东西作鸟兽散了。他们曾经都是热血青年，都为寻求新体制新生活而来。每个人都百分之百地相信，即使是漂泊，也比无聊强，即使被剥削，也比混日子强，资本家再丑陋，也比单位领导强。当然，这个信念的背后是大家都能"实现自己的价值"。有一句口号很能体现当时那种幼稚：万恶的资本家，快来剥削我们吧！那时我们都还没有真正见识过资本。在巨大的历史悖论面前，在匪夷所思的丑恶面前，我们才惶恐，才迷惘。烧香请鬼的黄道士太过浪漫了，不知道美丽的女鬼也是鬼。

我们面对的绝不仅仅是市场经济那么简单。资本主义首先是它的生产方式，即生产关系，以及在这个基础之上形成的一整套文化意识法则，其次才是它的交换方式，即市场经济。生产先于交换，没有生产就没有交换，我们天天嚷嚷的市场经济正是建立在这样的生产关系之上。比如香港和深圳的合作，提出了一个"前店后厂"模式；深圳和粤北合作，也提出一个"前店后厂"模式，中国融入全球经济一体化，也是个"前店后厂"模式。为什么大家都争着开"店"不愿意做"厂"？因为人人都清楚，店是脸面，厂是屁股，脸上可以浓施粉黛，而屁股呢？屁股却要藏起来。我要做的，不过就是揭示店和厂的联系，仅仅是证明脸面和屁股其实是长在同一个人身上。

为什么要问苍茫？一句话，因为困惑。时代的困惑，知识的困惑，文学的困惑。面对这个纷繁复杂变化频仍的世界，谁能作出准确有力令人信服的解释？起码我不能，也没看见谁能。看不懂便要问,由此才需要探索,需要求知求解。在这层意思上,小说便是最好的载体,它把这种困惑丝丝缕缕地还原,清清楚楚地呈现,以"引起疗救的注意"。是时代给了艺术一个机会,让它有了表演的舞台。我不认为写小说就是要给谁指路,路要靠自己走,腿长在自己身上。谁主沉浮的问题只有等待历史去回答。

起初的想法,仅仅是要写一部关于新时代工人的小说,寻找新人,眺望新世界,是我对审美的理解。因为我接触过形形色色的打工仔,和深圳五行八作三教九流的人物,但究竟这是一部什么样的小说并不十分清晰。人民文学出版社的编辑付艳霞和我通过几回电话,初步定下的书名叫《工贼》,她来信说:"《工贼》,或者说关注当下劳资关系的小说,谁关心,给谁看是个问题。如果简单写成劳资矛盾,农民工招工过程中遇到的黑幕等等,社会关注度一定比较小。而且,情节模式很容易让人觉得似曾相识。反而是,最初我们聊过的,写在市场经济、资本市场、改革开放的催化下,工人阶级(阶层)的整体现实变化,比如面孔模糊,比如他们在争取自身权益的过程中,所体现出来的难以挣脱的小农意识,奴化意识,以及没有来得及消化的民主意识等等,这个很有味道。……不急,我觉得需要把这个有关工人的问题想透了,农民向工人的转化,资本和工人,党和工人,资本和政策意图,工人阶层内部,其中的利弊得失,历史现实,这样,或许才能写出一个有味道的东西来。"付艳霞是个文学博士,十分了得,经她提示我所熟悉的那些企业里的人和事,一天天地纷至沓来,直到把我淹没。

2008年1月去北京开会我见到了付艳霞,一个漂亮的孕妇,带着蒙娜丽莎的微笑。我谈到了几个人物的大体设想和故事,我问小付:"你希望见到一根故事的绳子上挂着几个人物呢,还是希望见到几根人物的绳子上挂着一个故事?"小付的回答是,当然是一根故事的绳子啦。我明白她希望小说好看,好看就意味着印数,这个问题确实很傻。可是回来以后怎么想都觉着不应该这么写,这么写就太"编"了。老实说我也不缺编故事的心眼,但不甘心仅仅做个编故事的匠人。后来也有朋友建议我把三次罢工写成三场大戏,并在高潮中结束的,可是最终还是没那么写。我写了四根"绳子"——柳叶叶的成长史、常来临的挣扎史、赵学尧的堕落史、文叔的涅槃史——上面晾晒着一个劳资关系。

我选择了:把三次罢工全部推到背景上去,把三个层面的人物全部拉到台前,让他们组成三个小组各自活动,直到最后,三条线索才略有交叉。让人物的成长发展成为线索,每一节都是限制叙事,"从小二眼中看三人"(金圣叹语),同一件事让不同的人从不同角度去看去想。这样做表面上是有些松散,却是符合生活的真实状态,对应着我们正在急遽分化乃至隔膜的社会各阶层(在深圳职场中,每个人的活动圈子都对应着财富而不是职业趣味,甚而在老板中也是由"身家××万"来划分层级的)。于是一个"三文治"或者叫三棱镜的结构便形成了,结构成了艺术表现的一个手段,而不仅仅是先写什么后写什么的因果顺序。

在我看来最重要的就是要老老实实把人物写活,我相信人物的自身性格逻辑会给他们找到归宿。真实,是我唯一的追求。我相信别林斯基的话,美就是生活。也相信周作人的判断,写出了真,美自然就在其中。于是在我的想象里,决定和推动这个世界的逻辑,不再是男人和女人,也不是好人和坏人,而是各自的社会角色本身,是规律和必然。写作的过程我并不知道世界经济危机已经降临,也不知道珠三角地区大规模的企业倒闭破产。当我听说小林多喜二的《蟹工船》在日本登上了畅销书榜首时,才明白这是又一次碰巧了。最近听说广东省要求暂停实行《劳动合同法》,检察院出台新规"对企业家轻微犯罪不予追究",一批经济学家又出来声讨《劳动合同法》,我一点都不诧异。

《问苍茫》的缺陷是显而易见的,缺陷之一就出在对新人的理解上,特别是对唐源这个形象的塑造上。在小说完成以后,付艳霞来信谈到:"如果说阅读感觉上的不适,更多地集中在唐源上。正像上次讨论说的,这是个新人,而新人往往代表了一种观念,一种新的判断。尤其是唐源这样一个行走在政策空白地带的新人,更会有方方面面的'禁忌'。所以相对来说,他不够丰满,赋予他的事件不多而观念不少。你认为他是一个失意的英雄,但同时,你又把握不准他能否在未来找到自己的空间。因而,对他的描述带有理想的悲情色彩。但想来想去,这个形象或许只能达到这种程度了,想不到其他更好的办法。"想了几天,我给她回了信:"关于唐源的形象,我思考再三,觉得还是算了,即使在毛妹之死上能做点文字,也无法写出他性格上的深度,更无法写出他的内心。另外拉一条线索,又得不偿失。还不如保持一个镜像中的唐源。"她回信说:"我看也是。"就这样,定稿了。

摘录这么一大段,不过是想说明,生活逻辑是无法逾越的,留下点遗憾未必不是好事。唐源这样的人物在珠三角地区确实大量存在,但也确实面目模糊。尽管唐源的存在在理论上有着充足的合法性,一个和谐的社会当然应该有各种利益群体的诉求管道,不管将来历史如何演变,没有占人口绝大多数的工人农民参加博弈的"市场",注定不可持续。可在现实中我确实看不清他们的未来,唐源的那条断腿还能不能接上?他还能不能重新站起来?只能放在柳叶叶的心里去想了。其实文学形象之美,原本也就不在事业的成功或失败,李清照800年前就发现了这个艺术真谛,所谓今日思项羽,不肯过江东。

现在我也是个深圳人了,我全家都生活在这里。我当然希望这是一座伟大的城市,一座能让我引为骄傲的城市,这毫无疑问。问题在于一个写小说的人,应当如何面对如何处理他所了解的深圳?

我清楚地知道，千万个柳叶叶、唐源肯定这一辈子都拿不到"深圳户口"，他们来去匆匆，供养着这座城市长大，然后黯然离去。而我，真正像一个可耻的看客，我能做的不过是在审视别人的同时，更冷静无情地解剖自己。相信明眼的读者都能看出来。

我们自以为拥抱了文明，其实这个美女的下半身还是鱼。我们在不知不觉中认同了丛林法则，退回动物性生存，什么"鲶鱼效应"，什么"温水煮青蛙"，什么"狼文化"，上了套还以为是个漂亮的洋围脖。所谓资本的洼地，正是制度的洼地、文化的洼地、人性的洼地。人活矮了，资本才无比强大来势汹汹张牙舞爪。在这样的历史条件下，所谓的成功与个人品质、专业技能和努力程度关系都不大，它更多的仍然表现为一种制度安排，知识分子自以为是的优越感不过是被安排的一个环节而已。你不能不叹服恩格斯在160年前就说明白的道理："资本和劳动的关系，是我们现代全部社会体系所赖以旋转的轴心。"联系到2008年中国经历的许多事情，联系到由美国次贷危机引发的全球经济危机，联系到马克思的《资本论》在欧洲重新热销，便明白这一切都不仅仅是巧合。

有一天我站在大街上，仰视着那些命名为帝、皇、王、豪、霸的巨大建筑物，想象在那里进进出出的各色面孔，忽然心生悲凉，嗟呀长叹。我脚下的这片土地，是170年来中国地火奔突风云激荡最为惨烈的一块。曾经的岁月血雨腥风，苦难迭出，历史吊诡，沧海横流。大地如此苍茫，今日谁主沉浮？一辆奇怪的公共汽车开过去，车身上的大幅广告醒目刺眼：要求成立工会请立即拨打电话××××××××。

也许我永远无法亲近这些建筑，和这些搞笑的公共汽车。但是我特别怀念那段日子，因为那段日子居然在深圳这样的地方，曾经出现过一批仅仅为争论而埋头读书的年轻人，从头去经济思想史著作里寻找答案，然后拍桌子骂娘，争得面红耳赤。

我只是个小人物，有着小人物身上所有的弱点和毛病。我们谁也改变不了历史，但在大历史中做一个什么样的小人物却是可以选择的。我相信每个人都在大历史中扮演着一个角色，谁也逃脱不了。我相信在急遽转型变幻莫测的历史舞台上扮演一个小人物其实还是挺可爱的。最后抄录秘鲁作家巴尔加斯·略萨的一段话：

"对于志得意满的人们，文学不会告诉他们任何东西，因为生活已经让他们感到满足了。文学为不驯服的精神提供营养，文学传播不妥协精神，文学庇护生活中感到缺乏的人、感到不幸的人、感到不完美的人、感到理想无法实现的人。"

精神到处文章老，沧桑阅尽意气平。我做不到老，我确实已经平了。

原载于《文艺争鸣》2009第4期

赋得沧桑句便工

上世纪80年代，我在内地一个城市里做了10年的文联副主席（当然是管业务的）。好像是一个什么纪念日的座谈会上，当很多作家艺术家都在玩伤痕的时候，一位老年摄影家嘀嘀咕咕说了一通很不潮流的话。因为他不自信，音调很低，始终埋头数着他的三根手指。岁月流逝了有20年，他面红耳赤的样子还是清晰难忘。

当年的氛围是"胆子再大一点"，谁有伤痕谁敢控诉谁敢骂娘谁就是"解放"。那时的知识分子从"文革"的阴影中活过来没几年，他们还需要宣泄，同时"上面"也清楚这种宣泄的有益无害，所以是受到鼓励而且很安全的。这位老先生40年代就是开照相馆的小业主，成分不好，"文革"中吃过不少苦，可轮到他发言时没有诉苦，却表达了相反的意思，自然受到了包括我在内的大多数人的嘲弄和冷落。大家甚至认为他的脑子已经被吓坏了，心有余悸而且余悸得厉害。

他说，不管你们怎么讲，毛泽东有三条我是服气的，第一条是禁毒，第二条是禁娼，历朝历代都没有办到的事毛泽东办到了。第三条是小心翼翼地发问：中国没有原子弹今天会怎么样？说这些话时他不停地掰着他的三个手指头，好像在数数，一二三，一二三，好像是摁下去又弹起来，又好像是生怕把这些话忘记而刻意提醒自己。

时间过去了近二十年,我也由青年变成了老年,等我也快到他那个岁数时,我才终于明白,他是在面对一个民族的历史,而不仅仅是面对个人的伤痛。其实他是最有理由诉说自己的委屈和伤痛的。然而,他清楚自己又没有跟上潮流,但又不知自己错在哪,仅仅凭着自己的良知在喃喃诉说。

今天,我自己也经历了沧海桑田的历史螺旋,不但亲眼见识了被视为旧中国标识的毒和娼,而且亲眼目睹了曾经的主人翁是怎样被弃如草芥,唱了一百年的劳工神圣又是怎样被当作笑谈!想起老先生的那番话,想到历史是如此的吊诡,不由不心生感慨!我无意评判这究竟是进步还是倒退,也不想争论性产业是否符合"新新中国"的想象,我只想说皇帝并没有穿上新衣。

由此我还想到了艺术精神,在当时的语境下,究竟谁的思想最"解放"?谁是"先锋"——敢于发出自己独立的声音?谁创造了最"有意味的形式"——三个倔强的手指头?显然不是我,和在场的大多数人。

原载于《时代快报》2006年9月14日

立场、审美与动态平衡

李云雷：去年年底结束的第四届鲁迅文学奖的评选中，《那儿》不但没有获奖，而且连终评都没有进入，这在不少人看来是很不公平的事情，不论从对公众的影响力，还是在底层文学思潮的推进中，《那儿》都是这一时期最为引人注目的小说，从对《那儿》以及其他底层文学的忽略中，我们可以看出这一奖项的倾向性，以至于有人认为按它的评选标准来看，应该被称作是"梁实秋文学奖"而不是"鲁迅文学奖"，不知您对这一奖项及其评选标准有什么看法？

曹征路：其实到了这个年纪，脸皮已经很厚，是毁是誉对我已经无关紧要。对这次评奖之所以还有一些关注，是因为从2005年以来不断看到一些似是而非的文字，有一些文章情绪还相当激动，好像并不重要的我忽然成了"主流"，是我"抢占了道德制高点"，在破坏文学的多元化，甚至一度还引起了公安部门的警觉。这样一来自然就希望有关部门能出来主持公道，给点支持，毕竟我还是作协的会员。可悲的是我连那个门槛都跨不进去，你说是"忽略"，我以为恐怕没那么简单。因为从结果看，刘庆邦、王祥夫、刘继明的短篇，陈应松、方方、罗伟章的中篇都没有进入那个圈子。而这几位作家近几年的小说毫无疑问体现了当代小说的最高艺术水准，是中国当代文学进入新世纪以来最重要的收获，用忽略二字是解释不通的。事实上评奖结束后相关人士公开发表的文章也透露出，他们的标准就是"喜庆"，就是"温暖"，就是抽象的"爱"。即便是对获奖作家而言，我认为也是不公道的，因为那不是他们最好的作品。对于个别依靠诋毁鲁迅成名的作家来说，更是一种讽刺。从这个意思上说，称这个奖是梁实秋文学奖是有道理的，我本人也表达过相同的意见。甚至可以进一步说，它也可以叫做夏志清张爱玲文学奖。因为它贯彻的主旨正是"人生安稳的一面"，排斥的正是"感时忧国的精神弊端"。我相信正在进行的茅盾文学奖评选也一定会贯彻这个主旨，一定会把那些鼓吹琐屑无聊人生、刻意遮蔽歪曲历史的作品评出来。我只是一个小人物，有着小人物身上所有的弱点和缺点，说出这些话并不轻松，知道会得罪人。但说了也就说了，没什么了不起。鲁迅茅盾尚且被阉割，我们又算得了什么？只要能生存，我还是要写的，把自己看到的想到的写出来，扪心自问而已，永远也不会在意这些挂羊头卖狗肉的事情了。

李云雷：在《那儿》之后，您还写出了《霓虹》《豆选事件》等小说，这些小说虽然题材不同，但却也有着相似之处，那就是您一方面写出了社会现实的复杂性，对底层民众的处境有着深切的认识与关怀；另一方面也写出了改变现状的可能性与方向，那就是组织起来，依靠底层自身的力量去争取自己的权益。这后一点是您的小说与大部分"底层文学"不一样的地方，也是您思想上的独特之处，请问您这一思想是如何形成的，与您的经历有什么样的关系？

曹征路：说我写的是底层文学，是高看了我。这个帽子是你们这些批评家给我戴上的。我就是我自己，我是个没有主义的人，无力也无心去营造什么潮流。但联想到有一个著名批评家的豪文，说我，和上述几位优秀作家都患了"苦难焦虑症"，倒真是想借这个机会说两句。在我看来，古今中外的优秀文学无不从苦难中来，都和本民族的时代困惑相联系，都是在为最广大的民众歌哭。即便是刘再复认可的中国唯一一个诗人陶渊明的作品，也是来自时局艰难个人苦闷。可在那位著名批评家看来，这是不能容忍的。他不知道这是常识吗？显然又不太像，因为他连续得到了两届鲁迅文学奖，俨然"大家"。后来看到此公发表的另一篇文章《立场比学识更重要》我才有点明白，原来他并不在乎学识，他在乎的是立场。在这个动荡的分化的年代，他要向谁表明立场？他自己清楚，别人多少也能看出一点门道。但要说他有学识，似乎也不对，因为在另一篇文章中他批评莫言写苦难写多了，理由是：余华写苦难才写了42页，可是你却写了50多页。在他看来42页是极限值，页码是个确凿证据。如此的认知能力，或许连常识都够不上吧？下面回到你的问题，我的看法（谈不上思想）是怎么形成的。很简单，是从生活中来的。生活远比作家的想象力强大，也远比书本复杂丰富。如果你能走出校园和机关大院，这样的生活遍地都是。可惜我们的批评家看不见，或许是装看不见。有人说我的小说是意念化的，这个我不能同意，因为我写小说从来没有确定的意念，往往是有了一个或几个人物就开始写，写的过程中才有了故事和意念。至于意念的强烈与否，那要看人物自身的逻辑能否实现。我重视的是生活逻辑，以及在此基础之上的历史逻辑和艺术逻辑。这样的生活是可能的吗？这样的人物真实吗？这样的发展合理吗？这是我要经常问自己的。说到组织起来维权，这在现实中早就大面积地存在了。人被逼到走投无路的时候什么事情都有可能发生。我说过我是小人物，有小人物的毛病，包括爱打听，听到什么新鲜事喜欢刨根问底，可能这也不算长处。再说独特。所谓文学审美指的是什么？是指形式花哨吗？是会玩些雕虫小技吗？是把胡说八道当作想象力吗？不错，这些都能制造一点陌生感,但它进入不了真正的审美活动。在小说中的审美,我认为主要是指一个作家眺望新世界的能力,想象人类合理生存方式的能力,激发美好理想的能力。理由我会在后面说。

李云雷:与上面三篇小说相比,我觉得您另外的小说,比如《赶尸匠的子孙》《测谎记》《真相》等小说似乎缺少一种力量,或许这不仅与题材相关,也与您关注的问题与构思的方式有关,不知您如何看待这一问题?

曹征路:这个问题很有意思,也很好玩。比如说为什么要读小说?为什么要写小说?都和这个问题联系着。首先我并不同意说这几篇缺少力量,我写过好多失败的小说,但不是这几篇。这几篇都有象征隐喻在里面,都是有骨头的,有些人看出来了有些人没看出来。因为我被你们定义为底层文学作家,所以在表面上对抗性少了一些的作品,就好像不来劲,辜负了你们的希望,其实未必。其次是在有现代主义艺术嗜好的批评家看来,现实主义就是秉笔直书、老土,隐喻象征是现代主义的专利,曲笔是文人的雅趣。这就大错特错。相反,倒是现代主义创作方法是从意念出发的,先想到一个比喻或者象征,然后把喻体形象化细节化。很多批评家因为自己没写过小说,所以才会说外行话。我自己写过现代主义小说,而且获得过好评,所以我敢说这个话。一个作家有几副笔墨是常有的事,而且也应该不断寻找兴奋点。我是不愿意和别人一样,也不愿意和自己的上一篇一样,那样我就写不下去。说到底,写作就是四个字,"真情实感"。有了冲动就去写,写了一半发现和以前的差不多,干脆扔掉拉倒。至于采用什么方法,那只能因题材而异。也许构思的过程是和别人不太一样,我是先有人物后有故事,故事怎么发展完全根据人物性格而定。我相信人物一旦活起来,他自身的逻辑就在起作用。另外我非常看重局部和整体的关系。我的电脑桌面是一幅照片，一片聚着露水的树叶，非常符合我对艺术的理解。这个树叶纹理清晰棱角分明，几滴露珠像凸透镜一样把局部放大了，可以清楚地看到树叶的毛孔和病灶，而在整体上又来有根去有路。我这样说不知道能不能说明白：一部好小说一定是既有局部的丰满生动又有整体的内在肌理，而且能通过局部联系想象到整体的艺术品。冰山理论大概就是这个意思。

李云雷：我比较喜欢《那儿》等三篇，对于《赶尸匠的子孙》等三篇，虽然觉得是很不错的小说，但刚发表的时候确实有些失望，我想这可能与我对您的认识与期望有关系，如果是别人的小说，我会很"客观"，甚至会比较欣赏，但是您写的，其中就有一个期望的落差。我想这里面可能有一个评论家的局限性，他对一个作家有所理解之后，可能会以以前的眼光来看待这个作家，作家写的完全像以前的作品，他会不满意，如果完全不像，也会不满意；另一方面，作家也可能有其局限性，他一方面想突破自己原来的创作，另一方面在突破的时候如何保持"自我"，也是个难题，如果完全失去了"自我"，那也是不成功的。比如一个作家写得像另一个作家了，我们还不如直接去读后面这个作家。这方面，可能需要作家与评论家更加有机的互动，评论家要认识作家创作的整体性和创新的渴望，不断调整自己的"眼光"，而作家似乎也应该在变与不变之间找到一种动态的平衡，不知您对这个问题怎么看？

曹征路：评论家看作家可能有点像美食家挑饭馆，喜欢某种口味和意趣的一定会挑趣味相同的饭馆，但在光顾的同时又希望饭馆能不断翻出新花样，如果老是吃相似的菜会觉得大师傅缺少创意，如果创意多了又会觉得大师傅守不住自己的风格，怕他砸了牌子，连带毁了自己美食家的声誉，折磨得很。这样说绝没有贬低评论家的意思，而是说，无论评论家还是作家都有自己的特点和局限，任何人都不能包打天下。有个评论家说自己不需要吃遍北京所有的馆子才来评哪家的菜好，这个话在总体上没有错误，专拣大门楼进去，保准没大错。但细细琢磨，也能咂摸出那里面的傲慢。在这个意思上，我高度评价北大当代文学论坛的工作，因为是这些师生在做着最艰苦最基础的通读，在通读基础之上的研究遴选才能产生由量到质的学术品格，是扎实的可信赖的。也是在这个意思上，我同意评论家与作家之间在变与不变之间寻找动态平衡的说法。因为毕竟双方能找到自己的路数都是不容易的。但另一方面新的问题也可能产生：作家受评论家的影响而放弃了自我。在中国，那种为评论家写作为得奖写作的事情还少吗？对我来说，我本来就是个拙人，随着年龄增长也越来越懒，一年也写不了两三篇，所以渴望变是个主基调。好像不变一下就兴奋不起来，很多情况下，刚写开头就没了下文，最后连自己也找不着感觉，当初为什么而兴奋？不知道。希望以后能多交流也能多交锋。

李云雷：现在的文学创作甚至是"底层文学"中，其思想资源也大多是"人道主义"，以一种抽象的标准来描写"人性"与"爱"，可以说从80年代以来，人道主义与人性论已经成为了最大的意识形态，一方面它被泛化和虚化，一方面又成了一种"政治正确"的标准，但您似乎突破了这一框架的限制，而更多地汲取了左翼思想的资源，这在当前文坛是一个异数，不知您对此有什么样的考虑与思考？

曹征路：每个人对事物的认识都有个发展深化的过程，我自己也是从人道主义走过来的，也在不断学习思考，看到别人的好文章也常常击节赞叹，恨自己浅薄。所谓突破，不过是多走一步而已，并不是刻意追求的。我可不愿成为异数，被别人批来批去很不爽。至于左翼思想资源，也就是激进的思想，并没有什么可怕的。因为说了30年极左错误，大家都闻左色变，生怕和左沾上关系。其实无论左翼右翼，都有存在的理由也都有自身的缺陷。一个追求真理的人恐怕只有了解所有的主张以后才能作出科学判断，只有囊括所有知识以后才可以称得上客观公正，而不是简单化地选择一个立场。电视传媒的强大已经使人懒得思考，制造了许多马尔库塞说的单向度的人，简单化是当代精神生活的一个重要特征。很多文学概念就是被简单化的思维扭曲了，文学性、艺术性、个人性、日常性等等，等有机会再来梳理它。主张全盘西化的朋友们也许不知道，恰恰在西方，知识界的大多数人是左翼，他们始终以警惕的批判的眼光在观察时局评判世事，被称为叮在政府背上的牛虻，这和中国的情形正好相反。

李云雷：在我们以前的通信中，您谈到过"理论的彻底性"的问题，认为我将"历史与美学"作为把握文学的两个角度，承认美学或艺术性有相对独立的标准，在理论上并不彻底，而按照阿多诺的说法，艺术性反映在作品所表现的"时代的真理内容"之中，不知您对这一问题有些什么新的思考，或许我们可以就这一问题深入交流一下。

曹征路：我是一直想和你们讨论的，可惜没有机会。我说你们不彻底（也包括邵燕君），主要是指在对艺术性的认识上。当然你们都为当代文学的深入和变革作了贡献，推动了当代小说的艺术进步，功不可没。惟其如此，才有讨论对话的必要。但究竟什么是小说中的艺术性？有没有脱离内容独立存在的艺术性？你们是语焉不详的，含糊不清的。在你们的潜意识中，依然是内容得零分，形式得高分，即使在分析现实主义作品的时候还是自觉不自觉地流露出这个气息，所以经常会出现双重标准，也容易在受到质疑时纳口无言。这和你们的教育背景有关，也和西方意识形态有关。我并不反对现代派艺术、后现代派艺术，作为一个门类一种趣味它们完全有存在的理由，但把它们夸大为现代化的艺术，是先进的代表方向的艺术，视为艺术的最高等级则是荒谬的，在逻辑上是站不住的。在当今世界，这些艺术主张的发生国里，这些艺术也不过是品种之一而已，谁也不认为这种艺术就高于其他的艺术，为什么在中国它却成了不可动摇的艺术准则？原因就在于它已经成了一个新的意识形态。形式有没有高下之分，你们心目中是有的，但已经意识到了它的可疑，也试图做一些调整，但由于理论上的不彻底，所以犹抱琵琶。其实即使西方现代派艺术后现代派艺术也是批判的战斗的，只不过在中国它的内核被有意识地阉割掉了，搞得面目全非。比如对卡夫卡、福克纳的解释，对拉美文学对非洲文学的解释，对昆德拉、卡尔维诺的解释，都是这样。一些人总是试图调教作家，把技术说成艺术，把艺术说成与内容无关，把作家培养成匠人，仿佛这样一来就可以得到西方承认了。其实即使最激进的后现代主义批评家阿多诺也承认，一个艺术作品的艺术性在于其能否表达时代的真理内容（大意）。这就是说，真理内容是检验艺术成就的必要条件，脱离了真理内容的表达充其量只能称之为技术。真理需要表达，表达有好坏之分，所以才有艺术性之说。为了表达得更准确更生动更有趣，才需要各种各样的技巧，才需要形式翻新。而不是说，只要玩出新花样就可以称之为艺术性。王国维在《人间词话》中开篇就说，词以境界为最上。有境界，则自成高格，自有名句。比如，"寻寻觅觅凄凄惨惨戚戚"，被认为创造了一种双声叠字的新形式，是千古流传的艺术。那么"高高低低上上下下左左右右来来去去",同样是双声叠字为什么就不是艺术呢？因为这是毫无意义的形式，不能表达孤苦无着的情感。一切艺术形式都是对人类情感的挖掘和表达，只有那些深刻有效的挖掘才能说得上审美，只有那些独特有力的表达才能称之为艺术性。艺术性不过是实现表达的手段或者通道，这是要和效果联系在一起考察的，而不是看它贴上了什么主义标签。我也在大学里教过写作课，我也对学生说，你们写什么写得对不对我都不管，我只要你们写得好。这对于训练写作能力培养观察事物的感觉是必要的，可把这个要求搬到文学创作中来就绝对荒唐。现在有些人喜欢谈大师，似乎这样就成了大师的衣钵传人。"文革"中有一句相当经典的话，叫发现天才的人也是天才。言必称大师的人也是大师，不是大师也是二师。

李云雷：我与邵燕君也有不少观点不同，在别人看来，可能我们会比较相似，而在我们自己，或许感觉相异的东西会更多。在我与您之间也是如此，可能更多的人会认为我们之间相似的东西多一些，但其实我们之间也有不少分歧，我觉得这是一个好事，如果完全相同了也没什么意思（也不可能），如果完全相异，也就失去了讨论的基础。这样"和而不同，各美其美"，在此基础上互相讨论、辩驳，正是一种比较理想的状态。

我不同意的是这一点，"在你们的潜意识中，依然是内容得零分，形式得高分"，我想邵燕君可能也不会接受这样的批评，"潜意识"很难说，可能我们都受到过80年代或深或浅的影响，但从我们这几年的评论实践来说，也正是对这一影响的反思，否则也很难对《那儿》等小说有比较高的评价。

其他您讨论的大部分内容我都同意，但是您仍然没有说服我，因为我一直强调的是"艺术性的相对独立性"，从来没有在脱离内容的意义上谈论"艺术性"。在对文学作品做出评价时，我反对两种倾向，一是不重视内容而只谈"艺术"，二也反对只谈内容而不谈"艺术"，而力图将二者结合起来。在这个意义上，我同意您引述的阿多诺的话。但阿多诺最欣赏的恰恰是现代主义、后现代主义的艺术，我想他是否无法在"现实主义"作品中感受到"艺术性"呢，这是否也是他的一种局限，抑或"现实主义"本身在他的时代已很难表达现实？

曹征路：哈哈，终于急眼了！其实我们探讨问题，完全不必以说服为目的，那样的话也就把复杂的问题简单化了，也得不出真正有价值的结论。什么叫"艺术的相对独立性"？就是艺术性可以单独存在嘛。有时候可以谈内容，有时候可以谈艺术嘛，有时候内容多，有时候艺术多嘛。谁多谁少，什么时候谈，对谁谈，谈谁，全在评论家的掌控之中嘛。如此的评价体系怎么可能不出现双重标准？怎么可能不产生歧义？你主观上可以说，我把二者结合起来谈，但究竟怎么结合？是用百分比还是用度量衡？我不否认，有一些艺术形式，比如抽象音乐、美术、书法、舞蹈、杂技，甚至一部分诗歌，艺术上可以不借助内容而单独存在。但谈小说谈戏剧谈电影这样一些综合性强的艺术形式，离开了内容就无法确认它的艺术性，比如被认为经典的那些作品。对阿多诺思想言论的具体环境我了解不多，但我知道，任何一种言说都是针对具体问题的，都是对该具体语境前一阶段理论的反向辩驳，由此学术才会不断进步，学术的价值也就在此。德意志是个抽象思维异常发达的民族，阿多诺本人又是对艰涩文体和严谨逻辑有着近乎病态的喜爱，所以我猜他对现代主义、后现代主义这种写意文本的喜爱和对现实主义这种感性形式的厌倦首先是一种文化传统，这是其一。其二，在他的时代他的国家是不是有杰出的现实主义作品出现？在他的视野之内有没有可能最优秀的作品只是现代主义或后现代主义的？其三，他一方面反对总体性一方面又强调艺术应当捍卫真理,但他对东方哲学的那种从整体上把握对象,以类比方式接近本质的思想方法有多少了解?这些都是未知数。我之所以引用阿多诺正是看到他是个激进的后现代主义评论家,即使他这样的人也得承认"时代的真理内容"。请注意,他在界定艺术性时用的是"就在于",而不是"在……之中"。

李云雷:在我与刘继明先生的谈话中曾谈到,在当前的底层文学中,只有您与他的部分作品可以说是"新左翼文学",因为在你们的这部分作品中,有着明确的理论与现实诉求。但现在左翼思想在世界范围内也面临着困境,它的局限性在于一方面无法对一些历史事件做出具有说服力的解释,另一方面也无法提出一套新的完整的乌托邦。在这个意义上,您觉得新左翼文学与"左翼文学",或者说新人民文学与"人民文学"应该有什么样的不同?与此相关的另一个问题是,在新的左翼思想复兴与发展中,文学或者说新左翼文学能够起到什么样的作用?

曹征路:你高抬我了,是不是"新左翼文学"我也不知道。在我们学校,以前大家都把我看成自由主义者,而现在我却是个左翼作家了。每一个人都有自己的成长过程和思想矛盾的一面,也许我还在成长中吧。我对左翼的整体状况了解不多,但明确的理论和现实诉求却是有的,我不是那种靠灵气靠感觉写作的人,看不清楚的事情我写不出来。那就是以大多数民众的福祉和根本利益为基本诉求,来判断理论和实践,而不是简单化地选择立场。你说到的新左翼文学、新人民文学、或者底层文学只是我写作的一个方面,我的小小抱负是写下我亲眼看到的时代变迁,可能和你还不完全一样。但既然提到,我也说两句。现在能看到的关于上述文学的解释多种多样，莫衷一是，有些甚至鸡同鸭讲，讨论的根本不是一回事。我以为上述文学概念如果仅仅是指一个题材现象，或者是指一种创作方法现象，基本上是没有意义的。在这方面我同意莫言的看法：民间是与庙堂相对应的概念，底层是与上层相对应的概念，只有二者在发生对抗的时候（当然是文学的对抗），这些概念才有会意义。在我的理解中，这些文学应该是一种精神姿态，一种看待事物的眼光，一种生活方式的历史哲学。所以联系到你前面的问题，它选择什么样的创作方法都是有可能的，都是无所谓的。关键在于它是不是介入的，批判的，抗争的，人民主体性的。如此说来它对左翼思潮的复兴与发展也一定是有积极作用的。

李云雷：不同的立场当然有不同的美学，正如鲁迅所说的"血管里流出的都是血，水管里流出的都是水"。

曹征路：对，现在很多评论家常说的所谓抽象的超阶级的世界性的全人类的价值观实际上是不存在的，鲁迅早就批驳过。非要让焦大去爱林妹妹，让喜儿去爱黄世仁，并把这一套说成是普世原则，说白了就是把西方白色人种富裕人群的价值观强加给全人类。你不接受就不带你玩，你不跟他玩他就说你不艺术。

李云雷：在《期待现实重新"主义"》一文中，您表达了对现实主义的认识与理解，但我觉得"现实主义"作为一种创作方法，不一定能够表达新的经验与新的世界观，而底层文学或新左翼文学作为一种新世纪的先锋，不仅在内容上，在形式与创作方式上也应该有新的发现与新的创造，应该有更为宽广的艺术探索空间，而不必限制于现实主义，不知您是否同意我的想法，您对这一问题有什么新的思考？

曹征路：那篇文章的意思无非是说，现实主义应当回到正常的评价体系中来，没有理由把它当作落后的创作方法。意在纠正一种误导，陷入某种新教条主义。而且在当下，现实主义在洞察时代揭示生活本质方面比其他艺术方法更加有力量。但我并不认为现实主义是唯一的方法，它也不排斥其他方法，事实上现实主义也在吸收其他创作方法的经验，丰富和发展了自身。比如语言的跳跃，节奏的快速，结构的交叉等等。其实任何一种方法都有长处和短处，没有必要把它绝对化。艺术的创新和探索当然是一切创造性劳动的题中应有之义，但创新和探索绝不仅限于主义，任何主义都有创新的权力。写文章总是针对具体问题，有具体的语境，而不是抽象空洞地谈主义，那个没意思，所以我把主义加了引号。其实古今中外小说的各种写法，无非是写意或写实两大类。王国维以西式花园和中式名园打比方是很贴切的，进入现代以后的小说都在向各自的相反方向发展，西方进入了写意，中国进入了写实，写实多了就要求写意，写意多了就要求写实。这里没有谁对谁错，谁高谁低的问题，趣味不同罢了。但由于中国的赶超情结作怪，就夸大了西方话语。实际上对于故事寓言化人物符号化的小说，早在黑格尔那个时代，他就指出这是上半身变成了美女下半身还是鱼，是艺术发育进化不完全的品种。他这个话有没有道理当然可以讨论，但有一点可以肯定，各种不同的主义都有自己的艺术空间，只有在竞争中求得发展和完善，而不是消灭一个主义其他的主义才能发展。能不能表达新经验新世界观要通过创作实践，要看效果，而不是通过表明立场。先锋这个说法依然是把文学本质化，依然把发现与创造的特权交给了形式，这显然没有说服力。我们通常理解的先锋就是走在前面的，大家必然跟上的那个人，可是被誉为先锋的那些文学样本可曾起过这个作用？有哪一篇作为叙事的范式留了下来？莫言的《红高粱》系列、余华的《活着》《许三观卖血记》留下来了，但那是因为形式新颖吗？

李云雷：在《在历史的大格局中》中，您从一种大的视野来重新审视1980年以来中国文学的发展倾向，我很同意您的看法，而出现这样倾向在于中国与中国文学丧失了"主体性"，一味以"走向世界"，获得西方的承认为追求的目标，但现在这样一种倾向仍没有得到足够的反省，今年是改革开放30周年，也很少看到关于这一方面的讨论与思考，不知您觉得如何才能重建中国与中国文学的主体性？

曹征路：我认为重建作家的主体性才是中国文学走向世界的根本前提，这个问题才是真问题。我们前面谈到的很多文坛怪现象，许多漏洞百出的理论，其实说白了就是这一个问题。一个精神上的侏儒是不可能真正获得别人尊重的，跟着别人看样学样永远不会有自己。这也是一百年前的老问题，不能新精神，如何新文学？如何新中国？把西方白色人种富裕人群的审美趣味当做"正典"，当做普世价值，涉及历史必然要为殖民史辩护，涉及现实必然要为压迫剥削辩护，涉及文学必然要把技术说成艺术，这是一个铁的逻辑。今年一月在北京召开的一个作品研讨会上，一位北大教授认为，鲁迅的《一件小事》中被人力车夫碰倒的老太太，其实就是一个"碰瓷的"。他是亲眼看见的？还是重新考证过？肯定都没有，而是这个铁的逻辑在起作用。

李云雷："打工文学"是深圳市文联力推的一种文学样式，您身处深圳，应该有更为直观的感受和更多的了解，不知您对这一文学样式及其发展有什么思考，对创作者的评价如何？您感觉这些主要由打工者创作的"打工文学"，与主要由知识分子创作的"底层文学"，有什么相同与不同之处，有什么可以互相借鉴的经验？

曹征路：对打工文学的说法我始终犹疑不定，看不清楚。倒不是因为这些作家本身，这些作家都是优秀的青年，很多都是我的朋友。有些作品还相当棒，比如谯楼的《走到最后》、于怀岸的《一粒子弹有多重》、谢湘南的诗歌等等。看不清楚是因为它是个无法确定的概念，是打工者写的文学？还是写打工的文学？好像都不是。说它是个文化现象？或者是个经济现象？好像也不对。这些年深圳为"打工文学"投入很大，很想把它做成一个品牌，像深圳大芬村工业化生产的油画。可是越是这样越让人觉得不踏实，这种依靠行政力量推举的文学究竟如何，还有待观察。现在打工文学的名头很大，今年一月在北京开了一个上百人的讨论会，请到的都是当代最著名的批评家。其中一个很重要的原因是，底层文学的说法令人不爽，有些人表示了不安，有些人表示知识分子代言的不可靠。会上，为了证明这种不可靠，一位著名批评家举出诗人刘虹的作品《打工的名字》。他说，这种感受只有打工者写得出来，知识分子绝对不可能写出来。凑巧得很，前几年刘虹申报一级作家职称的时候，我是终评会的成员，记得当时还为刘虹作过辩护，举的例子正是这首诗，所以我只有愕然。对他的骁勇和果敢我实在佩服。

李云雷：我认为在底层文学与"打工文学"中，有一种新的美学的萌芽，如果它们能够健康地发展，有可能以底层、以中国为主体或中心，建构起一种与现在主流文坛不同的"新的美学原则"，但如果它们不能坚持自身的发展方向，而简单地认同于当前的现实秩序与文学秩序，也很有可能只成为一种点缀，或很快成为明日黄花，不知您是否同意我的看法，您对这一问题有什么思考？

曹征路：鲁迅曾经思考过"杭育杭育"派，并认为那也是一种美学。去年一位打工诗人也提出过"劳动美学"，我认为都是有道理的。问题是在今天的历史条件下，它们能有怎样的发展，可能我没有你那么乐观。前几天一位台湾作家蓝博洲来看我，他告诉我一些台湾文学历史上的事件，对我很有启发。他说，在上世纪70年代陈映真等一批受过现代主义影响的作家提出过乡土文学的口号，以一批作品和理论文章震动了当时的台湾文坛，影响很大。国民党当局也感到过于美国化的轻佻萎靡的文风已经失去了号召力，为了对付乡土文学，就提出一个"健康写实"的口号，制造了一大批伪乡土文学作品，结果乡土文学中那个触及台湾社会本质的内核就被模糊掉了，逐渐式微。所以他认为大陆的文学发展也会经过这个阶段，他引用陈映真的话说，历史的钟摆，不摆到尽头是不会往回走的。我们拭目以待吧。

原载于《上海文学》2008年第9期

被边缘，才会有民间情怀
—— 答《北京文学》关于《风波》的对话

1. 作为作家同时又是大学教授，你心仪的古今中外的伟大小说家肯定不少，在我提出要你做文本典藏这个栏目时，你为什么一下子选择了鲁迅，又马上选择了鲁迅的《风波》这篇小说？你对这篇小说是不是有某种特别的人生和文学的记忆，还是仅仅因为它是鲁迅的经典小说，具有崇高的思想和艺术价值？

答：今年是鲁迅逝世70周年，我本学期开的选修课也把鲁迅列为重点介绍的作家，以寄托我们心中的追思。更重要的是，这些年来歪曲、诋毁、甚至刻意中伤先生的言论实在太多了，我心里一直忿忿不平。从实际功效的角度说，《风波》短小、经典，也适合你们刊物。当然，《风波》也还有点特殊的蕴涵：辛亥革命的热闹在浙江水乡的农民那里不过是关于留不留辫子的困惑，这本身就很有意思。

2. 你的评点非常精到地分析了《风波》之所以成为经典的经典所在。我们都知道鲁迅在小说的叙事语言方面创造了现代汉语的奇迹，特别是他小说中白描的艺术手法尤其为文学史家们称道。我们在《风波》中也深刻领略。但是，现在，我们在当代小说家的小说中，我们很难再看到白描艺术对人物和景物的描写了。当代文学不再有鲁迅等经典的人物和景物的描写了。这是当代作家超越了鲁迅，还是当代作家大多没有能力企及白描艺术境界？作为一个小说家如何看待这个问题（包括联系一下自己）？

答：鲁迅是使中国传统小说真正得到改造的第一人，也是写农民的第一人。在他之前的农民形象其实还没有真正的庄稼汉。从技术层面考察，中国传统小说向现代小说的转型在五四时期就已经基本完成了。比如小说的叙事时间、叙事视角、叙事结构，小说语言与白话文相适应的日常化，小说的"情调"和诗意追求等等，都是在那个时代完成的。鲁迅就是最重要的奠基人。我不认为当代有哪位作家已经超越了鲁迅，更不用说鲁迅在精神上的博大和深邃。你提到的白描艺术，我认为中国传统小说中就有，鲁迅式的白描发扬了这个传统，更加精确传神。当代小说的艺术表现手段肯定比五四时代丰富，就像今天的舞台肯定比《社戏》里的舞台多一些声光电一样。但仅有手段是不够的，还要有艺术精神，否则怎么超越那个时代？我们今天对中国的认知水平还停留在百年之前。文学经典的形成需要很多因素，技术操作只是其中一个方面。当代小说中也有白描，只不过80年代以后给它取了个洋名"心理外化描写"。"先锋叙事"兴起以后，当代小说中出现了大量的"翻译体"，批评家们特别推崇华丽繁复的"语言狂欢"也使传统的白描艺术弱化了。另外当代读者已经发生了变化，要求快节奏和大信息量，多少也改变了当代小说的面貌，白描比较少见这也是一个原因。其实夸大技术操作的作用是当代文坛的病象之一，很多叙事技巧并不是80年代以后才有的，比如马尔克斯的"多少年后，×××想起×××说过的×××"这样一个句式曾经风靡一时，有人把它称为"过去现在未来时",了不起得很,出现过无数个中国模仿本,可它不就是传统小说中的全知视角吗?鲁迅的伟大绝不是因为技术,而在于他对中国文化和中国人的认识。

3. 鲁迅小说不多,却是中国文学史上当之无愧的小说大师,但是,他一直没有长篇作品。鲁迅自己似乎也很看重长篇小说,也曾经想创作长篇,但是,未能如愿。这对于鲁迅肯定是一个遗憾。鲁迅没有长篇不仅让一些文学史家遗憾,也多次被鲁迅的"敌人"恶毒地攻击批判。他们认为只有创作出杰出长篇小说的作家,才能够称之为伟大作家称之为文学大师。他们认为长篇才是鸿篇巨制,才是文学的巅峰,中短篇再好也是文学的小摆设。你如何看待鲁迅没有长篇小说这个问题,又如何看待中短篇和长篇对于作家历史地位的影响?

答:鲁迅没有为我们留下长篇当然是个遗憾,但这绝不影响鲁迅作为文学大师的历史地位,他至今仍是我们仰望的高峰。一个作家的历史地位和作品篇幅大小、数量多少是没有直接联系的。这是中外文学史反复证明的道理,写童话的安徒生,写短篇的契诃夫,难道没有长篇就不是大师了吗?近些年来之所以频频出现这样的声音,无非是出版商在鼓噪,是资本增值的要求,它和文学品质无关。另外还有什么性别标准、年龄标准、长相标准、行政级别标准、身体残疾标准,还有写作速度标准,预付版税标准,外国人喜好标准,这些和文学挨得上吗?这些声音虽是通过批评界发出来的,但我们从中只能听见钞票的摩擦声。我个人认为,当代的长篇小说迄今还没有完美地解决结构问题(结构是一种把握世界的总体眼光和方法),还没有出现一部像托尔斯泰那样严丝合缝的鸿篇巨制,总是留有这样那样的缺憾。这也许和我们至今还没有建构起令人信服的哲学体系有关。所以在中国,文学竞争的真正舞台还是在中短篇。

4. 小说中九斤老太的口头语"一代不如一代"给读者和历史留下深刻的印象,几乎就是这篇经典小说中的经典句子。教科书上也把九斤老太当作落后分子加以批判,不知道是不是鲁迅的本意。今天,我再读这篇小说,恐怕每个中国人都会感慨万千,"一代不如一代"是这样的让中国人痛苦,甚至绝望。今天读这篇小说,我完全没有教科书的感觉,相反觉得当时的中国人生活是那样的田园静谧,所谓的革命对了他们也只是一个热闹的涟漪而已(这让我想起我老师的老师李新宇先生在20年前说过一句话,所谓的享清福,就是享清朝的福?这几乎是我今天再读这篇小说时第一回想)。不像后来,革命革命再革命,整个中国一次又一次,天翻地覆,现在以推土机为代表的经济革命,让你一夕之间找不到家,或者一家人在大火中永生。那时的超稳定,所谓的不觉醒,与今天的被超限战,你觉醒不觉醒都与你无关,是那么的彻底。不知鲁迅如果活到今天该如何写《风波》续篇。读《风波》和读你的《那儿》的确让人有完全不同的震撼。这是历史在进步吗?这个问题你恐怕很有作家的内在体验,请你谈一谈这种体验。

答:我个人是个历史进化论者,我相信历史总会以自己的方式进步,否则我们也就无需作文学的坚守。当然这个进步比我们想象的要艰难得多曲折得多,付出的代价也比我们想象的要惨重得多,是所谓螺旋式进步吧。所谓"一代不如一代"我这样看:我们的社会结构和文化结构确实造就了一个"逆淘汰机制",所以历史就像有人描述的那样,成为"小人不断战胜君子的历史,君子不断被改造成小人的历史",这确实令人心冷。然而另一方面我们也要承认，历史不是以三五十年为计量单位的，它的跨度可能是一百年两百年。所以总有像鲁迅那样的"精神界之战士"，他们"哀其不幸，怒其不争"，试图改造中国。正因为如此，文学精神才能一代一代薪火相传，不绝如缕。

5.《那儿》去年发表后，在文坛内外起了巨大的影响，一个小小的中篇产生如此重要的文学和文化冲击波，只有在20世纪80年代才可以看到。不过，似乎也有很大的争议，比如新左派的热情和小说艺术品质都曾经遭受质疑。说实在的我自己也并不十分喜欢这篇作品，与这篇作品相比我更喜欢《大学诗》，《大学诗》更具绝望力量。但是，这篇小说之所以被新左派和许多作家学者选中，也是一种历史的必然选择。在文学普遍失去正义的今天，它代表了文学的正义，进而代表了社会的正义。据说这篇小说发表时遇到一些波折，小说的名字也不是现在的《那儿》，你能不能简单介绍一下这篇小说发表前后的故事。作为作家同时又是文学教授，回过头来，你如何评价自己的这篇小说。

答：《那儿》有这样的反响我自己是没有预料到的，它就像我其他的小说一样写作一样投稿。因为我根本不考虑这和什么派有关，只是把那些被遮蔽的东西如实揭示出来而已。这也是我理解的文学精神所要求的，否则我为什么要写小说？当然这中间遇到了一些波折，做过一些妥协。回过头看，《当代》杂志确实挺不容易的。这些年我因为教学任务重，只能靠假期写一两个中篇，这就要求我必须注重艺术品质，写一个是一个。事实上从2000年到现在，差不多每一篇都有选刊转载，每年都有一两种"年选本"收入我的小说，独独《那儿》的艺术品质特别差？我不相信。选择什么样的美学形式是由作品的内容决定的，而不是先验地去模仿一种好形式。我不是说《那儿》没有缺点,不能批评,但要说理。有位"北京文学评论家"认为文学担当了社会正义就会伤害文学,还信誓旦旦说有文学史作证,这我就不服气了。我不知她读过的哪本文学史是这么说的?我们熟知的那些中外大作家又有几个不是社会正义的担当者和现存价值的怀疑者批判者?其实讲这种话的人是不喜欢它的内容,对艺术的理解就显得褊狭可笑。再说新左派。这些年左的名声不好,大家都在避左犹恐不及,似乎新左派对《那儿》有热情,《那儿》也就可疑了。有位批评家对人说,新左派反响热烈对这一篇小说有好处,可是对他这个人没有好处。我不知他是做文学批评还是在做政治考察。我的同事从来都把我看成自由主义者,我也是反对的,其实我自己什么派都不是,只是一个严肃的写作个体而已。我也知道当今文坛怎么才能讨巧,那些钻门子打旗子的人也确实得到了不少好处,但我今年57岁了,能保持创造力的时间已经不多了,就必须对自己的内心负责。所以我对这些贴标签的事情不感兴趣,这大概和我的父母辈在历次政治运动中一直挨整有关,我不想重复他们的命运,但也绝不愿意苟活。

6. 现实主义与底层写作近年成为文坛一个重要的话题,你因为《那儿》因为强烈的左翼色彩成为底层写作的代表人物。我们看到底层写作与深广的中国底层现实相比显得极其渺小,不过底层写作概念刚刚浮出海面,就遭到文学界白领人士惊诧与担忧,什么底层写作成为潮流和时尚,将破坏文学的多元性,不宜提倡,甚至提出要警惕底层写作,等等,实在让人惊诧。你如何看待中国以底层写作为中心的现实主义文学的发展,又如何看待这种文学白领所谓"警惕"的论调?

答:首先我声明我不是什么代表人物,我不代表任何人。但我可以谈点看法：据我所知底层一词出自葛兰西的《狱中札记》，近年来频繁被使用是因为中国出现了惊人的两极分化。但每个人对这个词的理解都不尽相同。底层写作也是同样，有人看成是一种题材现象，有人把它当作一种写作姿态。事实上底层也是个含混的概念，是所谓"底层出场，阶级退场"，是个带有道德色彩的美学诉求。因而对它的理解如果离开现实背景，恐怕很难得出正确结论。这个背景就是文学经历了二十年发展变化，以形式探索为主要动力的当代文学已经走到了尽头，"纯文学"已经被整合到"经济意识形态"里去这样一个事实。当代文学已经失去了表述中国的能力，它对真相的遮蔽已经阻碍了文学自身的发展。在这样的背景下一些学者探讨底层写作的可能性，意思是很明白的，就是试图要突破既定规则，介入当下，反抗遮蔽，重新恢复文学的批判品格，张扬文学精神。如果仅仅把底层写作当作一种苦难题材，一种关怀姿态，我认为是没有什么意义的。它很快就会被主流意识吸纳整合进时尚写作中去，现在已经出现了这个苗头，有人已经在论证打工文学是一种中产阶级想象，也有作家站出来宣布要保持优雅和高贵了。对底层话题的质疑主要是：知识分子如何为底层"代言"？这是不是"虚构道德主体"？我的看法是，底层的问题其实就是中国的问题，底层的困境就是大多数中国人的困境，底层的苦难就是知识分子自身的苦难，爬到上层"做稳了奴隶"的只是极个别，不存在谁为谁"代言"的尴尬。鲁迅就是这样做的，他是自觉地要和人民站在一起的。这些年一直有人试图论证人民是个空洞的"虚指"，似乎这样一解释人民就不存在了。人民是谁？人民是相对于强势者的弱势群体，是"沉默的大多数"，是天道，是民心。这是个真实的存在，不是可以任意涂抹掉的。

7. 鲁迅是一个伟大的作家和思想家，对中国文学和文化的影响无人可比。鲁迅的第一巨人的地位，也让他当然成为文坛攻击的首要目标。20世纪末以来骂鲁迅却成为文坛一个新的时尚，文学权贵们文学白领们和文学政治家们恶毒攻击鲁迅，简直到了咬牙切齿的地步，甚至不惜造谣诽谤。有人拿钱钟书比鲁迅，有人拿胡适压鲁迅，特别是后者，提出"是胡适，还是鲁迅的"荒谬问题。我曾经写文章，提出："永远是鲁迅"，或者"首先鲁迅，如何胡适"。有人评价骂鲁迅，大多是文学的帮忙帮闲帮凶分子，不是伪君子就是真小人。你如何看待文学富贵和文学白领的骂鲁时尚和这些骂鲁阶级？

答：为了打鬼，要借助钟馗，为了捧鬼，也要借助钟馗，是我国特有的鲁迅文学现象。这是因为鲁迅的地位现在还难以撼动，不是不想，而是暂时还很困难。可能的策略就是歪曲鲁迅，绑架鲁迅，强奸鲁迅，据说连主张恢复儒教的人也要把鲁迅封为"国学大师"了。

8. 深圳是一个非常文学的城市，很多干部都是文学青年出身，深圳的文学资金几乎是全国各省市的总和。但是，深圳被公认的全国性作家基本上只有你和王小妮，也是说，离开曹征路和王小妮谈深圳文学成就是可笑的。所以，有人说深圳文学资金极其大，文学成就极其小，是文学和文化的荒漠。徐敬亚王小妮夫妇是早就进入文学史的实力文学人物，但是，在深圳20多年却被放逐，实在是深圳文学的悲剧。现在，王小妮夫妇离开了深圳到海南去了，这其实是深圳的耻辱，不仅仅是文学的耻辱。据说，你在深圳也是被所谓的深圳文学界边缘的作家。大家很为深圳惋惜，深圳有发展文学艺术的最好空间和机遇，但是，深圳却从来不重视真正的文学艺术，文学成为政治和权力的工具和羔羊。你身在深圳文学的边缘，如何保持自己写作的自由？走在中国文学的中心，你如何看待深圳文学的未来？

答：依我看，一个作家被边缘化未必是坏事。被边缘了，才能有民间情怀，才能保持思想的敏锐与活力。"每饭粥冷酒常赊"不是造就了一个曹雪芹吗？我和王小妮虽然同在深圳，却一直没有联系过，我这个人不善于交际。但她的诗我是心仪已久：从广西到江西／总是遇见躬在地里的割稻人……／他们有含金量最低的脸／可是他们永远钉在黄昏……王小妮如果不被边缘，大约就写不出这样的好诗。从更大的范围看，郭沫若、茅盾、巴金、曹禺这样一些为现代文学史留下重要印记的人，在建国以后几乎写不出像样的东西，固然有当时政治环境的因素，但更重要的内因是，他们身处权力中心，头上罩着各种光环，已经远离了泥土和苍生。所以文章憎命达，对一个真正热爱文学而不仅仅把它当敲门砖的作家而言，整日陶醉于优雅和高贵，鄙视粗陋和底层，实在不是什么好兆头。谢谢你。

原载于《北京文学》2006年第8期

那儿是哪儿

我是个特懒散的人，写小说非得接受点儿外界的现实刺激。如果没有，那小说就写得很艰苦。我一拉开抽屉，就能看见不少写了开头没有结尾的小说的尸体。有些东西竟然自己也不知道当初想说什么了。这篇东西也是受了刺激才产生的。当时是在互联网上读到一个挺有名气的改革家在"中国企业家领袖论坛"作的发言，大意是要求政府对那些有不法行为的富豪和官员进行"赦免"，他担心一旦对这些人动起真来，富豪赃官们就会卷了黑钱跑到国外去。当时的感觉：这个人疯了。后一琢磨，这个人的名字怎么这么熟悉？联想到前几年，我读到过一篇鼓吹腐败有理腐败有利的文字，好像就是这个人的。后来一查，果然就是这家伙。而且此公在20世纪80年代就是以提供价格双轨制理论炮弹扬名的，后来中国出现的"官倒"和政治风波就是与此政策直接相关。

今日中国大大小小的城市里，最触目惊心的经济现象是什么？就是私有化。或者叫改制，或者叫转型，或者叫国企改革，叫什么都行，反正都是一个意思：老子死了赶紧分家。这个分家还不能公平分，谁嘴巴大谁拳头硬谁就多分。他占了便宜还不准你有意见，有意见就叫"仇富"，就叫"民粹主义"，就叫不"善待对社会做出贡献的人"。当然，八亿农民和几千万产业工人是不算在"有贡献"之列的。这个私有化过程不管你赞成不赞成，事实上已经发生并且愈演愈烈。有趣的是，几乎所有的媒体对此都在装聋作哑。直到有个叫郎咸平的香港人指出这是皇帝的新衣（尽管他开的药方不好），才舆论大哗，才引来主流经济学家的应答。这就是话语权的问题。

本来，一个学者持什么观点，站在哪个立场说话都是正常的事。每个利益集团都应该有自己的利益诉求管道。但咱们的情况有点特殊，农民和工人没有。农民和工人没钱召开"高峰论坛"，他们只能通过"上访""告状"来表达自己的意愿。他们更多的时候只能发发牢骚、骂骂娘。北京的出租车司机有一句话叫做：真想拿大嘴巴抽孙子！

2003年，我同时写了两个中篇，抒写了"人"正经历着的历史变迁，和这个社会背景下不同族类的精神生态、心灵诉求。一篇发在《人民文学》2003年第10期，叫《谁落入圈套》，另一篇就是《那儿》。由于种种原因《那儿》今年9月《当代》才发出来。在《圈套》里，我写了一个女经济学家，聪明美丽，春风得意，样样成功。她是有话语权的，她说的"起吊机经济"、"公平来自认同感"、"知识分子不是良知分子"、"赦免"等等说词都是主流话语的直接引用。我知道今日中国的某些学术已经买办化娼妓化了。我知道又有一批优秀人物被套了进去。我知道了就不能不说。在《那儿》里，我写了一个劳动模范出身的工会主席，他是没有话语权的，只会干活不会当官，却把自己对工人的承诺看得比天大。当然，他无力改变工人命运，最后只能消灭自己。

这两个都是悲剧人物，如果对照起来看，就能明白我的焦虑不是无缘无故。我是个写小说的，我不得不以悲天悯人的心情来思考这些历史现象，用审美的眼光来看待这些人物。我承认，自己是属于那种没有腐败机会而痛恨腐败的人，是吃不着葡萄的狐狸，是妒忌，是弱智，是瞎操心，是自不量力。可我的悲哀却是多数中国人的悲哀，咱们说说总是无妨的。

　　换个角度看，他们也很悲哀，当年那么卖力扶持起来的成功人士竟然并不领情，竟然要跑了，他们怎么能不如丧考妣，苦苦哀求呢？可见他们的成功也是靠不住的。他们也感到没有不散的宴席，活得并不踏实。

　　我当然是赞成改革的，也赞成国营企业要改革，但我知道并非所有的改革都具有天然的正当性。那种少数人获益却让多数人承担成本的改革，那种巧取豪夺式改革，那种黑社会流氓式改革，我无论如何也无法赞同。

　　一个人，哪怕他再普通，再弱智，再低能，都有生存的权力、劳动的权力、追求幸福的权力。英特纳雄耐尔就一定要实现——是几代人唱了很多年的歌词，对普通老百姓来说，这个词的准确含义恐怕很难说清楚。他们热泪盈眶唱着它的时候，是把它当作幸福的彼岸来想象的。为了"那儿"，他们什么样的苦难什么样的煎熬都可以忍受，因为"那儿"一定会实现，"那儿"一定会来到。

　　有人会说"那儿"早就被宣布为乌托邦了。但宣布了就不能再想想吗？乌托邦本身并没有错，更不是罪过。物产极大丰富，没有剥削没有压迫，人人都得到自由全面的发展，不好吗？何况老百姓心目中的乌托邦，不过是今天比昨天好过，明天比今天更有盼头，都是些基本的生存条件。他们要求不高，"那儿"不过是一顿热乎饭，不过是一间温暖的屋子，是孩子的学费，是老人的医药费，错了吗？当"那儿"渐行渐远的时候，"那儿"被权贵们弃若敝屣的时候，他们愤怒一下都不可以吗？

原载于《安徽商报》2005年3月20日

求真，确实很难

求真，本来是文学创作中最本原的动机，是个不证自明的文学品质。举凡文学经典，无论使用什么方法，主张什么主义，采用什么形式，都是为了求真。离开了真，也就善无所依，美无所归。谁也不希望自己的作品虚假，宣布自己就是要说谎。但求真，确实很难。

真往往是被遮蔽的，真相，真理，规律，本质，并非先在地放在你面前，等待你去作技术处理，把它"文学"一番，创作没那么简单，那样的写作也不叫创作。真的创造是发现，是对已知世界的勘探梳理，对未知世界的求索，是对人类合理生存方式的眺望。你是真的知道，是确实知道，是痛苦地知道，你不得不说。说了，你才如释重负。而这，是要付出代价的。对谎言的揭穿，对遮蔽的反抗，对文学精神的坚守，对既得利益者的超越，怎么做都是件令人不爽的事。

求真是有压力的，除了有得罪人的危险，还有成名、评奖、做官、发财等等现实诱惑在压迫着你。我们都是凡人，谁又不希望自己得到承认？可是真的生活有时又是那样的严酷，不美妙不高雅不诗意。我们的灵魂有时不得不沾满污水，不得不苟且，与现实妥协。我们的良知和我们的虚荣心总是在打架，夹在巨大的碾盘中间，煎熬。光着身子的皇帝可以自己把衣服穿上，但你说出来了，你不是找倒霉吗？

真，也是至高的艺术境界，是需要攀上无数云朵才可以穿越的高度，很可能是我们穷其一生都难以达到的。这是文学区别于其他艺术门类的一个本质特征，并非换个形式包装，玩几招花拳绣腿可以奏效的。惟其如此，它才值得我们孜孜以求，穷而后工。也惟其如此，它的形式才是有意味的形式，是独有的形式，是不可替代的形式。真，才是美的，是屠格涅夫所说"像青草一样自然而然生长出来"的，是苏轼所言"如万斛源泉，行于所当行，止于所当止"的。所以，才众里寻她千百度，难。

如此说来，真，才是第一位的文学性，是最基本、也是最难实现的文学性。那么为什么求真居然会成为一个问题呢？不是有许多大人物在鼓励"说真话"吗？然而你真的说了，很多难堪就会产生，因为他们并不希望真的听到。于是有聪明人就想出了变通的方法，不是真话很难说吗？那么我就说玄话，说你听不懂的话。时下有很多高超理论都在论证"玄幻"、"灵异"、"飞起来"的重要性，证明"创新的缺失"就是文学的缺失，"文学的难度"就是形式的难度。唯美主义者的苦处就在于，他不能同时提供真。正如同傻瓜都不会爱上橱窗里的塑料模特儿，不管她的身材多么魔鬼，不管她的时装多么新潮。

仔细想想也不奇怪，因为举凡在历史出现巨大转折、社会分化动荡的时期，每个民族都出现过类似难题。达·芬奇的时代是这样，黑格尔的时代是这样，巴尔扎克的时代是这样，车尔尼雪夫的时代是这样，日本是这样，台湾地区也是这样，中国自然也会这样。五四时期，周作人写过一篇《美文》，分析"写出了真，美自然就在其中"的道理。鲁迅干脆呐喊，"直面惨淡的人生"！想想，那都不是偶然出现的。

有人说这是个屁股决定脑袋的时代，屁股比脑袋更会思考。这或许也是真话。但我相信，屁股永远不会高过脑袋，除非他是跪着，或是趴着。因为说真话，永远都是难的。

原载于《红豆》2008年第1期

是逃避,也是抗争

有朋友问,你怎么还写这种东西啊?他的意思是,常作杞人之想,不好。他认为这是个集体叫春的时代,市场只认荷尔蒙气息。

为什么写这种东西,而且"还"?我一直无法回答。我知道今日的文人生态是有退有进,一面是退出宏大叙事退出公共领域,或高蹈或琐屑;一面是紧密联系权力与资本,或主流或小康,总之都已悠悠然后现代起来。我也知道有另一种写法,可以写得神秘写得纯粹。我不否认那样也能写出好小说,但我已没有那种心情。拉开抽屉,现在还有不少那种小说的残片和尸体,有一些自己也闹不清当初是想说什么了。

但倘若不写,自己又能干点什么呢?写作好像是一种逃避,装出一副认真的模样打发日子。写作也像是一种抗争,总和内心的自己打架,苦苦争辩。后来我想,就算是自说自话,这世上也多一种声音啊。

究竟有什么力量能使文学衰落到拉客娼妓的位置上去?我看没有。除非作家自己愿意。经过这些年的后学修理,小说已经越来越纯粹了,要么隐私,要么游戏,要么表演魔术,要么远离烟火,总之是要把历史抽空,使它更适合案头膝上的把玩。其实这也挺好理解的,哥们太想挤进文学史了,哥们太想与世界接轨了。问题是,用这些借来的主义能不能证明自己也主义呢?如今这些理论泡沫在产出国还妾身未明焦虑万分呢,咱们怎么就一定能绕过现代性门槛直接"后"起来呢?"密司脱"们着急的是这个。

小说失去了与时代对话的渴望,失去了把握社会历史的能力,失去了道德担当的勇气,失去了应有的精神含量,失去了对这种关注作审美展开的耐心,无论如何是说不过去的。小说作为艺术没有文学精神,就如同相声艺术取消了讽刺,它当然不如影像来得直观,不如网络来得便捷,也不如三级片来得刺激,美女美男也包装不了。

这么想想,我的逃避或抗争也许还具有某种诗性。这和一个失业工人、一个失地农民的喃喃诉说没有什么区别,它不需要主义也不需要技巧,只需要说出皇帝新衣的那一点点率真。记得雨果说过一句话,富人凭借寒暑表来知道天气冷热,穷人只能靠皮肤去感觉。我想大概因为温度计是一维的,而皮肤的感受是综合的。据说在绝对干燥的空气里,人能够忍受一百多度的高温,而如果空气湿度达到百分之六十,才80°C我们就已经被煮熟了。可见听天气预报并不能让我们确知、痛知冷暖的滋味,除此而外,还要考虑到湿度、气压、风力和服装被褥等等好多因素。

我不知道当代文学何日能恢复它应有的尊严。但毫无疑问在主义之上我选择良知,在冷暖面前我相信皮肤。

原载于《北京文学·中篇小说选刊》2004年第10期

我怎么做起小说来

我写小说完全偶然。1971年我所在的部队在深山里施工，很是艰苦，当时南京军区向各部队征稿，看到这是个偷懒的机会，就自告奋勇说自己会写小说。谁知竟写成了。第二年又给《解放军文艺》写过一篇小说，竟被翻译成英文、法文介绍到国外。自此真的以为自己会写小说了，牛得很。这就是后来结集出版的短篇集《开端》。其实回过头看，不过是编些军营大兵故事而已。

回想起自己真正的成长，有一位前辈是不敢忘记的，他就是从前《清明》的老编辑张禹。大概是在20世纪70年代末，我把写了几年的《李固之死》投给刚创刊的《清明》，几个月后收到张禹的回信，漂亮的蝇头小楷，密密麻麻六页纸（可惜我太粗心，这封信今天已经找不到了）。张禹详细谈了他对李固的看法和稿件的意见，大意是：他认为东汉王朝的败亡是历史必然，李固重新当政的那一短期，是不可能"中兴"的，你这样去写李固，有影射邓小平复出的意思，有政治投机的嫌疑。还说了些刚刚走上文学道路的青年，不要急功近利之类的话，让我修改。当时我很不服气，一来我确实在某个史料上见过"中兴"二字。二来当时的文艺风气就是如此，别人做得为什么我做不得？三来我写李固时正是批邓时期，根本不可能预知邓的重新复出。那时的我，少不更事，血气正旺，恰巧要去合肥出差，就拿着稿子打上门去。

张禹，50多岁，温州人，瘦弱，面窄，且看上去好像营养不良。后来才知道，他的经历十分了得：参加过台湾"2·28"事件（台湾为2·28事件平反时还赔偿了6万美元）；回到大陆后又不幸卷入"胡风集团案"，一生中最好的时光都在坎坷煎熬中度过。这样一位令人尊敬的老先生并未因为一个20来岁小青年上门指责而生气，相反，他乐呵呵地请我去小酒馆喝酒，并表示争论要继续。我不胜酒力，喝一点就上脸，眼底都是红的。而他好像更不行，争起来脖子比小脸粗了许多。记得那一次谁也没能说服谁，我修改稿中的这一段坚持不改，他在编辑时把这一段又坚决删去。像这样听命于"文学"的编辑今天恐怕不多了。

　　可是当我也到了他那个年纪时，才忽然明白先生是对的。不管李固复出时是否有过"中兴"，都改变不了东汉王朝覆灭的命运。小说表现的应该是李固如何慷慨赴死，是人的精神价值。这才是历史的逻辑真实，是文学追求的艺术真实啊！时间过去了20多年，《李固之死》至今仍在互联网上流传，就是最好的证明。

　　张禹后来退休回老家生活，我们一直没有联系过。但这件事我一直记着，不敢忘怀。今天出这本集子时我把它记在上面，因为我理解到了什么才是文学真正需要的精神，什么才是人民需要的艺术表达。在商业写作盛行，而纯文学圈内"小事崇拜""形式至上"流行的今天，惟有文学精神还能支撑我写下去。

　　小说是最具思辨色彩的艺术，要经得起咀嚼才好。它可以是"先锋"的，但最好有内容与之相合，倘若没有当今人类最前沿的思想发现，不能用人类文明的成果照亮时代生活，那么所有绕前捧后的表演不过是玩花活儿，是经不起时间检验的。它可以是"个人"的，但最好是个人对社会人生的独特体验与发现，而不是个人隐私的叫卖，脱光衣服跑到大街上吸引别人的眼球。它可以是"大众"的，但最好是站在大众的整体立场来观察世俗表达人性，而不是追随时尚赞美平庸，把丑字当五字写。它可以是"苦难"的，但最好是真实具体的精神困境，而不是逃避"宏大叙事"和"公共领域"，一个人躲在角落里嘀嘀咕咕。它可以是"形而上"的，但最好是如《皇帝的新装》《三个和尚没水吃》，老少妇孺皆可晓畅，而不是绕开历史社会内容去假思玄想。它也可以是"后现代"的，但最好有对人类前途的焦虑与瞻望，而不是对几亿人口尚在为温饱挣扎、现代文明空气还很稀薄的中国现实视而不见，装出一副前卫的样子为所谓的文学史写作。一个没有能力把握认识自己所处时代的作家，一部只见形式不见形象的小说，吹上天去我也不相信它是"纯文学"。上述种种主义说白了不过是掩饰低能和犬儒心态，不敢面对现实的借口而已。因为毕竟画鬼比画人容易得多（鲁迅语）。小说作为一种叙事艺术没有文学精神，就如同相声艺术取消了讽刺，它当然不如影像来得直观，不如网络来得便捷，也不如三级片来得刺激，美女美男也包装不了。

中国文坛在经历了近二十年的主义轮番轰炸以后，小说艺术的基本价值作为一个问题再一次被提出来，绝不是偶然的。尽管文学精神屡遭遮蔽，在各个时代的表现不同，但它依然在中国文人的血脉中顽强而鲜活地延续着，一代又一代，薪火相传，不绝如缕。而张禹老先生那种追求纯粹的认真劲头，那种拒绝媚俗的断然态度，那种超越世俗功利的审美理想，那种对青年后生的赤诚坦荡、帮衬扶持，堪称绝响。今日思之，不免唏嘘。

是为记。

原载于《曹征路中篇小说精选·后记》2004年3月

想起一件往事

　　1983年春天,参加南京《青春》笔会的几个年轻人写字写累了,忽然觉得不趁机游了江南,简直就是浪费生命,吃着早饭就决定出走。这私奔出来的几个哥们是:湖北的张映泉、方方,山西的李锐,解放军的于劲和安徽的曹征路。

　　正是烟花三月,烟雨迷蒙,我们先泛舟太湖吃了船菜,后下扬州游镇江登北固楼,大声问天下英雄谁敌手,慨叹生子当如孙仲谋。一个个北望神州意游八荒念天地之悠悠都要把栏杆拍遍的样子。临下山才发现这当年刘备招亲的地方是一座尼姑庵,大殿上挂着一条横幅,写着:只生一个好。

　　当晚下榻在镇江的一家招待所,特冷,聊天时大家都拿被子裹住脚,只有我和李锐的争论还稍有热气。这一路上李锐都在和我争论,好像是说写小说就该写那些讲不清楚的东西(今天看是指小说要不要理性)。我抬杠说,讲不清就看不清,看不清怎么写得清呢?李锐哀叹道:这孩子完了,你完了!那时正是主义方兴文本爆炸的前夕,可能是春江水暖鸭先知吧,写什么怎么写开始纠缠不清。那三位朋友本来是在一边观战的,可狡猾的李锐眼珠一转说,我看我们这一拨里就方方能写出来。于是形势逆转,方方一个深呼吸,顿时严肃起来,说曹征路,你那个问题在大学里早就没人关心了。而那两位也立马眼球突出,心中惴惴,做沉思科痛苦科难言科……

  20年过去了,几位的音容笑貌依然活泛。尽管他们都已成就斐然,可最初的那个问题解决了吗?小说究竟应该怎么写?写烟消日出,还是写欸乃一声?写主义写圈套还是写后后现代?玩福克纳玩博尔赫斯还是玩约瑟夫·海勒?城头旗变一日三新,但问题解决了吗?如今自己也到大学里教书了,还真的钻了几年牛角尖,写了一本《新时期小说艺术流变》,小说该写什么?怎么写?

  其实,在几亿人口仍为温饱挣扎的国度里,在一个市场化程度还很低、现代文明空气还很稀薄的阅读环境中,你能"后"到哪儿去?其实,谁又能垄断创造垄断真理呢?只要天良未泯,激情犹在,求真爱美之心如一,血管里流淌出来的始终是血。今天我还是信这个。我相信中国当代小说倘若能在世界文坛赢得一点尊敬,最终也还得靠这个。

  回过头去看,20世纪80年代的文学青春病并不令人赧颜,相反,自己脸上曾经长过的青春美丽痘还是挺让人怀念的。

原载于《小说选刊》2002年第8期

向生活学习

为什么要问？一句话，因为困惑。时代的困惑，知识的困惑，文学的困惑。面对这个纷繁复杂变化频仍的时代，谁能作出准确有力令人信服的解释？起码我不能，也没看见谁能。看不懂便要问，由此才需要探索，需要求知求解。在这层意思上，小说便是最好的载体，它把这种困惑丝丝缕缕地还原，清清楚楚地呈现，以"引起疗救的注意"。是时代给了艺术一个机会，让它有了表演的舞台。我不认为写小说就是要给谁指路，路要靠自己走，腿长在自己身上。谁主沉浮的问题只有等待历史来回答。

既困惑又呈现，岂不自相矛盾？我的体会是，只要你尊重生活，尊重历史变迁的内在规律，一切便变得简单。向生活学习，从生活中寻找灵感和想象，是作家的天职。老老实实把人物写活，我相信人物的自身性格逻辑会给他们找到归宿。真实，是我唯一的追求。我相信别林斯基的话，美就是生活。也相信周作人的判断，写出了真，美自然就在其中。

在我们真实的生活里，决定和推动这个世界的逻辑，不是男人和女人，也不是好人和坏人，而是各自的社会角色本身，是规律和必然。写作的过程我并不知道世界经济危机已经降临，也不知道珠三角地区大规模的企业倒闭破产。等小说完稿时，才听说小林多喜二的《蟹工船》在日本登上了畅销书榜首，这才明白是又一次碰巧了。最近听说广东省要求暂停实行《劳动合同法》，检察院出台新规"对企业家轻微犯罪不予追究"，一些经济学家又出来声讨《劳动合同法》，我一点都不诧异，因为这些都在规律中，必然要发生。

一位北京的读者来信说："我在企业干了一辈子，长您几岁，见您写得这样真实、生动、感人……我觉得您是一位真正的人民作家。"人民作家不敢当，写真正的人民生活却是作家应该做的。通过这次写作，让我更加坚信一个道理，要写真正本质的有味道的生活。那些宣告历史已经终结、个人已经原子化、真实只能到细节中寻找、文学只剩下语言试验的人，只不过在进行另一种宏大叙事罢了，是服从于服务于某种战略的宏大叙事。

你不能不叹服恩格斯160年前就说明白的道理："资本和劳动的关系，是我们现代全部社会体系所赖以旋转的轴心。"抓住这个轴心就能掐准时代的命脉。资本主义首先是它的生产方式，即生产关系，以及在这个基础之上形成的一整套文化意识法则，其次才是它的交换方式，即市场经济。每个人都喜欢文明，不喜欢野蛮，遗憾的却是生产先于交换，没有生产就没有交换，我们天天嚷嚷的美妙市场正是建立在这样的生产关系之上。比如香港和深圳的合作，提出了一个"前店后厂"模式；深圳和粤北合作，也提出一个"前店后厂"模式，中国融入全球一体化，也是个"前店后厂"模式。为什么大家都争着开"店"不愿意做"厂"？因为人人都清楚，店是脸面，厂是屁股，脸上可以浓施粉黛，而屁股却要拉屎撒尿很不高雅。而我要做的，不过是证明脸面和屁股其实是长在同一个人身上。

《问苍茫》的缺憾是显而易见的，缺憾之一就出在对新人的理解上，特别是对唐源这个形象的塑造上。在我看来，所谓审美就是要寻找新人，眺望新世界。一个新人往往代表了一种观念，一种新的判断。但生活逻辑却是无法逾越的，唐源这样的人物在珠三角地区确实大量存在，但也确实面目模糊。尽管唐源的存在在理论上有着充足的合法性，一个和谐的社会当然应该有各种群体的利益诉求管道，不管将来历史如何演变，没有占人口绝大多数的工人农民参加博弈的"市场"，注定不可持续。可在现实中我确实看不清他们的未来，唐源的那条断腿还能不能接上？他还能不能重新站起来？只能放在柳叶叶的心里去想。其实文学形象之美，原本就不在事业的成功或失败，李清照800年前就发现了这个艺术真谛，所谓"今日思项羽，不肯过江东"呀。

原载于《长篇小说选刊》2009年第3期

越活越小

前年，北京上海的一些高校里女孩子突然流行起穿童子装：梳羊角辫，穿花衣花裤，手上捧着奶瓶模仿儿童状。起初我不相信，以为又是哪个卖服装的利用传媒在炒作。后来我的学生告诉我：这有什么稀奇呀，我们过生日就互相送奶嘴。我心里直犯嘀咕，这算哪门子时尚啊？

在我教书的学校，有一段时间悄悄流传着我的一篇小说，小说的复印件像传单似的被人们私下传来传去。刚听说我还挺得意，以为我的小说终于有了读者。后来才发现不对劲了，他们对我挤眼睛翘拇指说，老曹够种，敢署上自己的真名字。这才闹明白，原来我并没有取得文学的成功，而是小说批评了高校里普遍存在的官场文化，让学校的一位领导发怒了。这实在令人沮丧。

从什么时候起，我们变得如此怯懦，如此猥琐，如此不堪？公平，正义，诚信和良知，这些人类共通的价值观念为什么今天说出来如此吃力？

其实仔细想想就明白了，流行时尚之所以能够流行，一定是反映着某种文化心理的。在今天，上帝死了，我们只剩下物质现实。我们被物质压扁了。我们怕是非，怕争论，怕领导，怕下岗，怕失去，怕不测，怕邪恶，怕真相，甚至怕和别人说得不一样！我们越活越"小"。

所以我特别怀念我的战友田大嘴。我向往那种真诚的慷慨激昂的人生。

至于小说，我想故事已经说明白了，用不着再解释。当下的农村现实，很多农民朋友和基层干部都比我清楚，他们只是没有机会说出真相。我们的传媒总是在告诉我们：农民负担重，是因为乡镇干部太黑。我不否认确实有不少很恶劣的乡镇干部，但那不是农民负担过重的主要原因，这里面有着更加深刻的东西。所以我想到了田大嘴。是我把他"派下去"当乡长的。

顺便说一句，"嘴巴"大只是个意象，是老百姓用来形容话语霸权的。我只是个庸庸碌碌的普通人，帮不了农民兄弟什么，就像小说里描写的那样。因为我们的嘴巴太小啊，因为真理的解释权不在我们手里啊。

为此，我感谢有勇气的编辑部，感谢各位读者。

原载于《中篇小说选刊》2002年第3期

上海大学文学周系列演讲之三
——曹征路篇

蔡翔：今天是我们上海大学文学周的第三场专题报告，在这个报告以前请同学们把手机关掉或调到振动。今天我们非常高兴，请来了中国当代的著名作家张炜老师和曹征路老师。对于我们热爱文学的同学来说，这两位老师的名字肯定不陌生，非常熟悉了，张炜老师从20世纪80年代以来就是我国一位非常著名的作家，他的《古船》和《九月寓言》已经成为了我们中国当代文学的经典作品了。曹征路老师大家也非常熟悉了，尤其是他近年发表的中篇小说《那儿》，这篇小说在文学界、在读者中间、在文学批评界，包括在我们这样一个大学教学中间都引起了广泛的争论和讨论，那么这篇小说实际上也是我们这几年关于纯文学反思和讨论以后一个非常重要的现象，围绕这部作品提出了不同的意见，这些意见包括对中国当代文学的文学出现的一种可能性的讨论。那么今天正好有机会请这两位老师来我们上海大学做这样一个讲演，把他们最近的一些思考、对文学的看法借这样一个机会跟我们同学交流一下。那么我们现在请这两位老师做这样一个讲演，讲演完了以后呢，我们可以有时间来进行一个交流和讨论，同学们可以递条子上来，提出一些问题，然后我们老师来回答。下面我们请曹征路老师来先讲。

曹征路：下午好。我们上大同学的这个文学兴趣显然比我工作的那个深圳大学要高了很多。刚才我们还在路上讲，王鸿生老师说，每一场都有很多同学来，我刚才没有好意思说，我们深圳大学如果搞这么个活动，情况可能就不一定会有这么热烈。这里，有一些想法和大家一起交流一下，我想到的题目就是"我们的时代困惑"。这个写作特别是文学写作，说到底，它是一种关于心灵的艺术，所谓"阅尽人间千般事，好诗不过是人情"，因此，无论是什么样的写法，无论我们对文学的争论，它的本质，有多少种说法，其实呢都是关乎心灵的。我们的心灵，它既是一个空间的载体，也是一个时间的载体，因此每一个时代都有我们大家共生的一些疑惑。好的文学作品是无论当代题材还是历史题材，都是特定时代特定民族特定人群，大家共通的社会心理、价值观念和审美理想的体现。因此呢，还是有一些共同的、普遍性的感受，存在于我们的现实生活中的。而这些普遍感受并不是天然就被大家认同的，总是有人首先说出来，言人之所未言，这就是创造。所以我觉得呢，一个优秀的作家不管他的个人气质怎样，都要对规则，对以往的规范，对审美边界进行一些突破。他才能为整个文学的发展和进步做出一些贡献。因此呢，不论你的审美理想如何，你对文学的理解最终是怎样，你自己的表达方式是怎样的，这个努力的方向都是一致的。但在这个大的方向一致的前提下，每个人对时代的理解、对文学本质的理解也还是有一些差异，差异决定了创造的可能。我今天呢，主要是想说一说差异。

首先呢，是关于文学的困惑。我记得蔡翔老师曾经写过一篇《何谓文学本身》，是有这篇文章吧？何谓文学本身？这是80年代的时候提出的一个口号，我们很多先驱者或者是先锋者提出，我们的文学，不能成为政治的工具，要有文学的自主性，要从意识形态的束缚下解放出来，要从单一的现实主义的创作规范中解放出来，要求文学抛掉过重的政治学社会学包袱，希望能够回到文学本身的审美要求中来。这就要求给文学与其他表述划定一个边界，这就是"纯文学"的由来。毫无疑问，这是对以往文学样态的一种突破。希望用纯文学的这样一种边界清晰的表述，能够推动中国文学的进步，摆脱以往的意识形态束缚，这个突破毫无疑问是重大的。所以80年代以后出现的先锋叙事啊，寻根叙事啊，新写实啊，新历史啊这样一些表述。当时大家都认为，写什么不重要了，怎么写才是最重要的，形式创新被认为是文学的唯一任务。但我们回过头来再看这20年，我们以形式创新为发展动力的这样的一段历史的时候，我们也要回过头来问一问，究竟何为文学本身？我们回到了文学本身没有？那么我个人的看法就是，我们在技术的层面上，确实是回到了文学的本身。我们今天可以说全人类各个民族在几百年里积累的艺术经验，差不多都被我们在近20年的文学探索中操练了一遍。中国文学的这种形式探索的丰富性，广泛性和这种借鉴他者的这种勇气，可以说在近20年里得到了充分的表现。但是呢，文学本身并不止这些东西。文学本身还是有另外的更重要的东西，那就是文学精神。也就是说，文学是有魂魄的，这个魂魄不仅仅是形式，更重要的是它的精神。那么什么叫文学精神呢？简单说就是真善美的统一。其实呢做到真善美并不那么简单，它必然要与假恶丑相对抗。所谓求真，那就是说，我们对真相、对真理那种穷天究地的不断的追问。上穷碧落下黄泉，上天入地奔如电，上下求索，九死不悔等等。那么这种追寻呢，它就意味着是对谎言，是对遮蔽的一种反抗。我们的生活、我们的时代其实并不像我们耳熟能详的表述那样，有一些真相、有一些真理是始终被遮蔽着的。因此，求真本身，就像鲁迅说的立意那样，并不是那么简单，是要得罪人的。求善，它是对人类的合理的生存方式，一种和谐生活状态的不断追寻。但同时它也就意味着我们对丑恶，对压迫的一种反抗。那么，这样一种过程，它也本身充满着"要求说"和"不能说"的这样一个矛盾。求美，是对人类美好情感，或者是对人类生存终极意义的那样一种形式的展开。我们要对倒错、对混乱进行反拨，所以，人类的艺术史，或者说我们的文学历史，它对真善美的认识始终是充满着不一致和争论的。朱光潜在论述康德的经验主义美学的时候，曾经举过一个例子，他说一艘轮船在海上航行，黄昏的时候，天边出现了很多彩云，海面上异常平静，这个黄昏的云彩显得异常美丽。这个时候旅客都跑到甲板上去欢呼这种美丽，可是呢，这个美丽的云彩对于这个轮船上不同的人来说，它的功能是不一样的。有经验的船工意识到，这样的云彩的出现，意味着暴风雨的来临，很可能就要发生海难。老练的船主，他意识到，这艘轮船有可能被倾覆而自己的财产将受到巨大的损失，他怎么样才能逃脱幸免。这个时候，很多旅客正沉浸在对于美景的欣赏和欢呼中。换句话说，同样这个美丽景色的出现，不同身份的人感受是不一样的。因此，对真善美的理解是不同的。那么，它为我们文学带来的问题就是，怎么样去坚持真的、善的、美的统一。这个学文学的都知道，我们历史上呢一直围绕着为人生和为艺术的争论，在30年代还弄得很激烈。五四时期周作人曾经写过一篇《美文》，他认为只要写出了真，美就自然在其中。那么近20年呢，唯美主义的思潮也在我们回到文学本身的表述中间占据了一个很重要的地位。这就带来一个问题，当我们强调唯美的时候，是不是遮蔽了什么，我们有没有注意到真，有没有注意到善。因此，这个问题实际上也一直都是文学本身或者说创作本身存在的困惑。这是第一，是从我们这个时代困惑中体现出来的。

第二呢，就是身份的困惑。这两天到上海来很兴奋，见到了很多老朋友，大家谈起来呢，都问你是哪儿人啊？我也跟大家说，我就是在上海出生的。哦，那大家说我们是越来越近乎。昨天在华师大那边几个同学一起座谈,我就说了这样一个事情,我在上海出生的日期应该是国庆节的前面的一天,就是10月1号的前一天。但是我出生的时候那个出生证写的是9月31号,于是这样一个标志就一直伴随着我今天长到了57岁。我这个身份证那个标志身份日期的那个号码就变成490931。大家知道9月是没有31号的,所以我到银行去开户,那个电脑输不进去的。那天那个同学问我要订飞机票我还要特意跟他交代一下,如果订飞机票的时候人家问你这个日期不对,你就告诉他我身份证就是这样写的。这个说起来呢,是个很好玩的事情,可能就是当时的一个小错误,就影响了我的很长一段生命,以至于公安局在发身份证的时候就把这个出生证的号码一直延续下来。直到最近,又要换第二代身份证了,公安局觉得这个样子实在太不像话了,这样才改成了9月30号。但是我的老身份还必须用,因为你去银行开户,你去办理水电费房产证什么东西它还是旧身份证,这个东西你不好改,一改掉了以后就麻烦了,各种各样的问题就会出来。这就带来了一个身份的困惑,这个日期里面出现的曹征路是不是我自己,有时候我自己也怀疑起来了。公安局讲你要是不换过来你就是个黑户,那么我就跟他讲我是个活生生的人,我已经生活在这个世界上好几十年了,怎么会因为我没有这个正确的身份证我就不是一个人了呢?那我肯定还是一个人嘛。这种身份的困惑说起来是一件很荒唐很有意思的小事情,但是它是一个暗示,提醒我们的身份是否真实。我们今天作为一个现代人,你有没有问过自己我究竟是谁,我究竟能不能表达自己。恐怕很多的时候我们的同学会有这样的感受,每当选举这个人民代表的时候,学校里都会组织大家去对一些候选人去投票。那么很多同学都会觉得今天我是一个公民,我在行使自己的权利,但是很多同学又会感到,我选出的那些代表其实我并不认识他,我为什么要选他做我的代表?他代表了我什么?其实这个问题是模糊的,并不清楚。我们作为一个个体，在很多情况下是被别人代表的，我们的很多的声音，发出来的声音，其实并不是我们自己的。因此，身份的困惑，也是我们今天文学的这个时代困惑之一。那么由此扩大出去，我们就可以感觉到另外一个问题，就是我们长期以来认为的那个"人民"，是不是一个真实的存在？这个身份是不是明确的？究竟谁是"人民"？那么，那些代表了"人民"的声音，是不是真的体现了我们的意志？这些问题一直往下追问下去，你会越追问越糊涂。

那么第三呢，我们这个时代的困惑还体现为知识的困惑。很多同学都知道我们要做文学的表达，必然要借用一些思想认识的资源，我们这个时代可以讲我们的认识资源比以往任何一个时代都丰富，全世界所有的最新的思潮、最新的学说，都会在中国找到。是不是我们的认知能力就更强了呢？其实呢，不见得。这个时代也可以说是我们在思想认识上的最混乱的时代，这种混乱性有的时候在很多的文学会议上都听得到。比如说，最近的一些比较流行的话语就是说"历史已经终结了，因此呢，文学也终结了"。很多的文学专业户也会有这样的论述，这是个标准的后现代主义的答案。可是呢，在说文学已经终结的这些人，却不断地出现在各种文学会议上，这个不是很奇怪吗？你既然说文学已经终结了，你为什么还在就文学问题发言呢？北京师范大学前年开了两次关于文艺学转向的会议，这个理论基础就是文学已经终结了，这个文艺学的研究对象今天要变了，变成广告，变成街心花园，变成美女的微笑，变成人们的日常交际活动，因此文学不存在了。但是研究这个不存在的人恰恰就是一些文学批评界的活跃人士。这不是很有意思的现象吗？这就是我们知识的困惑。现在大家都想阐释中国，可是大家都陷入了阐释中国的焦虑，我们谁都没有办法令人信服地来解释当代中国，我们当代中国出现了很多没有办法解释的事情。相比而言，社会学界经济学界法学界还发出了一些声音，而文学界对时代几乎没有声音。比如说，我前年去加拿大，到了那个地方人家那个大学老师就在问，你们中国究竟是一个什么样的国家？我说社会主义国家呀。他说，那你们加入WTO的谈判，为什么会提出来，什么问题都可以谈，唯有劳工问题不可以谈？哎呀，我说这个问题太深奥，我回答不了。那么，中国的现实也确实是这样。从五四以来，我们这个文学的历史就告诉我们，一直有一个口号叫做"劳工神圣"，大家都通过歌唱劳动、歌颂劳动人民来完成我们那个时代的现代化的叙事，把它纳入到现代化的进程中间去。可是大家注意到了没有，从90年代以来这个劳动忽然变得不神圣了，而是资本变得神圣了。我们再也不唱《国际歌》，仅仅在很少的场合奏《国际歌》。我在加拿大却看到了一个相反的图景，加拿大有个毕西省的议会大厅，这个议会厅是一个哥特式的建筑，是一个拱形的、圆形的建筑。这个圆形的拱顶上它一分为四，有四幅关于加拿大人祖先的生活场景的壁画。它画了四幅什么画呢？捕鱼、狩猎、打铁和割麦。加拿大是个标准的资本主义国家，它为什么把这四幅关于劳动的生活场景描绘在自己议会大厅的那个拱顶上？他们为什么把劳动审美化？我就觉得很奇怪，我就问那个议会大厅里面的工作人员，他的解释是，这就是我们的祖先啊，我们祖先就是这样生活的。他很自豪。而我们自己呢，现在呢我们很蔑视劳动，很瞧不起劳动，很以为自己父兄们曾经有过劳动的历史而感到羞愧，很希望自己家里有很厚实的家底。这样一些情况呢也使我们陷入了一种无法解释的困境当中。我们曾经拥有的那些美好的思想资源在今天已经全部扫地出门了，在倒洗澡水的时候把孩子也倒掉了。在文学创作上大家都知道四个主义的表现方法，也就是古典主义、现实主义、现代主义、后现代主义，现在我们学文学的都经常使用这些词汇。如果用一个简单的词来描述这几个主义的精神特征，我们可以说古典浪漫主义它的主要特点就是激情，现实主义的主要特点就是批判，现代主义的精神特征就是痛苦，后现代主义精神特征就是游戏。而且我们简单化地用进化论来为文学划分等级，认为新的一定胜过旧的，后出现的主义一定是胜过前面的主义的。因此会出现关于"你的那个已经落后过时"，而"我这个是最新的最先进的"这样的一些写法和争论。可是难道创作就是为了这些主义吗？难道我们今天就不需要激情和批判了吗？难道后现代主义真的可以解释中国的事情吗？那么事实上是不是这样呢？其实未必。这也是我们在知识上、认识上的一些困惑。

那么第四个困惑，就是表达的困惑。当我们今天真的认为我们已经把这个全人类各个时期的艺术表现手段都借鉴过来的时候，我们自以为自己在技术上已经很强大了，我们今天可以信心十足地宣称我们的文学已经跟世界接轨了，我们已经非常地现代化了，其实呢，我们在表达上依然是贫弱的。这个依然贫弱呢，我是根据这样一个判断得出来的。那就是，我们其实对当代生活的表述，由于有了身份的困惑，由于有了知识的困惑，所以呢也就出现了表达上的困惑。我举个简单的例子，香港有个日本人开的商店叫"八佰伴"，上海大概也有这样的商店。这个香港的八佰伴呢有一天财务出现了问题，要宣布破产，当下午它出来宣布破产的时候，这一天晚上香港政府马上就出来宣布，这个八佰伴破产以后的所有的员工的福利问题，由香港政府负责协调。因此我们必须保持稳定，大家的情绪要保持镇定，相信每个人都会受到公正的对待。这是一个资本主义地区，实行资本主义制度的香港对待劳工的处理办法，因为香港有《劳工法》。它的《劳工法》规定企业的第一债权人是员工。而我们在这个社会主义国度里的企业破产，它是采用一种什么样的方式呢？有一个文件规定，是按照税、贷、费、债这样一个顺序对企业进行破产清偿的。就是企业破产进行算账的时候，首先要解决的是税，就是你要把国家的钱还清楚；第二个是贷，你要把银行的钱还清楚；第三呢，是费，你要把当地政府的钱还清楚；第四是债，你要把欠其他商人的钱还清楚。大家注意没有，这四个顺序里，没有一个位置是关于员工的，是关于人的。因此呢，我们说我们已经掌握了技术的时候，我们在表述我们自己的时候，其实是不清楚的，是困惑的。我们不可能把这样的事情表达出来。这两年呢，文学界出现了关于"底层叙事"的热潮，好像很多地方都在讨论为什么要叙述底层。蔡翔老师好像很多年前就写过一篇文章，叫《底层》，是不是？很快有人又出来反驳，说，你这个知识分子凭什么能够为底层代言？你以为你能代言就不是在虚构一个道德主体吗？这样一问把知识分子问得哑口无言，问得我们结结巴巴的。我们是不是在自说自话，一厢情愿？底层究竟是怎么回事？如果说，我们对这问题认识不清楚的话，那么我们很有可能又陷入了五四以来关于现代性的表述，什么启蒙被启蒙，又陷入到这个泥潭里面去了。那么实际上呢，我个人的理解，就是当一些学者提出底层这样一个概念的时候，其实他们是有意想突破某些被遮蔽的话语，突破某一些知识的困境，或者是表达的困境，希望能够找到一种刺破现实的、反抗遮蔽的、恢复文学批判品格的、张扬文学精神的那样一种表述。但是呢，由于底层叙事这个词本身就很含糊，近年来频繁被使用是因为中国出现了惊人的两极分化。但每个人对这个词的理解都不尽相同。底层写作也是同样，有人看成是一种题材现象，有人把它当作一种写作姿态。所谓"底层出场的同时，阶级就退场了"，因为它本身不清楚，它就很容易又被吸纳到主流叙事当中去，又变成什么"底层人写底层"，"打工族写打工"，好像这就是底层表述了，其实它已经歪曲了"底层叙事"原有的含义。那么我自己觉得这个困惑的症结在哪里呢？其实，当我们寻求用底层来叙事的时候，实际上是在寻求一种表达，希望用这种表达的方式来突破我们的困惑。所以底层的问题，就是中国的问题。底层的困境,就是知识分子的困境。因此,所谓底层叙事,实际上就是我们大家的叙事。如果仅仅把底层写作当作一种苦难题材,一种关怀姿态,我认为是没有什么意义的。它是我们大家为了寻求文学精神,寻求真善美统一的那样一种叙事。所以它不存在谁为谁代言的问题,因为它就是我们自己的叙事。我先说这么多,谢谢大家。

2006年7月2日在上海大学文学周的讲话

生活之树常绿

——兼答北京大学当代最新小说点评论坛[①]

为什么要问？一句话，因为困惑。时代的困惑，知识的困惑，文学的困惑。面对这个纷繁复杂变化频仍的世界，谁能作出准确有力令人信服的解释？起码我不能，也没看见谁能。看不懂便要问，由此才需要探索，需要求知求解。在这层意思上，小说便是最好的载体，它把这种困惑丝丝缕缕地还原，清清楚楚地呈现，以"引起疗救的注意"。是时代给了艺术一个机会，让它有了表演的舞台。我不认为写小说就是要给谁指路，路要靠自己走，腿长在自己身上。谁主沉浮的问题只有等待历史来回答。

左翼还是右翼，底层还是上层？这些分类打包的说法对批评家或许是有意义的，因为要指明某种创作现象需要运用相应的知识谱系理论资源。可对一个作家而言，他的依据永远是生活本身，绝不盲从任何理论，这才是文学存在的唯一理由。否则要文学干吗？提供自己的经验，别的，让理论家去做。

我不否认自己也在读书学习和思考，老实说我非常关注90年代

[①] "北京大学当代最新小说点评论坛"的这组批评文章是，刘纯：《从"说服力"看〈问苍茫〉的艺术与思想困境》；陈思：《"底层"的限制》；阎作雷：《"子夜传统"与工人阶级的反思文学》；李云雷：《〈问苍茫〉与新左翼文学的可能性》；邵燕君：《从现实主义到新左翼文学》，发表于《南方文坛》2009年第2期。原载《南方文坛》2009年第4期。

以来"新自由主义与新左派"的论战,尽管这些命名已经脱离了西方语境,成了中国的变种,但论战确实打开了自己认识思考中国的视野,对提高自己的思想能力很有帮助。学习理论是为了重新思考文学与政治的关系,重新理解文学与社会生活的联系。真诚的写作既不可能来自左翼思潮,也不可能来自右翼理论,相反应当超越他们,在尊重生活的基础上形成自己的看法。何况今天,理论本身也陷入了阐释的焦虑。所以我们在问题面前真正应当做的,既不是向左也不是向右,而是如何向前。

既困惑又呈现,岂不自相矛盾?我的体会是,只要你尊重生活,尊重历史变迁的内在规律,一切便变得简单。向生活学习,从生活中寻找灵感和想象,是作家的天职。理论是不能直接转换成小说的,如果硬要给我这么个来路不明的人验明正身,我希望自己能够行走在鲁迅胡风曾经开辟的阡陌小径上,或者"横站"于社会结构的边缘,倘能写作,便努力发出自己的声音。

起初的想法,仅仅是要写一部关于新时代工人的小说,寻找新人,眺望新世界,探求新境界,是我对审美的理解。因为我办过一段时间杂志,接触过形形色色的打工仔,和深圳五行八作三教九流的人物,但究竟是一部什么样的小说并不十分清晰。人民文学出版社的编辑付艳霞和我通过几回电话,初步定下的书名叫《工贼》,她来信说:"《工贼》,或者说关注当下劳资关系的小说,谁关心,给谁看是个问题。如果简单写成劳资矛盾,农民工招工过程中遇到的黑幕等等,社会关注度一定比较小。而且,情节模式很容易让人觉得似曾相识。反而是,最初我们聊过的,写在市场经济、资本市场、改革开放的催化下,工人阶级(阶层)的整体现实变化,比如面孔模糊,比如他们在争取自身权益的过程中,所体现出来的难以挣脱的小农意识,奴化意识,以及没有来得及消化的民主意识等等,这个很有味道。……不急,我觉得需要把这个有关工人的问题想透了,农民向工人的转化,资本和工人,党和工人,资本和政策意图,工人阶层内部,其中的利弊得失,历史现实,这样,或许才能写出一个有味道的东西来。"付艳霞是个文学博士,十分了得,经她提示我所熟悉的那些企业里的人和事,一天天地纷至沓来,直到把我淹没。所以,写作的过程中任何概念都没有先入为主,左和右,底层和上层,根本不是我考虑的问题。何况,付艳霞的某些观念我也不完全赞成。我只是老老实实把人物写活,我相信人物的自身性格逻辑会给他们找到归宿。真实,是我唯一的追求。我相信别林斯基的话,美就是生活。也相信周作人的判断,写出了真,美自然就在其中。更相信王国维所言,词以境界为最上,有境界则自成高格自有名句。于是在我的想象里,决定和推动这个资本世界的,不再是男人和女人,也不是好人和坏人,而是各自的社会角色本身,是规律和必然性。写作的过程中我并不知道世界经济危机已经降临,也不知道珠三角地区大规模的企业倒闭破产。当我听说小林多喜二的《蟹工船》在日本登上了畅销书榜首时,才明白这是又一次碰巧了。最近听说广东省要求暂停实行《劳动合同法》,检察院出台新规"对企业家轻微犯罪不予追究",经济学家又出来声讨《劳动合同法》,我一点都不诧异。因为这一切都在规律中,必然要发生。

一位北京的读者来信说:"我在企业干了一辈子,长您几岁,见您写得这样真实、生动、感人……我觉得您是一位真正的人民作家。"人民作家不敢当,写真正的人民生活还是应该去做的。至于这样的生活"让不同观念预设的读者可以得出不同的答案",正是我想要的,这样岂不是更加有味道?一个作家并不比读者更聪明,用不着为读者指路,他的观点"愈隐蔽愈好"。通过这次写作,让我更加坚信一个道理,要写真正本质的有味道的生活。

形成这样的理念,也是源于一次批评。2001年,我陪深圳大学校长章必功先生去黑龙江开会，行前他让我找几本文学刊物，我就带上了刊有自己小说的《收获》等几本杂志。第二天早上，他眼睛通红，气哼哼把几本杂志扔给我说，写的都是什么东西？这几本刊物上的小说作者，除了我是个无名之辈，大多数都是当今中国最主流的作家，当时确实有些尴尬。吃饭时他解释说，读者看小说看的是生活，谁要看你那些花马掉嘴的东西？章必功是个著名的文学教授，博士生导师，身兼着中国好几个文学类学会的要职，文学鉴赏的品位应该不能算低，何况他本人就是一个诗人。如果连他这样的读者都觉得看这样的小说是浪费了时间，是"花马掉嘴"，不能接受，那么作家是不是应该反躬自问一下？读者要看的是生活，还是作家的炫技表演？可是这种创作倾向正被批评家们彩云追月般地架在了高空。

在论坛的几篇批评文章中，都提到了我借用《子夜》《青春之歌》的叙事模式，令我很惊讶。这两部小说我是在40多年前看过的，影响不能说没有，但对我有多大的影响，能够让我今天还来嫁接它们？但论坛说的又是这样确定无疑，让我不能不重新思考小说结构的合理性。结构不仅是叙事时间的空间的秩序，它也意味着作家对世界有没有自己的整体性看法，所以还是倒吸了一口气。如果我还依赖着这样的"传统"，说不出一点新的看法，我又何必去写这劳什子？

事实上《问苍茫》的结构是有来由的，但无"模式"。2008年1月去北京开会我见到了付艳霞，一个漂亮的孕妇，带着蒙娜丽莎的微笑。我谈到了几个人物的大体设想和故事，我问小付："你希望见到一根故事的绳子上挂着几个人物呢，还是希望见到几根人物的绳子上挂着一个故事？"小付的回答是，当然是一根故事的绳子啦。我明白她希望小说好看，好看就意味着印数，这个问题确实很傻。可是回来以后怎么想都觉着不应该这么写，这么写就太"编"

了。老实说我也不缺编故事的心眼，但不甘心仅仅做个编故事的匠人。后来也有朋友建议我把三次罢工写成三场大戏，并在高潮中结束的，可是最终还是没那么写。我写了四根"绳子"——柳叶叶的成长史、常来临的挣扎史、赵学尧的堕落史、文叔的涅槃史——上面晾晒着一个劳资关系。

我选择了：把三次罢工全部推到背景上去，把三个层面的人物全部拉到台前，让他们组成三个小组各自活动，直到最后，三条线索才略有交叉。让人物的成长发展成为线索，每一节都是限制叙事，"从小二眼中看三人"（金圣叹语），同一件事让不同的人从不同角度去看去想。这样做表面上是有些松散，却是符合生活的真实状态，对应着我们正在急遽分化乃至隔膜的社会各阶层（在深圳职场中，每个人的活动圈子都对应着财富而不是职业趣味，甚而在老板中也是由"身家××万"来划分层级的）。于是一个"三文治"或者叫三棱镜的结构便形成了，结构成了艺术表现的一个手段，而不仅仅是先写什么后写什么的因果顺序。这样的思考，与"一树万枝"的《子夜》结构，与"一线多结"的《青春之歌》结构显然不同。从叙事的视角看，《子夜》和《青春之歌》是采用全知叙事，与它们更不一样。

传统是伟大的，照搬传统却是愚蠢，我可不愿把女人比作花。好像苏东坡说过，吾虽不善书，晓书莫如我，苟能通其意，常谓不学可。他谈的是书法，其实艺术的道理都是相通的，苟能通其意，又何必模仿他人？几年前对《那儿》的批评中，也有说我是受到一部德国电影启发的，也有说我是模仿了美国谁谁的小说，总之曹征路是个中国人，一点都不先锋，他怎么可能折腾出自己的形式？这究竟是作家丧失了文化创造力？还是批评家失去了民族自信力？

显然我这样的结构也有弊端，就是缺少一气呵成的主干线索，叙事的推动力完全来自人物自身性格发展，阅读中也少了很多快感。更要命的考验是，你肚子里究竟有多少干货来支撑这样的叙述？我很清楚，倘若没有足够多的新鲜有趣的日常化细节作支持，这样的结构无异于自杀。更何况我要去正面描写那些乏味的流水线，沉重的思考和干瘪的文件（某些段落原来就是文件直录）。我的做法是，不管它，先把一个个细节写出来再说，实在不行的话，我再回过头去编故事、找悬念。这样说不是有意自吹自擂，其实我要回答的是另一个问题：

小说《那儿》发表以后，表扬的不少，批评的更多。批评主要是集中在"平庸"、"粗糙"、"概念化"、"代言"、"文学性不足"、"艺术不及格"、"不是纯文学的写法"、"抢占道德制高点"、"高度不够"等概念层面。对于这些不加论证的扣帽子批评，老实说尽管也在思考，但由于一直不知所指具体为何，很多时候只能一笑了之，有的你根本不能认为它进入了文学批评。但有一个人的批评我一直深以为痛的，那就是上海的王晓明，他说："小说是指向了事，没有指向人，特别是越到后面越指向事。"这样的批评是从文学的内部要求出发的，是符合艺术创作规律的，令我心服口服。

那么，知道了这个毛病，我就要努力去克服它。我不能指向事，我要指向人。采用"三文治"或三棱镜结构就是这个努力的结果。在一个共同的大背景下，每个人的利益诉求都是不同的，每个人的行为不可能都有相关性。即使对待同一件事同一种阶级诉求每个人的心理状态也是不一样的，这才是生活。所以采用个人的视角和语言，限制性叙事，以及日常化的细节描写，共同完成这个时代的宏大叙事，成了我的最后选择。我做得怎么样是另一回事，选择这样的"向内转"方式却是用了心思的。

由于我被论坛定义为"底层文学"、"新左翼文学"，我的所有作品都被纳入到这个范畴来讨论，恐怕是不科学也不公正的。在论坛的文章中，一场火灾于是就"相当于左翼小说中各种矛盾集中爆发的爆破点,《问苍茫》的劳资冲突正是在这场大火之后达到了最高潮"。根据什么得出的"相当于"呢?大家说"在情节节奏上,那场标志性的大火本来应该成为各种矛盾的扭结点",这标志又是谁预设的呢?"而写矛盾在逐渐积累后的最终爆发,在调动起读者对于左翼小说的高潮期待后又使落空",这样的思维定式很容易得出结论:曹征路把阶级分化建立在一场偶然性的事故上。那肯定是个严重的问题,不但没有说服力,而且违反常识。应该承认,以"专业"眼光来品评小说是有益而且必须的,论坛的推理也是讲逻辑规则的,通常我们知道的以戏剧性冲突为推动力的叙事也确实是这样做的。然而这个分析的大前提是不成立的,这样的判断既不符合珠三角地区的现实生活逻辑,也不符合小说内部给定的艺术逻辑。因为这样的结论完全来自对左翼小说的习惯性偏见,而不是建立在对《问苍茫》的具体分析上。至于说到"底层文学困境",哪种文学又没有呢?恐怕任何严肃的创造性劳动都会遇到,只有游戏才潇洒快活。然而不去挑战这个"困境",文学就美妙起来了吗?

正如论坛引用略萨的话,"当小说中发生的一切让我们感觉这是根据小说内部结构的运行而不是外部某个意志的强加命令发生的,我们越是觉得小说更加独立自主了,它的说服力就越大"。"说服力越大,对读者来说它所表现的内容也就越可信。"真正坚持这个标准,一切讨论都方便了,就不会要求清蒸鱼按回锅肉的口味吃。"放宽文学标准"对谁都是不公正的。

在珠三角地区有一定生活经历的人都知道,惨痛的事故天天都在发生,没有大火也有塌楼,也会有各种各样稀奇古怪的灾难,这样的事故多得连新闻效应都没有了。当事者的苦痛只有当事人才关心,所以一场大火并不能构成人物和故事的转折点,它只不过是人物性格发展过程中一个插曲罢了。从结构安排看,小说不是一个首尾贯通的线索清晰的事件因果链条,每一组人物关系都在各自的层面平行延伸，最重要的三次罢工都放在人物的眼中，当作人物心理发展的三个台阶而已，何况一场火灾。从人物关系看，小说并没有提供人与人之间的重大矛盾，他们都在各自的轨道运行，偶有交叉也不构成矛盾积累冲突爆发的理由。柳叶叶和常来临，常来临和陈太，赵学尧和文念祖、何子钢，文叔和幸福村，都没有特别重大的事件冲突，为什么一定要"爆发"呢？从叙事的角度看，叙事的推动力是人物自身的精神成长和自我辩难，它需要的针脚绵密层层铺垫，是在心理层面而不在事件层面。如果过多地铺垫渲染一场事故，恰恰遮蔽了生活的本质真实。小说中人物成长发展的说服力来自形成这些惨痛的背景，来自无处不在的资本意识法则，来自天天都呼吸到的资本文化空气。这才是我写事故前和事故后的日常性细节的原因。也是我写这部小说的理由，我不想编一个戏剧化的悲情故事，而想写必然要发生所有故事的空气。这样的空气既能制造灾难，也能催生新人。

举一个成功的例子也许能证明我这个看法。在《红楼梦》中，贾府由盛而衰的转折点是元春的死亡，也是主要人物命运变化的原因。但曹雪芹并不去交待元春为什么死，自杀他杀还是暴病，因为那个不重要。贾府衰落的必然性是建立在封建等级制度的不合理上，是"一年三百六十日，风刀霜剑严相逼"的文化气氛，所以元春之死看似重要，其实一笔带过就可以了。这样说并不意味着我自比曹雪芹，而是借名著来说明一个道理：有些看似重要的带有转折性的偶然事件，其实只是历史必然性的一种表现方式一个契机，所谓一根稻草能压死骆驼。详写还是略写，要根据叙事主旨的需要。反过来，如果我去铺垫渲染那场大火，把人物搅和到一场事故中去，恰恰是强化了偶然性，弱化了必然性，放过了真正要表达的东西。

最近我才看到恩格斯160年前就说明白的道理："资本和劳动的

关系，是我们现代全部社会体系所赖以旋转的轴心。"不管今天的劳资关系有多少合理和不合理，有多少必须和不必须，抓住了这个轴心，就能理解许多事情，掐住"时代的命门"。所以尽管这样写会损失一些由戏剧化冲突带来的情感冲击，却能收获更丰富的历史启迪。

资本主义首先是它的生产方式，即生产关系，以及在这个基础之上形成的一整套文化意识法则；其次才是它的交换方式，即市场经济。每个人都喜欢文明，不喜欢野蛮，遗憾的却是生产先于交换，没有生产就没有交换，我们天天嚷嚷的美妙市场正是建立在这样的生产关系之上。比如香港和深圳的合作，提出了一个"前店后厂"模式；深圳和粤北合作，也提出一个"前店后厂"模式，中国融入全球经济一体化，也是个"前店后厂"模式。为什么大家都争着开"店"不愿意做"厂"？因为人人都清楚，店是脸面，厂是屁股，脸上可以浓施粉黛，而屁股却必然和排泄物联系在一起。所谓必然性，就是要揭示店和厂的联系，而说服力仅仅是证明脸面和屁股其实是长在同一个人身上的。

《问苍茫》的缺陷是显而易见的，缺陷之一就出在对新人的理解上，特别是对唐源这个形象的塑造上，在这方面正如北大论坛指出的那样。在小说完成以后，付艳霞来信谈到："如果说阅读感觉上的不适，更多地集中在唐源上。正像上次讨论说的，这是个新人，而新人往往代表了一种观念，一种新的判断。尤其是唐源这样一个行走在政策空白地带的新人，更会有方方面面的'禁忌'。所以相对来说，他不够丰满，赋予他的事件不多而观念不少。你认为他是一个失意的英雄，但同时，你又把握不准他能否在未来找到自己的空间。因而，对他的描述带有理想的悲情色彩。但想来想去，这个形象或许只能达到这种程度了，想不到其他更好的办法。"想了几天，我给她回了信，"关于唐源的形象，我思考再三，觉得还是算了，即使在毛妹之死上能做点文字，也无法写出他性格上的深度，更无法写出他的内心。另外拉一条线索，又得不偿失。还不如保持一个镜像中的唐源。"她回信说，"我看也是。"就这样，定稿了。

摘录这么一大段，还是想说明，生活逻辑是无法逾越的。唐源这样的人物在珠三角地区确实大量存在，但也确实面目模糊。尽管唐源的存在在理论上有着充足的合法性，一个和谐的社会当然应该有各种群体的利益诉求管道，不管将来历史如何演变，没有占人口绝大多数的工人农民参加博弈的"市场"，注定不可持续。可在现实中我确实看不清他们的未来，唐源的那条断腿还能不能接上？他还能不能重新站起来？只能放在柳叶叶的心里去想。其实文学形象之美，原本就不在事业成功或失败，李清照800年前就发现了这个艺术真谛，所谓今日思项羽，不肯过江东。过了江东项羽就不叫楚霸王了。

写到这里，我忽然想通一个道理：批评的源头活水也是生活而不是书本。社会生活不但是文学创作的源泉，也是文学批评的源泉，理论的营养必须到生活中而不是公式中去寻找，批评家们过度的专业化可能会失去宽阔的思想视野。简单地把作品当作文学尸体（文本），把它摁在解剖台上，看看它的骨骼肌肉与经典是否相似或者不似，然后引用几句西方文论，也许正是当下许多批评挠不到痒处的原因。不了解当下社会现实，也不了解世道和人心，更不愿"贴着地面行走"，怎么可能说出中肯准确的意见？据说某些"先锋批评家"读小说只看三眼：第一眼看语言，第二眼看"写法"，第三眼……结论已出。至于人物故事细节意蕴等等，写文章临时翻翻就可以了，文学批评的形象思维特征在他那里是根本不存在的。文学史经验和现实生活经验恐怕都是批评的宝贵资源，缺少任何一面都不是完整的批评。

北大当代最新小说点评论坛为了克服这些年来学院批评的大而无当、照本宣科和隔靴搔痒,一直坚持着最基本的作品通读,坚持以文学史的坐标尺度评判优劣,心不旁骛专心论文,做出了令人感佩的坚守。我要感谢论坛的这些师生们,他们认真地读了作品,写出了说理的文章,并发自内心地邀请我提出反批评。邵燕君老师认为这不但有益于健康的创作生态,而且有益于健康的批评生态。批评家与作家本来就该是诤友,认真负责,赤诚高洁,放言无忌。所以我便斗胆接招,说了点积郁很久的话,但愿我们都从批评与被批评中真正受益。在这里我也引用一段加尔巴斯·略萨,大家共勉:

"对于志得意满的人们,文学不会告诉他们任何东西,因为生活已经让他们感到满足了。文学为不驯服的精神提供营养,文学传播不妥协精神,文学庇护生活中感到缺乏的人、感到不幸的人、感到不完美的人、感到理想无法实现的人。"

理论是灰色的,而生活之树常绿。

原载于《南方文坛》2009年第4期

文学鉴赏ABC

什么是文学

我今天谈一些文学鉴赏方面的问题。谈谈究竟什么是文学？什么是好文学？什么是优秀作品？什么是伟大的作品？因为大家都看过文学作品，都看过电影电视，但今天可能很多人都忘记了，不要说普通的读者观众忘记了，就连一些专家们今天也糊涂了。北京师范大学的文艺学学科曾经专门召开了一个全国性的会议，讨论今天的审美对象究竟是什么。也就是说在大学里，文艺学的学科失去了方向，有些人就提出了要把街心花园、广告、美女这些东西当做我们的审美对象，言下之意就是：文学在今天已经不是我们的审美对象了。这场讨论进行过两次，在国内产生了很多的反响，于是北京大学、清华大学一些教授们就提出来"文学死了"这样一个命题。

文学的基本属性究竟是什么？很容易给它下一个定义，就是"用语言文字，通过塑造形象来反映社会生活和表达作者主观情感的一种艺术"。语言是手段，方法是形象，目的是反映社会生活和主观情感，下定义很容易。但是为什么今天还会糊涂呢？一方面是文艺作品越来越多，铺天盖地，据说每年中国的长篇小说生产1000部，出版1000部，中短篇小说出版几万篇，电视剧每一年都以上万集的速度在向前发展，电影达到200多个拍摄剧目。每年拍摄的电视剧在我们的电视台累计起来十年都播不完。为什么还要说文学死了呢？那是因为大家都感觉到了文学的危机，另一方面是有一些人故意要把它搞糊涂，搞糊涂了才能混水摸鱼。

说到底文学是我们把握认识世界的一种方式，就是用情感的方法来认识世界，在传说涂山氏（就是和大禹最早谈恋爱的姑娘）和大禹在野外结婚，大禹治水，三年不回家，于是涂山氏就跑到山头上喊"吁"。那个时代没有文字，语言也很简单，"吁"这样一声，在中国古代的文学史上，有人就把它当成中国古代第一篇诗歌。这说明文学作品其实很简单，它就是表达内心情感、并且用这种表达来反映我们对这个世界的认识。涂山氏跑到山头上喊"吁"就是一种情感的表达，我们把它当做第一首诗也未尝不可，因为她喊出了在她那个时代的一种文学形式。

这就得出一个结论，文学就是我们认识世界的一种方法。我们知道医学的方法可以认识我们的身体，物理学化学的方法可以认识物质的结构，那么文学呢它是用情感的方法形象的方法认识世界。说白了文学并不复杂，它就是一种真情实感。我们回到常识，问题就简单多了。到一万年以后人类都有感情，所以一万年以后文学也不会死。但一万年以后文学是什么样子我们不知道，是不是用文字，是不是用纸媒我们不知道，是不是电脑网络我们不知道。但我们知道一万年以后文学不会消亡。我们说文学是一种常识，但并不是说文学没有作用，也不是说文学没有价值。恰恰相反，对于中国这样一个没有宗教传统的国家来说，文学相当重要。重要到什么程度？重要到每一个中国人用什么样的方式来认识世界，用什么样的心灵密码来延续我们这个种族，都离不开文学。我们国家有文学艺术的各个协会，什么协会在这个中间起着核心作用？是作家协会。而在作家协会中，是什么东西决定了文学创作的潮流？是小说。为什么会出现这种情况？因为我们这个民族没有一个统一的大家都能接受的宗教传统。我们是通过文艺作品的方式来传递我们这个民族的文化密码。很小的时候我们就看《封神演义》《三侠五义》《水浒传》《西游记》，我们民族的价值观、历史观就是通过这些大众文艺的形式，在延续民族的一些共同的心理特征。我们这个民族之所以能够互相认同，走到哪里都知道是中国人，就是通过这种大众文艺的形式，把我们的心灵联系在一起。所以说，文学它又很重要，重要到国家要专门设立一个正部级单位来团结作家。

到了上个世纪的初期，戊戌变法失败，梁启超去了日本，痛定思痛，他要改造中国，考察欧洲，发现德国这个民族是因为经过了语言改造之后才统一起来。所以他又提出要用文学振兴的方式来改造中国，提出一个口号叫做"新小说"，这个"新"不是形容词而是动词。换句话说，要通过小说，也就是文学作品这样一种方式来重新改造一个国家的人民，改造他们的灵魂。他认为只有这样，才能够找到一种方式挽救中华民族。到了五四新文化运动以后，文学在中国热门了一阵。中国共产党的早期领袖都是一些从事文学活动的人，从陈独秀开始，瞿秋白、李立三、张闻天，到后来的毛泽东、领兵打仗的陈毅都是那个时代的文学青年。为什么会出现这样一种情况？因为文学可以改变一个时代的文化价值观。写《西行漫记》的斯诺，1938年到了延安，回来以后他说了一段话：1938年我看到的延安就已经明白无误地告诉我，将来中国的领导人就是这样一批年轻人。1938延安是什么状态？红军刚到那里，立足未稳，生产力极其低下，而当时的上海已经是中国最繁华的城市，蒋介石是中国权力最大的人。为什么斯诺会说他已经在延安看见了将来中国的领导人呢？就是因为他看到了先进的文化在延安。换句话说谁掌握了文化的领导权，谁就掌握了这个民族的领导权，谁就掌握了这个民族的未来。

因此，文学又是相当重要的，特别是对中国这样一个没有宗教传统的国家。我们虽然有佛教、道教，但是它都不占很大的位置，我们的意识形态往往是通过文化产品来传播的。上世纪90年代有一个全球化的浪潮，美国的里根总统和英国的撒切尔首相联手起来制定自由主义的世界新秩序，撒切尔对里根说了一段话，很令人深思，我也用它来说明文学的重要。她说：中国没什么可怕的，因为他们没有学术，一个只能制造电视机的国家，一个只能生产洗衣机的民族是不足虑的。她所说的学术就是文化的领导权，是从根本上影响别人的东西。在当今世界除了物质领域的竞争以外，更重要的就是文化领导权的竞争。所谓文化的领导权，它的核心部门就在于文学作品中创造的观念，这就是价值生产。

我刚才说，文学作品很简单，它是常识、是真情实感。说它简单呢它又不简单，它确确实实是关系到一个民族能不能走向未来的文化生产力。而这个文化价值就是一个民族的灵魂，如果不能生产这个价值，在这个世界上就不能立足，不能影响别人，永远只能跟在别人的后面走。所以我们经常会看到，西方世界的媒体经常会制造一些话题，我们中国的媒体就跟在他们后面走，什么普世价值、什么新历史主义、什么民族问题等等，最近都搞得很热闹。为什么？就是因为你的文化价值不能传递到国外去，而国外却可以用他们的文化价值不断引导你，跟着他往陷阱里走。

什么是好作品

给一个简单的回答就是，真善美统一的文学作品，真的，善的，美的。今天的文学作品数量之多，品种之繁杂，对媒体覆盖的密度，可以说是前无古人的。很多作品，不要说普通读者和观众，就是那些专家，专门研究文艺的人，他也没有办法读完、看完，因为人的能力是有限的。怎样才能够从这么多浩如烟海的作品中寻找到那些好的作品呢？一个简单的方法就是，第一在纵向上我们要有文学史的常识，第二在横向上我们要知道当今世界究竟发生了什么，别的民族、别的国家有哪些好作品。只要我们有了纵的比较系统和横的比较系统，在这样一个坐标里，就能知道哪些作品是好作品。文学作品的鉴赏说到底是一种审美活动。我们要了解在人类的历史上，出现过哪些审美形态。

　　我这里简单地用三个时代来概括：第一个时代叫做神话时代，也就是鬼和神的时代。我们的先民对世界的认识是非常有限的，他们是靠想象来认识世界的，于是就创作了很多神话。比如欧洲的阿尔卑斯山上的众神，伊利亚特的传说，中国有山海经、女娲造人、夸父追日、精卫填海。所以在先民时代，文学作品的审美方式就是一个神和鬼统治的方式。到了14世纪以后，工业生产开始进入人类生活，资本主义开始萌芽，于是中国和欧美的文学作品渐渐地开始进入了贵族时代。这时，文学作品中的故事主要是关于王公大臣、贵族老爷，也就是人上人的时代。我们听到的故事都是上等人的故事，是统治者的故事，普通人还匍匐在地下。直到19世纪以后，中国和西方的文学作品才真正开始进入平民的审美时代。所谓平民的时代就是普通人的时代，我们的文学作品不再关注鬼神了，也不再关注皇帝和皇后了，而是关注普通人，关注和我们一样的，你、我、他的故事。这时，文学作品的审美活动才真正进入了一个高级的审美形态。这就是人类审美的三个阶段，了解了这三个阶段我们就可以大体知道一个作品属于哪个阶段，属于什么水平的故事。

　　因为神是什么样，鬼是什么样，谁都没有见过，因此神的故事和鬼的故事，随便怎么编你都说不出来它有什么不对的。皇帝和贵族只有少数人见过，所以说他们有什么样的能耐，我们也说不出所以然来，只能道听途说。而只有说平民的故事、说老百姓的故事，我们才知道这个人说的水平怎么样,才能说得出来哪个地方有破绽,是不合常理的,我才可以相信。只有我相信这是真的,我才可能去判断这是不是善的美的。因此到了这个阶段,人类的审美活动才真正进入到一个高级的形态,这个时候的审美才是我们成年人的审美,而以往那个时候的审美是童年时期的审美。

有了这三个阶段,我们大体上就可以做一个参照系,就知道什么样的作品是好作品了,那就是关于普通人的精神世界和心灵世界的描绘。如果你描绘的那个事物符合普通人的情感,符合普通人对美的想象,对未来的想象,那么我们就基本上可以认为它是一个好作品。如果你的描绘距离我们太远,让我们无法确认它的真实性,我们基本上就可以判断你这个作品虽然表面华丽,但是经不起推敲。

我老婆喜欢看电视剧,有一次追一部电视剧《新结婚时代》,天天都看,说这个好看。后来有一天,看到有一集的时候突然跟我说:"没意思,不想再看了"。我就问她为什么不看了?里面有这样一个故事,说的是城里的姑娘和农村来的男孩子结婚,闹出很多矛盾,有一个细节,就是男方的父亲要找女方的母亲办事,就到了女方母亲的医生办公室等她,结果在这里面抽烟,抽了很多烟头扔在地上,这个医生来了以后看到很生气。我老婆就跟我说:"这个农民老头子一看就知道是假的。如果真有这样的老农民,他在农村也是一个无赖,他也不是一个老实的农民"。我一听就明白了,一个老实巴交的农民到城里来求人办事,那种心理上的自卑感,那种求人的唯唯诺诺,使他不大可能做出这种霸里霸气的事情。所以它一个细节虚假了,我们就可以认为这个剧编的漏洞出现了。一部电视剧如果有28秒钟抓不住观众,这个电视剧就完了,不能吸引人家看下去。所以好的文学作品一定是符合普通人对这个事物的基本认知水平。如果超出了常识,就一定要作出令人信服的解释。如果解释不了，还硬着头皮往下说，那么肯定这是鬼画符，是不值得欣赏的。

具体地说，一个好作品还有一些什么特征呢？可以用这样四句话来表达。

第一，它有一个生动有趣、真实可信的故事。"文似看山不喜平"，这个故事不能是平的，要像山一样的曲折、起伏，它才会好看、才会有趣。同时这个好故事里还有若干真实可信的好细节。也就是说一个好的作品里，不但要曲折有趣，而且还要有几个让你过目难忘的细节。这个细节可以让你把故事忘掉，把人物忘掉，但生活中的场景不能忘掉。鲁迅笔下的祥林嫂有多少经历，我们都不记得了，但是我们今天仍然记得祥林嫂的儿子没有了以后，她见了人就和别人唠叨："真的，我不应该让我的阿毛去剥毛豆，我真傻，我忘了山里面是有狼的。"她总是不停地唠叨这句话，永远地让我们记住这样一个可怜的女人。这些细节始终留在我们脑子里，这就是好作品给我们带来的东西。

什么叫好的故事、真实可信的细节呢？用一句简单的话说，就是建立在生活逻辑上的艺术逻辑和历史逻辑。换句话说就是符合普通人对生活的理解，符合特定时代特定民族的一般规律，符合人物性格发展的基本逻辑。如果超出了普通人的理解，那么这个故事无论怎么样美丽、华丽、漂亮，都不能让我们信服。比如说前不久张艺谋的《英雄》，拍得很漂亮，镜头很美，宝剑很长，一滴血从宝剑上慢慢地流下来，却不真实，因为它超出了我们对生活的理解。哪怕用一把菜刀，上面滴一滴水，都不会是这样流，不要说一把宝剑。还有《满城尽带黄金甲》，很华丽，衣服很漂亮，但是它只是在重复曹禺的《雷雨》儿子和继母偷情的故事。尽管拍得很漂亮，但我们只能看见很多镜头，很多现代技术的处理，却看不到一个真实的、百姓能够理解的那样一种故事和细节。就和我们谈恋爱交朋友一样,有部电影叫《巴黎圣母院》,里面有一个吉卜赛女郎,一开始见到卫队长,很漂亮、高大,穿着华丽的服装,骑着高头大马,对那女郎说:"假如你是天上的月亮,我就愿意做一朵围绕在月亮旁边的云;假如你是花,我就愿意当那片叶子"。一下子就把那个女孩子心俘虏了,就跟着他走了。后来发现这个男的只不过是一个风流倜傥的公子哥,他一转身就和另一个贵族小姐重复同样的话。这样一个花言巧语的人的面目最终暴露出来了,他是一个不可信任的人,是一个不可爱恋的人,那么我们马上就讨厌他。相反,那个话都说不清楚,有一点驼背,甚至相貌有点丑陋、傻了吧叽的敲钟人,倒成了那个女人最可靠的爱人。什么原因?因为任何华丽的技巧华丽的言辞都不能掩盖真实性。真的我们才会相信,假的,我们永远是厌恶的。

其次呢,一个好作品,它必须要有独特的、有丰富精神内涵的人物形象。一篇文学作品、一部电影、一部电视剧写得好不好,故事是一个基础。有没有、能不能留下一个有个性的形象、有内涵的人物,才是这个作品真正成功的关键。有一部电视剧《亮剑》,主人公叫李云龙,他就是一个非常有个性的军事指挥员的形象。他可以不当官,可以吃任何的苦,但是在每一个关键的时候,他都要充分地表现自己的个性,而且不受任何约束。那种敢于担当,敢于承担责任的男人在这个时代太少了,所以他让我们的精神产生了震动。这样一个有独特个性,同时又有精神内涵的人物形象,毫无疑问就能够成就一部好作品。

第三,一个好作品还要有一个特征,那就是要有蕴藉、而且深刻的情感寓意。换句话说,一个作品对生活的认识深刻不深刻,它是通过故事和人物表达出来的。如果一个作品对生活的认识是直白的浅露的,嘴巴一张就看见喉咙,那么就显出作家的肤浅。有些作品看过以后难以用一句话来概括,这个人物让我们很有嚼头,这个故事里的某些细节让我们反复地琢磨，它其中的某些情感又让我们不断地去想象，这就叫蕴藉。它的内涵很丰富，让我们不断回味，这样的情感寓意我们就认为是好作品的第三个特征。大家都看过一个古代故事《林冲夜奔》，是水浒传里面的故事。林冲上梁山是经过了一系列思想斗争的，一开始他会朋友，结果人家调戏他老婆，他当然不干了，他就到酒楼去打高衙内。可是当把高衙内抓住，正好挥拳要打他的时候，旁边有人讲这个是高衙内。于是水浒传里面有一句话叫做"听得衙内二字，手先自软了"。他为什么手软了？就是因为他本身也是官僚，一个更大官僚的儿子，他如果把他打了，他要考虑后果，即使他调戏了自己的老婆，这一拳也不能打下去，这叫"手先自软了"，这样一种描写，通过一个小动作、一个小细节传达了丰富的内心活动，让我们反复地琢磨，觉得挺有意思，这就是寓意的作用。

第四，要有多数人会心会意的生活认同感。我用了一个"多数人会心会意"，如果仅仅是少数人能够认同你的描写，那么你的作品不能算成功。如果你写的东西不能让多数人会心会意，在我看来连好作品都算不上。前几年，我陪深大的校长章必功到黑龙江开会，走之前，他让我找几本杂志带上。我就找了几本杂志，其中有一本杂志叫《收获》，上面还有我的一篇作品，我也想趁机让他看看我的东西。结果到了第二天早上，我还没问他怎么样，他就气呼呼地把那几本杂志一下子向我扔过来，他说："写的都是什么东西，花马吊嘴！"弄得我当时非常尴尬，这几本杂志都是当今中国最有名的作家写的作品，我是挑有代表性的东西给他看的。后来吃饭的时候他就告诉我："读者读小说，是为了读生活，谁愿意看你那些花马掉嘴的东西？"他说的"花马掉嘴"就是作品只注意形式，只注意华丽的语言，而不注意作品的内涵，不注意它的人物、不注意生活。应该说章必功校长水平不低，他是我们国家好几个文学类协会的副会长,是一个著名的教授,还是一个古代文学的博士生导师。连他这样的读者都觉得读这样的作品是浪费了时间,是花马吊嘴,是不能接受的,那么我们的作家人反过来是不是应该思考一下。但是很可惜,这样一种创作倾向在我们国家的文坛,正在被彩云追月一样的架在了高空上,这就是我们国家的文学阅读现实。这也就是刚开始时我为什么要跟你们说,很多人说文学要死了,很多人要把文学转向了,要去研究街心花园、研究美女、研究广告了,一个很重要的原因,就是今天的文学已经远离了我们的生活,远离了我们的普通观众和读者。我们的文艺已经变成消遣性的东西,变成了娱乐产品。

我这里特意用"多数人",是因为今天的人都生活在一个相同的环境里,相同的时代里,可是对这个时代的秘密、对这个环境的秘密,很少有人知道。比如我们都生活在深圳,你是个深圳人,可是深圳这部机器是怎么运转的,你在这部机器里扮演什么角色?你知道吗?我相信多数人都不清楚,所以好的文学作品应该能够满足读者这样的需要。你不知道,你想了解,这才要去分享别人的生活经验,这才是我们去读、去看文学作品最根本的理由。如果多数人都不想读、不想看,大家只想娱乐一下,像快餐盒一样,吃过就扔掉了,那么这个文学确实已经死掉了。这是我要说的第二个问题,就是什么样的作品是好作品。

什么是优秀的作品

既然知道一个文学作品的基础是故事,它的核心是人物和人的情感。那么我们也就应该能够明白,什么样的人性才是美的,才是值得我们去研究的。换句话说,我们要知道什么样的人性观是正确的。可是究竟什么是人性呢？

人身上确实有动物性，但是人之所以为人，是因为人有区别于动物的特性，这才是我们需要认识的人性。人有哪些东西区别于动物呢？是语言、是思维、是逻辑、是劳动、是创造，是这样一些特性，所以它才值得我们珍视，才需要我们去挖掘人性之美。其实关于人性的争论，我们国家在上世纪30年代就已经争论得清清楚楚了。鲁迅说：女人有母性，却没有妻性。他这个意思就说得很明白，就是说母性是人与生俱来的人性，而妻性是哪里来的呢？是社会强加给她的。

那么，对于什么样的作品是优秀的作品，我们要提出一个更高的标准，那就是表达了我们人类理想的作品才能叫做优秀作品。这个人类理想就是张扬了人性，而不是张扬了人的动物性的作品。今天我们走到电影院去、打开电视机、翻开各种各样的作品，可以说90%都是在宣扬动物性，而不是在宣扬人性。

有一部电影叫《色·戒》，这个电影讲的是上海在日本侵略时期一个特工人员，本来要暗杀一个汉奸头子，结果因为跟汉奸头子发生了性关系，于是就心甘情愿地为汉奸头子通风报信。《色·戒》在内地放映了以后，被当做三级片一样的轰动，很多人去看。故意宣传删去了多少多少镜头，中央电视台还整场地转播台湾为这部电影颁奖的晚会，搞得很热火。其实这个电影表达的就是原作者张爱玲和当时中国的汉奸政府宣传部长的一段关系。后来美国的导演就把它改编成了一部电影，这个电影传达的就是女人为了性快乐，可以不要国家，不要民族。这样一种观念理所当然地受到了一些有识之士的批评。但是这个批评也是很艰难的。后来文化部没有办法，只好悄悄地把这个片子禁演了，也不说禁演，就把它拿下了，这个事情就不了了之。这说明什么？说明我们国家在今天的意识形态里面，已经混乱到了黑白颠倒的程度。所以人性问题也关系到怎么样评价鉴赏文艺作品的问题。

什么是伟大的作品

我们说,有一个好故事,有一个鲜明有个性的人物,这个作品的基础就有了,有了这个基础就可以成为好作品。如果有了理想,有了更高的追求,那么就可以成为优秀的作品。但仅仅有这些还不能成为伟大的作品。那么伟大的作品有什么特征呢？它一定是能够有助于我们认识这个世界,理解这个时代,能够有助于我们产生庄严感、产生崇高感的作品。

比如《红楼梦》,它除了有一个好看的故事,除了有众多的个性鲜明的人物,除了对那个时代有着精细的细节描绘,一个很重要的原因就是,在中国历史上《红楼梦》第一次完整地再现了封建社会的机理和封建制度运行的基本规则。中国的封建社会连续了两千多年,不管谁当皇帝,最后都是按照统一的模式来运作。直到上个世纪初,孙中山发动辛亥革命以后才把皇帝推倒,封建时代才宣告结束,后来又经历了将近半个世纪的半封建社会才建立了中华人民共和国,才宣布半封建社会的终结。封建社会之所以能够延续这么长时间,一个很重要的原因就是它有一个重要的文化价值观念。用一句话来概括,就叫做:长幼有序、尊卑有序。也就是说,它有一个完整的封建统治秩序。具体而言,就是12个字,叫做:君为臣纲,父为子纲,夫为妻纲。

《红楼梦》这部小说除了这些优点之外,它是非常形象地再现了这三句话。大家看《红楼梦》这部电视剧,贾府里面的元春,做了皇帝的妃子,她回到贾府以后,祖母首先给她磕头,这叫"先行君臣之礼"。祖母给孙女磕过头以后,孙女才反过来给祖母磕头,叫"再行家亲之礼"。为什么要先行君臣之礼呢?就是作为一个人,必须首先承认君对于万民的统治,这是第一要紧的。孔子要"克己复礼",那个礼是什么东西呢?礼就是秩序。我们所有的人都是靠家庭、亲戚、社会维系起来的,《红楼梦》里面有四大家族,贾王薛史,是这四大家族维系起来的,通过家庭、亲戚、社会,这四大家族一损俱损,一荣共荣。而社会的宝塔尖上坐着谁呢?坐着皇帝。首先这些人要遵从皇帝,那么这个人才能在社会上找到自己的位置。在《红楼梦》中的元春省亲就非常形象地揭示了这一点。第二条是父为子纲。贾宝玉是个小孩子,犯了错误,他的爸爸非常气愤,就要把他绑在板凳上去打他屁股。装出要把他打死的样子,"我今天不打死这个孽障,将来不知道会怎么样"。当然他不是真的要打死他,但是王夫人心疼他,没有办法,赶快叫人通知贾母,把贾宝玉爸爸的母亲从内府里喊出来了,贾政见到他母亲了,马上就软了,他妈妈讲:你要打,就先把我打死。老太太发火了,这时候贾政再也不说狠话了。那就是说,儿子要对母亲辈保持绝对服从的关系,这就叫做父为子纲,这是第二条统治秩序。第三条统治秩序叫"夫为妻纲",《红楼梦》里面有一个最厉害的女人叫王熙凤,内内外外一把手,毛主席说她能够当总理,非常厉害,非常能干。但是就是这么一个厉害、能干的女人,对她丈夫一点办法没有,她丈夫公然带了一个女人到她房里睡觉。她听到了以后非常生气,但是没有办法,只有撒泼,把自己的丫环打了一个大嘴巴,然后跑到外面去发疯,最后跑到贾母那里告状。贾母就哄她说:男人跟馋猫似的,偷吃几口就算了,你喝酒喝多了,现在要喝点醋。就把这件事情糊弄过去了。《红楼梦》之所以伟大,就是它完整地再现了那个时代的结构、运行机理,以及那个时代之所以能够存在下去的理由和必然要垮台的规律。这样的社会不灭亡,它还有天理吗?

正是这样不动声色的描写，让我们感受到了中国革命的必然性和合理性，让我们感受到了要追求新生活的勇气，我们追求崇高感、追求庄严感、追求人生的意义也就在这里。

对网络文学的忧思

今天网络的普及很广泛，网络文学很繁荣，发展也很快。一个网络媒体的操作人说：网络文学为什么会发展？一个很重要的原因就是今天这个时代叫"我"时代，以我为主，以我为媒。这个时代具有很大的不确定性，明天中午我在哪里吃饭我都不知道，每天晚上在哪里睡觉我都不知道，我只有把握住现在，把握住现在就是要做白日梦。所以网络文学就是一个最好的做虚拟世界白日梦的地方。

但是网络文学又带来另外一种忧虑。第一，祖国认同的忧虑。有人说改革开放30年是日本动漫的30年，最近网络的10年又是网络游戏、《哈利·波特》的10年，中国是没有宗教传统的，我们是靠民间文化，甚至是大众文化来传递我们的文化密码的。现在网络的出现切断了这个传递，个人被完全封闭在网络中间，我可以和大洋彼岸的人成为密友，但是我可以不认识隔壁房间的父母，没有共同语言。所以它可能产生祖国认同、家族认同的危机。

第二个忧虑叫做文化价值的忧虑。网络文学繁荣的这一两年里，正是和网络游戏同步的这一两年。网络游戏有一个很大的特点，"只认输赢，不认善恶"，叫"无义战原则"。而网络文学也恰恰有这样的特点，它要实现架空历史、穿越现实，最后达到的目的是只要快乐，只要赢。这样一来，我们的文化价值就变成了一个丛林文化的价值，什么叫丛林文化？就是弱肉强食，大鱼吃小鱼，小鱼吃虾米,是最野蛮的,谁的拳头硬,谁就狠。如果生活在这样的社会里,我们谁都不会有安全感,这叫文化价值忧虑。

第三个是现实认同的忧虑。五四以后,中国新文学的传统就是对现实的认同。即使是传统的文学作品,像《西游记》这样的神魔故事,也是和现实有着一种对应关系的。而网络文学恰恰架空了这一点,它是要玄幻的,不要现实。越是现实我越是不愉快,我只要虚拟世界,甚至有人就说文学作品"越不现实越艺术"。这样一来,我们对现实越来越有距离。

我们正处在一个历史转型的时期,文化也处在一个空前动荡的时代。在这个时代里,社会心理、生活方式、文化观念、风土民情、价值伦理和我们的审美理想、审美趣味都在经历着空前的激荡、变化、冲撞,甚至是莫衷一是,谁也说不清楚。但是不要紧,我相信经过这样的冲击,我们总能找到正确的认识。按照中国古代哲学的说法,经过正、反、合,一正一反一合,善莫大焉。按照西方的哲学辩证唯物主义的说法,经过否定之否定,我们的认识总会提高一步。因此我们对于文学、对于社会、对于这个世界的认识也会不断地进步。这个进步可能会让我们更上一层楼,能够有更多的美好前景。

原载于《〈深圳文化大讲堂〉2009年讲座精选》

这个圈套叫成功

人人都在套中，谁都渴望成功。我也年轻过，曾经有过各种幻想，关于功名，关于财富，关于别人羡慕的眼神和背地里的评价。咱们中国人从一出生就在接受如何向上爬的教育，我们有一整套的关于成功的教育理论和方法。直到五十岁才发现，这些念头其实很荒唐，根本不现实，也没有必要。

我是个特懒散的人，写小说非得接受点儿外界的现实刺激。如果没有，那小说就写不下去。我一拉开抽屉，就能看见不少写了开头没有结尾的小说的尸体。有些东西竟然自己也不知道当初想说什么了。这篇东西也是受了刺激才产生的。不久前，在互联网上读到一个挺有名气的改革家在"中国企业家领袖论坛"作的发言，大意是要求政府对那些有不法行为的富豪和官员进行"赦免"，他担心一旦对这些人动起真来，富豪们就会卷了灰色收入跑到国外去。当时的感觉：这个人有病。后一琢磨，这个人的名字怎么这么熟悉？联想到前几年，我读到过一篇鼓吹腐败有理腐败有利的文字，好像就是这个人的。后来一查，果然就是这家伙。而且此公在80年代就是以提供价格双轨制理论炮弹出名的，后来中国出现的"官倒"和政治风波与此政策直接相关。

我悲哀地想，他们就是这样功成名就的呀。他们现在仍在中国的最高舞台上表演呀，并且正在一所著名高校里对他的同事挥舞

"改革"大棒呀。于是我记起一句在北京跟出租车师傅学来的话：真想拿大嘴巴抽孙子！

我承认，自己是属于那种没有腐败机会而痛恨腐败的人，是吃不着葡萄的狐狸，是妒忌，是弱智，是瞎操心，是不自量力。可我的悲哀却是中国多数人的悲哀，我们说说总是无妨的。

换个角度看，他们也很悲哀，当年那么卖力扶持起来的成功人士竟然并不领情，竟然要跑了，他们怎么能不如丧考妣，苦苦哀求呢？可见他们的成功也是靠不大住的。他们也感到没有不散的宴席，活得并不踏实。

但我是在写小说，我不得不以悲天悯人的心情来思考这些现象，用审美的眼光来看待这些人物。小说中的"起吊机经济"、"公平来自认同感"、"知识分子不是良知分子"、"赦免"等等说词也是不得已的引用。我知道今日中国的某些学术已经买办化娼妓化了。我知道又有一些优秀人物被套了进去。我知道并非所有的改革都具有天然的正当性。我知道了就不能不说。

从更广泛的人生意义上来看，成功也永远是属于少数人的。对多数人而言，人生的真相就是普普通通，是平平淡淡，是踏踏实实。那些鼓吹成功、仰视明星、追求时尚的宣传只是权力与资本的合谋。因为那是一个让大多数人绝对不得安宁的圈套。跟着它们走，你的生活肯定一团糟。

有个叫沃尔夫的教授认为，教育是一种"相对位置品"（positional good），也就是说，你能否成功，不取决于你自己的教育水平，而取决于你是否高于别人的水平。他用赛跑打比方：如果每个人的奔跑速度都提高了，这当然是件好事，但这并不影响结果。最后，只有一个人能得到冠军，只有三个人能上领奖台。同样，在社会竞争中，参与这场角逐的人的基数扩大了多少，他们的水平提高了多少，最终都不能改变这样的事实，CEO、部长、院士仍然只有极少部分人得到。从这个意义上说，其余人改进奔跑技术的努力，不过是资源浪费。

于是就出现了这样的现象：在这场浪费资源的大奔跑中，有些人改变了奔跑规则，有些人买通了黑哨，有些人伸出了黑手，也有些人心力交瘁酿成了悲剧。

我并不是一个悲观主义者，我也主张理想和追求，但是不要过分。适度地保持一点追求，有益于身心健康。保持一种平民的心态，对大家都有好处。因为往大了说，平民意识的多寡是衡量一个国家现代性的重要参数，平民意识是我们实现现代化的前提；往小了说，平民意识可以让我们保持平和的心态，让我们获得健康恒定的快乐。

感谢《人民文学》的同仁们，小说能这么快发出来是我没有想到的。感谢每一个良知未泯、呼唤正义的普通读者，你们的电话和来信始终是我最快乐的一件事情，恕我不能一一回复。

原载于《新安晚报》2007年3月4日

是寂寞，更是快乐

《那儿》能得奖当然高兴，说明主流社会终于承认了它。如果不能得奖，我也照样快乐，因为我已经把真话说出来了。

我早就过了说皇帝没穿衣服不害怕的年纪，我比小孩子有更多的顾忌和压力，有时候也许是恐惧。可是这两年中，当遥远的边疆和内陆，繁华的都市和海岛，不断有读者通过书信、电话、手机短信辗转向我表达支持心声的时候，当京沪的研究生们自发组织座谈讨论的时候，当海内外众多的作家学者们撰文参与这场讨论的时候，我又倍感欣慰。此时的快乐就不仅仅属于我个人，它也属于全社会。

很多人都愿意重复一句话：文学是寂寞的，选择了文学就选择了寂寞。这话有一定道理，但不完整。真正的文学写作当然是超功利的，与金钱无关，与权势无关，甚至与家人朋友的喜好也无关，它整日都孤独地面对心灵，念天地之悠悠独怆然而涕下，所以说它寂寞。然而寂寞的同时它也收获快乐。写作完全是个人的事，没有人逼着作家一定要堕落，除非他自己愿意。选择真正的文学写作也不是别人可以强加的，不是想写就一定能写出来。那种郁积心头非说不可的话，别人没说过的真话，一旦说出来了，那种心灵的释放感，那种自由翱翔的愉悦是多少金钱，多少掌声都不能替代的。

这种快乐还不止于社会认同和心灵释放，这种快乐还存在于每一个细节的经营，每一个想象的表达，甚至是每一个比喻的推敲之中。当你找到了这个独有的东西，那种喜悦真是难以描述，所谓两句三年得，一吟双泪流。于是你觉得这一天就没有白活，你傻傻地坚守在桌前，眼睁睁地看着日出日落也都有了意义。

人们常说文学已经边缘化了，作家已经边缘化了，他们带着同情的嘴脸来论证寂寞。其实"市场经济必然带来文学边缘化"只是在中国成为了一个孤证。这种边缘化恰恰是中国作家被资本吓破了胆、自我精神矮化造成的，怨不得别人。当文学被边缘为各种工具的时候，当作家心甘情愿成为"娱乐界人士"的时候，作家的尊严早就不复存在，怎么看都是个技巧杂耍的码字匠。

让那些自艾自怜的人去说寂寞吧，我依然要说：文学是快乐的，说真话是快乐的，这种劳动更是快乐的。

原载于《晶报》2006年9月21日

守望高地

春节前,回家探望老母亲的途中,极偶然地看到一个读者手卜捧着本当月的《小说选刊》,就像陡然被强光刺了一下,我的眼睛突突地急跳不止。我简直不相信,这就是我曾经熟悉的《小说选刊》。封面上那小伙子手上抓着几个馒头,乐呵呵地狼吞虎咽,明白无误地告诉我,一种质朴清新的审美风格已经悄然回到了2006年。作为一个业余作者和热心读者,尽管我曾经写文章批评过《小说选刊》,但心里始终认为,《小说选刊》是当代中国文学的精神高地,如果连它都沉沦了我们还能期待谁?在这个崇尚技术蔑视人文的时代,在这个到处是数字和泡沫的时代,爱之深,才责之切呀。

说它是高地,并非因为它的地位特殊,我还不至于那么浅薄。而是因为在过去的许多年里它确实团结了中国一大批最优秀的作家,温暖了一大批热爱生活、关注文学进步的读者。当一些人宣布文学已经终结、小说与社会历史无关的时候,当一些人把公共园地当做私人炫技表演和提纯试验来玩的时候,当百年前的"礼拜六""红玫瑰"重新淹没图书市场的时候,当中国已成为"市场经济必然伴随文学边缘化"的孤证的时候,《小说选刊》仍把"好作品主义"当作最后的底线——这已是非常难能可贵的口号,尽管不很高调,但坚守的是心灵的洁净与完整。在这个时代,谁能保证衣服不会沾上几滴污水呢？

说它是高地，是因为它的目光始终不离中国的泥土和苍生，并没有"小康"和"中产"。在知识分子已然分化的今天，这本身就意味着文学精神的坚守，意味着决不放弃文学的批判与反抗，意味着求真求善求美，决不心甘情愿地退出历史文化舞台。文学，从来不是，将来也不会是书斋里的语言工艺品，一个语言构造的世外桃源。橱窗里的塑料模特儿虽然身段很美，时装换个不停，可有几个人真的能去爱她呢？

说它是高地，还因为它独特的影响力，它对创作的导向作用。一位编辑不无忧虑地告诉我，现在他一天到晚都在看"底层"。这又不禁让我悄悄地为《小说选刊》捏着一把汗，因为过去我们吃"一风吹"的苦头实在太多了。所谓"底层叙事"并非在提倡苦难题材，也不是一种道德关怀，更不是为谁代言，而是一些学者在探讨文学如何恢复批判性品格、反抗遮蔽、张扬文学精神的努力。如果仅仅理解为"写底层""写打工"，就失去了它的精神含量。现在看来《小说选刊》做得挺好，它坚守的还是文学品质，它还是我心中的高地。

所以，2006年的《小说选刊》不仅仅是"贴着地面行走"，在我看来，它已是挣脱了新教条的束缚，鼓动起文学精神风帆的一次远航。

原载于《新安晚报》2006年8月5日

拷问自己

"好人举手"是西方资本市场上的一种准入制度。意思是,你要进入这个市场你就要承诺当好人,遵守游戏规则。在我国证券市场上,曾经有一度对投资基金也要实行这个制度,吵吵嚷嚷一阵终因黑幕太多,好人总是吃亏坏人总是得便宜,后来就不了了之了。我写小说是借用了这个名词。

《请好人举手》发表后,远方有朋友打电话来说,老曹,你想抽全体中国人的耳光啊?我说,我有那么大的巴掌吗?然后,朋友就阴阴地笑,笑得我也惶惑起来。真的,我没那么大的巴掌,也没那么大的胆儿,我只是在拷问自己。

我真的是拷问自己了:在今天,倘若我有个贪污的机会,我真的能拍案而起,像在公开场合骂得那么义愤填膺吗?因为受到惩罚的几率毕竟比飞机失事还要低啊。在今天,倘若我有个亲戚不光彩地发达了,我真的能守住自己不向他伸手甚至划清界限吗?恐怕整个家族都不能容我。而我,是多么需要方方面面的关爱啊。看足球杯,我真希望那黑哨能帮咱们一把;进市场,我也会买盗版的光碟;吃大餐,我也希望掏公家的钱买单。指责别人不公正的同时,自己能不能守住规则守住法律守住道德?因为别人都只认目的不计手段啊。在今天,我还能忠实于朋友忠诚于事业吗?我还能相信圣人相信宣言相信承诺吗?面对邪恶我还敢挺身而出主持公道吗？……恐怕不能。这些问题，还有由此带来的一系列问题，我恐怕都不能回答，起码不那么理直气壮。那么是不是随着年龄增长自己越来越世故圆滑了？……好像也不是。

也许有人认为这样的追问是滑稽的迂腐的，而我确实追问了。

人是环境的产物是文化的动物，没有哪一个可以例外。中国人在进入21世纪时正在退守民族主义实用主义，这个文化的最大表征就是以亲情为圆心以自我需要为规则。在崇高被逃避意义被消解世俗快乐成为唯一追求的今天，亲情文化确实是十全大补的。这就是为什么今天电视节目一个比一个更矫情更煽情更滥情的原因。也是为什么人们一方面对腐败黑暗很失望，另一方面又表现出相当宽容态度的原因。一个家族出了一个贪官，亲戚们议论最多的是他从前对自己对家乡照顾不周分配不公，现在翻船了也只是认为他"倒霉"了，是手段不够高明，而不认为他做的事情值得谴责。然而正是这种文化催生贪渎，消解法制，模糊正义，颠覆道德，是与小农经济相适应的文化规范，所以一点都不先进不现代，当然也"后"不起来。

小说中是一个孩子在看待我们大家共同遭遇的这一切的。这孩子叫洪亮。洪亮以为自己很现代很时尚很酷毙，其实他正在传统中酱染。

根据研究，初中二年级的孩子是一个人人格形成最关键的时期。所以洪亮的将来我们大体能够揣摩。今天来讨论教育的失败好像已经没味道了，我要说什么救救孩子之类也味道很馊很傻。但我现在仍在教书，所以不能不尴尬地拷问自己。

写小说当然不仅仅是要编一个好看的故事，关注现实也不尽然是展览当下的生存状态，更不是把生活作社会学新闻学地展开。在我看来，作家对现实的关注，主要体现在对人的精神存在的关注，并把它作一种文学审美地展开。从这个角度上说，拷问自己也没有错，推己及人，大致不会差到哪里去。当然这只是个人看法，讲我杞人忧天好为人师不合潮流也是有道理的。

原载于《教育时报》2003年1月9日

小说应关注人的精神存在

毋庸否认，小说艺术在经历了二十几年的发展变化以后，又来到一个新的十字路口。前面是危机，左右是危机，后退当然更是危机。现在很多人已经把好看不好看、纯不纯当作了评价小说的最终价值标准，小说已经回到新文化运动以前陈独秀提出的"三大主义"中被打倒的地位上去了，这也许是中国现代小说艺术同故事话本分离后第一次面临的尴尬。

回顾历史也许能使我们清醒。中国当代小说经过前二十年的思想解放和文本实验，已经取得了世所公认的进步。我个人认为这个进步主要体现在三个方面：一是表现对象，二是表现方式，三是审美追求。小说的表现对象已经从单一的"本质规定论"中走出来了，社会生活的各个方面人类情感的各个角落基本上都得到了挖掘和表现，说是"百花"大概不过分。小说的表达方式已经从唯一的"典型化原则"中走出来了，中外小说叙事艺术史上的各种主义和旗号差不多都操练了一遍，各种叙事文本说有"百家"大概也不止。小说的审美追求和审美趣味已经从非白即黑的"二元对立"中走出来了，无论是作家还是读者都不再满足情感经验的简单表达，而是认为越复杂越多样越深刻越过瘾，说"风情万种"也不为过。

然而尽管有了这些了不起的进步，小说还是无可奈何地面临着危机。不管这危机是来自市场的，来自传播手段的，还是来自作家内心的，总之让你焦虑让你浮躁让你不再自信就是了。中国当代小说在这20年里走完了别国一百多年甚至几百年的艺术道路，模仿了消化了穷尽了人家的全部艺术可能，快是真够快的，美则未必。

这20年的进步，是在对20世纪五六十年代形成的文学规范的突破中取得的。然而这颠覆和突破并不是那么完美，其中最不能让人满足的就是文学精神的萎缩。很多作品已经不再关注人的精神性存在，很难读到那种睥睨一切的穷天究地的思想光芒，很难找到作家对于人类合理生存方式的向往和对美好情感的不懈追求，很难见到作家对自身灵魂的拷问。如果写，也只是硬贴上去的带理想色彩的补丁。颠覆旧弊的同时崇高被躲避了意义被消解了，作家浸泡在世俗快乐里吃吃发笑。须知解构主义是柄双刃剑，表面上的价值多元对整体性的人文精神同样在解构在腐蚀，它既能消解意识形态的遮蔽，也能消解一切精神性的存在。

现在很多论者都指出了影像时代网络时代对小说的冲击，其实这不过是传播手段的改变。小说的真正危机来自小说本身。能不能高扬文学精神才是小说有没有生命力的根本。小说在多大程度上关注了时代？对时代有没有整体性的把握和表现？作家在多大程度上反映了当代人的精神困惑和思考？在多大范围内对当代人的精神产生影响？小说不能回答这个，小说就没有精神高度，也很难实现相应的艺术创新。回顾历史，小说的哪一次繁荣不是因为它艺术地承载了当时的社会思潮？作家的哪一次成功不是因为他成为了思想运动的先行者？

现在很多人主张关注现实，并对现实作了展览似的表现，以为这就可以让小说走出危机。但我还是觉得没有说到点子上，因为这不过是把小说当成了社会新闻。现实不等于文学，小说的关注现实，应该是对当下中国人精神性存在的关注，并对这种关注作文学的审美的展开。它是文学精神的展开，而不是社会学新闻学意义上的展开。

小说艺术失去了文学精神，就如同相声艺术取消了讽刺，它当然不如影像来得直观，不如网络来得便捷，也不如三级片来得刺激。我不否认很多作家为市场写作有他们自己的理由，市场确实无情，但别忘了市场也分长期的和短期的，产品也有精神的和物质的。鲁迅的书当初肯定不如张资平的好卖，但历史地看究竟谁的销量更大呢？我不否认每个时代总有一些人专注于文本技巧，而且也需要有人传承研究现代汉语叙事的审美品格，但多了就成为技巧的杂耍，把小说艺术变成了一种把式，一种玩意儿。

中国需要大作家，市场同样也需要大作家。在这个急遽变动的时代，中国小说家遭遇的想象力资源并不比国少。中国人的精神苦难太需要大哲学家大作家来表现了。我们的不满足感和期待感也许就在这里。不妨想象一下，假如一部现代文学史缺少鲁迅会是个什么样子？当代小说缺少的就是鲁迅这样的"精神界之战士"。这样的大作家也许并不要很多，有三五个就能撑起一个时代。

当代作家太现实了，太在乎眼前利益的得失了。当代作家太聪明了，太善于找到漂亮的言辞包装自己了。而他们失去的恰恰是最不该失去的东西。事实上对文学精神的遮蔽从《诗经》时代就已开始，然而文学精神并没有因此泯灭，它在庄周、屈原、李白、王实甫、曹雪芹、鲁迅、郁达夫、沈从文等一大批文学巨人身上顽强地延续下来。有趣的是，他们也常常不为世俗所容，也是"每饭粥冷酒常赊"，但后来又统统成为国人引以为自豪的"宝贵传统"，其中滋味颇耐咀嚼。

所以我们仍有理由期待。我们仍在期待。

原载于《深圳特区报》1995年10月21日

关键是高扬文学精神

不论哪个地域哪个时代的文学，能给人留下深刻印象并影响久远的，并非行政区划或经济背景这些表征。优秀的文学作品之所以动人，是因为作品中折射出作家的精神光芒和美的想象感动了读者，产生了共鸣，并积极参与到这种精神创造中去的结果。所以我认为讨论特区文学的建设，其核心任务是高扬文学精神。特区文学首先必须是文学（不是社会新闻），然后才是它的地域特征，人文特征和时代特征——社会转型期人的思维方式、行为方式和情感方式。

文学精神概言之就是人类对现存状态（生存、发展）的一种透视和反省。所以它不仅仅是一种直观的照相似的反映，也不仅仅是一种按照某种需要虚拟出来的生活样板。它和精神文明这个词一样，是作为物质文明的对立面和制约者出现的，是超越于作品之上的作家人格的体现。文学精神在本质上是那种穷天究地睥睨一切的思想光芒，是对人类合理的生存方式和美好精神活动的赞美，是为民众和苍生的歌哭。一句话，是对作家自身灵魂的解剖和追问。"作家是人类灵魂的工程师"也只有在这个意义上是正确的。离开了文学精神，文学就变成了纯粹的技巧把式，是一种"玩意儿"。

我们对特区目前文学状况的不满足也是在这个意义上产生的。当代中国作家所遭遇的历史变迁和文学想象资源并不比别国作家的少，特区的作家还比内地作家更多了一层迁徙、流离、创业的艰辛。以特区生活为表现对象的作品从数量上看并不少，遗憾的是我们很少能读到那种灵魂真实流露的作品。我们期盼的大作家大作品没有出现。

当代作家中有一批很聪明的人，他们明知自己的灵魂出了问题，自己的心灵沾满了泥水，他们也不缺少表现的能力，但他们认为一切都无可挽回，只有拥抱现实才能得到现实的承认。他们把自己隐藏起来包装起来，用一些漂亮的似是而非的言辞来迎合时尚。这种心态在文坛热热闹闹地表演，令人心冷。

事实上对文学精神的遮蔽从《诗经》时代就已开始，经过历代封建意识形态的强化，已经发展成一种独特的文化。所谓"文以载道"、"为时而著"、"代圣贤立言"的"功用诗学"就是这种文化的集中表述。然而文学精神并没有因此泯灭，它在庄周、屈原、李白、王实甫、曹雪芹、鲁迅、郁达夫等一大批文学巨人身上顽强地延续下来，成为我们民族引以为自豪的宝贵遗产。

我认为如果将来特区文坛能出现公认的大作家大作品的话，那只能是这种文学精神的发扬光大。而不大可能是那些为迎合一时一事的需要之作，为追求某种新闻热度之作，或是为展示某种生活方式而敷衍的故事新编。用这样的思路来"规划"特区的文学创作，用行政手段和传媒"炒作"来推动特区的文学繁荣，其结果是不言而喻的。套用一句时髦的话：这也是计划经济时代的产物。

原载于《深圳艺术天地》1993年7月

Q版大话

出版《Q版语文》是个标志,证明我们这个时代可以随便Q。

有一天课后,跟几个同学和一个外教老师在一起闲聊,一个同学说他研究了所有春节晚会的小品节目,他发现上世纪80年代的小品还能以现实生活中的某些真实感受为艺术内涵,比如《超生游击队》《卖大米》等等。可近年来的小品节目,其构思内核却是建立在一个谎言的基础上,不是善意说谎,就是故意欺骗,特别是去年,百分之百是这样,然后历数了这些小品的名字。这一发现可谓语惊四座,半天无人应答。那外教老师叹道,你们中国人什么都好,就是喜欢撒谎不太好。我问,你能听出来?他说我能感觉到的。本来我很想跟他解释一下关于中国文化,关于面子哲学,关于内外有别什么的,后来觉得挺费劲就放弃了。我辩道,你们老外就不说谎吗?你前半句就是谎言,难道中国人什么都好吗?唉?他眨巴眼了,答:Q版Q版。看来,老外毕竟是老外,对偷换论题的战法还不大适应。深思之,颇有趣。

鲁迅和林语堂都曾分析过中国人"演戏"和"看戏"的心态,以及台上和台下不分的表演。依我看,他们二位分析得还不能算精妙,因为他们还没有进入Q时代,还不能预见Q时代的谎言已然成了"秀",无法揣摩说谎的最高境界。这不能不说是个缺憾。

Q时代的谎言与以往有一个显著区别,那就是以往说谎者中的大部分是真诚的,他们相信自己说的是真话,并且身体力行,善意尚存。今天的说谎者则不同,绝大部分说词他们自己是不信的,但还要一本正经地说,反反复复地说,年年说月月说天天说,偷着乐过了继续说。第二个区别是,今之Q者往往学历高见识广脸皮厚,已将谎言理论化艺术化商品化了,能力确实提高了很多倍。只是由于自己也不相信,偶尔才露一下马脚。当然,说久了说溜了,也就成为一种生活的常态,身体机能也适应了,有时说精彩了还真能悲情四溢把自己感动得不行。在这种情形下,测谎仪是拿他们没有办法的,真实反而被看作了异数。

若有人编Q版《大话铭》,我以为这么编就能接近纯文学标准了:

话不在多,调高则名。谎不怕假,重复则灵。斯是Q版,爱信不信。前有吹鼓手,后有抬轿人。口中皆权贵,眼底无贱民,可以淆马鹿,错阳阴。绝刺耳之杂音,存马屁之芳芬。放屁对口径,天下皆谐音。人叹曰:此乃化境。

你若不信,我也没法子,但千万别上火,只当是个Q版。

原载于《中篇小说选刊》2005年第4期

揪心的"三农问题"

《战友田大嘴的好官生涯》发表以后,陆续接到各地转来的一些读者来信,这些热心的读者令我十分感动,他们告诉我不少关于"三农"的新情况和农民生存的新经验,更多的是问田大嘴是否实有其人,问为什么田大嘴这样的干部在现实中很难生存。也就是我在小说中借一个干部之口喊出来的:好官谁不想当?当不成啊。

前几年,湖北监利县出了一个乡党委书记李昌平,这个渔民的儿子看到农民的困苦农村的破败而又无力改变,愤而给国务院总理写信,结果引发了一场风波。这场风波的结果是,虽有国务院省政府出面的调查和改革,三农问题依旧,李昌平不得不辞职远走他乡。

具体到我写这篇小说的契机是两个:一是前年我回安徽合肥探亲,有朋友要请几个乡干部吃饭拉我作陪,我不愿意。他告诉我,这个乡刚刚因为加重农民负担被中央电视台《焦点访谈》曝过光,这样我就兴奋起来。席间,这几位乡干部无所谓地告诉我:该怎么干还怎么干,这话也不是他们说的,是县委说的。二是去年,我去黑龙江回访一所由深圳大学援建的希望小学,看到县领导开着轿车亲自到边界迎送与乡干部们木讷疲惫的表情形成的鲜明对比,老实说我心里很难受。其实这两个地方还都不是最差的,比他们贫困的地方有的是。

我对农村的情况还是有一些了解的，我插队的那个乡，70年代在编的公社干部不过一二十人，可是现在这个乡的财政要负担2000多人，听说有的地方能达到3000多，在"分灶吃饭"的财政体制下，农民怎么能不苦？在这样体制下的乡干部怎么能不跟农民抢饭吃？这是好官难当的物质背景。

再说说好官难当的管理体制背景：我们的干部从产生到管理都是上一级组织部门的事，因此干部只需对上级负责，上级说你行你就行。而这个"上级组织"在最终层面又是某一个人的意见，所以只要"某一个人"认可，这个干部就成其为干部了，在本质上他无须对工作和下级负责。所谓考核监督在这样的体制下是不可能有成效的，所以才有了官场上的种种怪现象。

第三是好官难当的文化背景。我国的官场文化由来已久，它是封建文化中最核心最顽固的一个部分，它形成了一整套的价值观念和行为准则，历朝历代都有人对它进行增补完善。直到今天这个文化的根基依然没有动摇，在现阶段甚至有了新的发展。所谓好官其实不过是对这个游戏规则进行某种挑战而已。所以每个朝代都会经历一个大致相同的由盛而衰由治而乱的周期性过程。如果某个好官企图改变这个规律，那么他必然要和现实产生冲突，最终被淘汰出局。我相信很多有良知的干部都有这个体会。

我这样说似乎有些悲观，但却是实情。难道就没有办法了吗？也不是的。人类社会在长期的发展中其实已经有了很多经验总结，五四时期喊出的民主和科学就是那个时代已经意识到的历史使命。毛泽东当年在回答黄炎培怎么避免周期律的问题时就伸出了两个手指头：民主，说得也是这个意思。

有人说中国农民太多文盲太多，所以科学可以要，民主要不得。科学还可以带来生产力，还可以带来物质改善和生活享受，比如网络通讯和基因技术，民主能带来什么？只能带来混乱。其实他们希望延续的还是"中学为体西学为用"的那一套,他们理解的现代化就是生产技术的现代化,还误以为这就是中国特色。他们不清楚欧美今天的技术现代化也是经过了文艺复兴的启蒙、宗教改革的痛苦和资本原始积累的残酷。当年安徽凤阳小岗村的农民私下订立的大包干协议至今仍放在中国革命博物馆里,他们用的是什么方法?就是民主的方法,就是农民为自己的利益对自己行为负责的方法,自己决定自己命运的方法。

谢安乡,位于四川省仁寿县,1992年11月至1993年3月,该乡农民在村民张德安带领下,自发学习、宣传中央农村政策和相关法规,依法抵制县里强制征收213国道建设摊派款,经过团结、持续的力争,最终胜利抵制了不合理摊派,农民负担自此大大减轻,持续10年均处于全县最低水平;政府还拨专款21万元为当地群众修建大桥一座,支持当地农民改种粮为栽果树,主动调整农业产业结构,使当地农民收入得到了较大改善。张德安以高票当选了县人大代表。与前面提到的湖北监利县棋盘乡相比,这两个案例所处时间地点不同,却有许多类似之处:初衷都是为了减轻农民负担;都有个领头人;都引起了省市乃至中央高层的重视。但棋盘乡改革基本失败了,而谢安乡则取得了相对成功。棋盘乡改革引起全国媒体的关注和报道,被称为"监利经验"而一度大肆宣扬,而谢安乡农民依法抵制不合理摊派活动却鲜有报道。为什么呢?原因就在于一个是眼睛向上一个是眼睛向下,一个是官办一个是民主。那么究竟是哪一个代表了先进文化的前进方向呢?我想答案是不言自明的。

说这种话的人其实对科学也是害怕的,科学不是一种具体的技术不是一种操作方法。现在动不动说什么高科技,是一种误读,它指的是新技术。科学是一种精神,是人类对事物的本来面目和客观规律的求知欲望,是对真相和理想的认同,是对真理穷天究地的其九死而不悔的追求。就像我在小说中塑造的田大嘴那样:当他知道自己无力改变农村现状的时候,他宁愿引火烧身,希望通过解剖自己来引起世人注意。当这个心愿也无法完成时,他就拼了命也要向上级说出自己的想法。其实,他仅仅是想说出来,可是"说"也不是人人都能做到的,所以我设计了"大嘴巴"这个意象。在中国,谁的官大谁的嘴巴就"大",谁就拥有了真理的解释权。嘴巴大是老百姓对话语霸权的一种嘲弄。在这个意义上说,科学和民主也是不可分割的。

群众并非天生地不喜欢领导,而是不喜欢不讲科学的领导。也就是说,领导在政策设计、制度安排和管理方法上一定要科学,要有群众的支持,要民主。我很喜欢《领导科学》这个刊名,所以就多说了几句,不知说清了没有?

原载于《领导科学》2002年第9期

答《东方早报》

曹老师您是上海人，哪一年到的深圳？当初为什么来深圳？

曹征路：上海是我的出生地，所以我也算半个上海人吧。1992年，我从安徽来到深圳。当初是深圳大学约我来办一份综合文化类的杂志，是专门给外来打工者阅读的杂志，定名为《闯世界》。其实我自己就是个闯世界的人，懵懂好奇，自以为是，以为来深圳就是拥抱新体制来了，其实什么也不懂。杂志失败以后就留下来教书了，到现在也没离开。所以可以这么说，对于深圳，我是一个迟到者，也是一个坚守者。

住了这么多年，您对这个城市的感觉有没有变化？

曹征路：要说变化，就是城市面貌的变化大：深圳盖房子的速度一贯迅速，几天不见，一幢高楼已经起来了。但在其他方面，我个人感觉深圳的变化并不大：人的生存状态啊行为方式啊心理诉求啊以及追逐崇尚的东西，都和我刚来的时候差不多。当然我觉得现在全国各地也都差不多这样，每个城市都一样。

一谈起深圳，所有人的第一反应就是"快"，尤其是和相邻的、慢悠悠的广州人相比,深圳人更是无一不快。您当初来到深圳的时候,对"快"有什么直接的个人感受?

曹征路:你这里所说的快,大概是指"深圳速度",也就是我前面说到的盖房子速度。其实深圳在办其他事情的时候,速度并不快。深圳的官僚机构也是一层一层上去的,所有民主党派的楼前都有站岗的,所有内地城市的机构设置这里一个不少。前段时间,我去找一个医院的医务科长,请他帮我盖个章,必须经过好几道盘问。还有那个用锤子砸深圳社保局工作人员的退休男人——也是逼急了嘛。我认识几个最早来深圳的"拓荒牛",他们已经退休了,退休在家,其实他们对深圳的今天有很多不满,觉得深圳已经不是当年那个理想中的深圳了,不是那个有激情、讲效率的深圳。

当初,大概谁也没想到深圳会有今天的规模,1000多万人口,马路上天天在开工,拆了建,建了拆,到处是工地——可年轻人还是没有房子住。就我个人的感受而言,深圳的这个"快"字是和巨大的压力联系在一起的,所有来到这里的人只有一个目标:快点搞定户口、快点赚到钱、快点站住脚。刚来深圳那时候,朋友们相聚,标准问候语是这两句:户口来了吗?房子买了吗?那时候深圳人所谓的成功,就是这两个。现在可能还会多一问:买车了吗?

嗯,对于深圳人来说,"买车了吗?"估计都快OUT了,该改成"移民了吗?"吧。深圳人都是外地人,但30年过去了,您觉得现在的深圳人有没有形成自己的身份认同?有没有形成自己独有的生活方式或者习惯?在您眼里,一个典型的深圳人的一天是什么样子的?

曹征路:你知道"圳"是什么意思吗?"圳"是沟渠的意思,深深的沟渠,其实这个解释有一点象征意味。但"圳"也就是一个沟渠，它不是海也不是湖。沟渠只是一个通道，水既沉淀不下来，也蓄积不住，只有顺着沟渠呼啸而过的命运。

应该说改革开放30年，深圳给中国留下了深深的印记。但它提供不了一个完整的模式，深圳虽然是一个样板，但别人学不来——别人没有这样的条件。当然结合你说的"快"，"圳"就还有这样一层意思：匆匆忙忙、临时对付、当场兑现、立马成功、捞一把就走。我刚到深圳的时候，有人就告诫我，这里找人办事是有规矩的：你托人办一件事情，人家站在那里，就会立马反过来托付你办另外一件事情——不要觉得这有什么不妥啊，人家站在那里当场要求是最好的，哪怕过了一小时，他都有可能觉得不再好意思找你。

所以你看，在深圳，利益关系就是这么明显和赤裸。大家都是过客，谁也不会把这里当成自己的家。至于那些上千万的打工者，就更没有可能成为深圳人。你可以留意一下，在深圳的人，不管是热爱湖南、湖北、江苏、安徽，还是嫌弃四川、云南、广西，都还会承认自己是某某地方的人，从来没有人说自己是深圳人的，从来也没有。这也就是说，在文化版图上，一个深圳还远远没有形成——在大众心理上，也不可能有共同的身份认同。

再没有共同的习惯和认同，也得过年吧，深圳人过年是什么样子的？

曹征路：以前一到过年，深圳就是一座空城啊。站在大街上撒尿都没人看你，因为街上根本就没有人了嘛。当然现在情况有所变化，像第一批深圳拓荒者都退休了，下一代也已经稳定在深圳，这就会形成习惯。

但这种习惯也都是各自的。融合不了固然有语言上、风俗上的原因，像深圳由四大人口组成：讲白话的广州人、讲客家话的梅县人、讲潮汕话的潮汕人和讲普通话的外来人。但更多的不融合来自文化心理，所以你让我描述一个典型的深圳人的一天，那是为难我。从另一个角度看，今天社会分化如此之快，雇佣观念临时观念如此盛行，恐怕也很难把一个地方的人格典型化。像在深圳，如今的生活圈子都是以"身家××万"来划分层级的，你这个圈子是身家一亿的，我这个圈子是身家八百万的——圈子的划分基本上与职业、兴趣、个人爱好关系不大了。内地人也同样这么看深圳人，我每次去内地，和朋友玩麻将，牌桌上他们都讽刺我是深圳人，意思是我有钱、应该输。

深圳开放30年。在今天，您还觉得深圳是全国最快的城市吗？

曹征路：在追时尚、玩概念方面，深圳还是快的。这是一个以年轻人为主体的城市，也是个领导干部变动最频繁的城市，更是一个高度竞争高淘汰率的城市。说到这个"最"，深圳可能也是全中国特别在意这个词汇的城市。在这里的媒体上，你经常可以看到"第一"、"之最"。我刚来深圳就读到过一本小册子，全都是深圳之"最"，那时候我一口气为深圳数了160多个"第一"、"之最"。我很奇怪，为什么一定要牵强附会宣传这个？时间长了才慢慢明白，它既是利益，也是心理安慰，说到底，深圳还是不自信。

2002年，曾经有一场浩大的"深圳，你被谁抛弃？"的讨论。您怎么看待那一次讨论？

曹征路：这就是不自信呀。一个怕断奶的孩子才会大声哭闹：害怕失去特区优惠，害怕失去政策资源，害怕与别人平等竞争。其实这样的哭闹已经有好多次了：上世纪90年代，深圳就搞过"特区特在哪里"、"深圳养活多少人"的讨论。这从本地报纸大标题的变化上也能看出这种不自信的心态：一会儿说"2010年率先实现现代化"、一会儿说"建成国际性现代化大都市"、一会儿说"超常规跨越式发展"、一会儿说"继续实现科学发展"，最新的提法是"建成社会主义现代大都市"。说到底，这种不自信还是源于不确定的社会经济发展模式，深圳是改革开放试验区，是摸着石头过河的探索者，然而摸了30年石头，河对岸到底是哪里呢？深圳人并不清楚。这里的很多官员都是以香港为楷模的，无论政治、经济都希望往香港靠，所以才会呼吁"放开一线、管住二线"，所以才有所谓的"深圳香港化、广东深圳化、全国广东化、实现现代化"。然而现在看看，深圳似乎又不太像香港。改革开放究竟是社会主义的自我完善还是别的什么？心中无数。所以啊，一个本来就缺少根基又没有方向的人，只能以不断哭闹的形式展现这种不自信。

有数据显示，深圳患抑郁症的人数比例是全国最高的。这是"快"带来的附属品？

曹征路：可能是吧。压力大竞争激烈而又没办法舒缓，结果只能是这样。据说在莲花山公园，天天聚集了很多人，都是练习大笑的。有人还成立了"大笑运动俱乐部"，发明了几十种不同的笑的招式，据说都赚钱了——你看在深圳，教别人应该怎么笑也能赚到钱！

近几年，随着房价上涨，生活成本的增加，越来越多的人选择离开深圳，人们把它叫做"逃离深圳"。但很奇怪，上海房价更离谱，为什么没有人逃离？至少没有大规模逃离的现象。

曹征路：深圳与上海最大的不同，在于人口结构和经济模式。上海虽然发展也很快，但人口的主体还是本地人，人口结构是个正金字塔形的,已经有一个稳定的民间社会,外来流动人口只能融入这个社会,为主流人口所接纳。深圳正好相反,是个倒金字塔形的结构,流动的打工者占了绝大多数。据说深圳1500万人,户籍人口只有200多万;而且从经济模式上看,深圳是以土地开发、盖房子租房子、出口加工为主的,本来变化就大。上海则是以传统制造业为基础的,大企业多,相对稳定。所以你说的是否"逃离",实质是在考验一个城市的根基。深圳没有相对稳定的根基,从中逃离是非常容易的事情。

说说深圳的文化。深圳是"文化沙漠"的说法由来已久,更有夸张的说法是"文化壁垒"。您是作家,感受更深刻:深圳的人文精神在哪里?

曹征路:"文化沙漠",其实对香港的评价也一直如此。(啊?我觉得香港不是文化沙漠!)也还是的,香港人的思维模式、文化氛围,其实有很重的殖民地色彩,都是英伦那一套,属于自己的东西不多。

其实文化沙漠的说法,并非是指文化人少、文化产品少,而是指一个城市的生产方式、行为方式、价值取向和审美趣味,也就是这个城市热衷什么、向往什么、追逐什么。很显然,对于深圳来说,整个城市追求的都是"钱"。这也是今天整个中国的一个潮流,北京是这样、上海是这样,大家都掉进了"钱"的陷阱。在深圳,人文精神也不是没有,只是声音实在微弱。说起来,深圳也是一个有优秀人文传统的地区:出珠江口就是伶仃岛、虎门炮台离这里不远、辛亥革命的第一枪也在这里打响、上世纪20年代有过省港大罢工、40年代对抗日民主人士和文化人士的大营救也发生在这里、60年代中国水稻密植技术高产田也离这里很近。只是,现在,怎么说呢？现在大家都晕了！

深圳的读书节全国办得最好、声势也大，多少年来深圳买书的数量全国第一——但有调查显示，深圳人买的书都是"怎样买股票、怎样办出国"之类的。您认为什么原因造成了深圳人这样的读书结构？

曹征路：我不认为深圳人读书会比别的城市更多，说"人均购书全国第一"是怎么算出来的？以多少人为基数？统计学在中国，是太有中国特色啦。至于读书的结构，恐怕全国各地也都差不多，看看那些畅销书榜单就知道了，到处都一样。况且深圳的外来打工者这么多，他们读的肯定大部分都是"股票"和"出国"嘛，其实不止，还有"养生"、"励志"等等。

和经济发展速度不匹配的是，深圳也从来缺乏思想先锋和意见领袖。这和快节奏的生活方式与高强度的生活压力有没有关系？速度太快，压力太大，以至于没办法做到既有闲有钱有天赋、又有研究问题的兴趣和心境。

曹征路：今天的中国已经没有一张平静的书桌了。上海有思想先锋和意见领袖吗？北京有吗？即便有什么先锋和领袖，大部分也都是在复制西方传媒的说辞，并没有自己原创的独立思考。所以你说的深圳缺乏先锋领袖，恐怕到处也都差不多。这种缺乏和是否有闲、有钱、有天赋、没压力关系不大，关键在于知识分子的心态浮躁。今天的知识分子都在干吗呢？

有人批评深圳的女人不会穿衣服，化妆也是"兵荒马乱"的，路上的风景没法和上海比。更有夸张的说法：在上海，女孩和外国人在一起是浪漫；在深圳，那感觉就是苟且。深圳整个的城市氛围哪里不对？

曹征路：我对时装不敏感，但类似的说法也听到过。高校里的女博士都去香港买衣服，穿起来也就那样，没有更养眼也没有更舒服。这种美的缺乏可能也和"快"有关：没有根基定力，必然浮躁轻佻。上海厚重，上海女人都是从传统里走出来的：妈妈会打扮、女儿不会差到哪里去。其实深圳的建筑也都是这样，一眼望去，尽是标榜"帝、豪、王、霸"的金碧辉煌，到处都是钢结构、玻璃幕墙，很少能看到稳重的建筑——有的建筑即便看起来是厚重的花岗材质，仔细一看还只是表面贴了一层花岗而已——还是没有根基啊！到处都是急吼吼的，整个城市都是。所以你说的"浪漫"和"苟且"的比较有点夸张，但也的确能够反映城市气质的不同。

如果您现在离开深圳，它的什么会最令您怀念？

曹征路：首先，我已经不会离开深圳了——我把老母亲都接过来了。我还是希望这个城市能够再幸福一些，给人健康恒定的快乐多一些。如果离开这里，我想我还是会怀念深圳的青春：因为青春，所以活力充沛；也因为青春，所以容易塑性。青春才是深圳最大的资本。

原载于《东方早报》2010年3月14日

答深圳《晶报》

1. 在你最近出版的长篇小说《问苍茫》一书的封底，有一句这样的介绍："第一部用社会现实、精彩故事解读《资本论》的小说。改革开放背景下的'中国社会各阶级的分析'"，你是用小说的方式来阐述你对当今社会的认识，书写你的价值观吗？

曹征路：那本书的介绍是出版社的广告词，说出了与其他作品的区别，有准确的判断，但也不那么全面。一本长篇小说用一句话来概括主要内容，显然力不从心。小说发表时碰巧金融危机爆发，在西方《资本论》热销，出版社可能出于这个考虑。小说写的是生活，以及我个人对生活的理解。我自己很早就对自己有一个定位，就是写"我所经历的中国社会的历史变迁"和"我体验到的中国人的精神困境"。做得怎么样可以批评，但这个小小抱负是确定的。在我看来，每个人写小说都是在"阐述你对当今社会的认识，书写你的价值观"，不存在脱离作家价值观之外的书写。所谓的"零度写作"是不真实的虚伪的，不过是没有能力认识时代把握生活的托词。凡是好小说都是作家呕心沥血，对生活有独到发现，并有独特表现的产物，绝非信马由缰的瞎编。

2. 你是如何用故事来解读《资本论》的？如果小说只是《资本

论》的一个现实案例，或者是一个生动的注脚，会不会对小说的艺术价值形成遮蔽？

曹征路：小说的艺术价值是由小说自身的叙事才华和人物刻画决定的，与它的表现对象无关，阿Q和子君同样有价值。我们衡量艺术价值，是看它是否在生活逻辑的基础上建立起了历史逻辑和艺术逻辑，是看它是否在最大程度上实现了表现对象，这是要和阅读效果联系在一起考察的，实现得越彻底越丰富越深刻就越有艺术价值。一切艺术形式都是对人类情感的挖掘和表达，只有那些深刻有效的挖掘才能说得上审美，只有那些独特有力的表达才能称之为有艺术性。能不能给读者带来真实感是第一位重要的，离开了真，则善无所依，美无所归。如果《问苍茫》只是一个"案例"，我相信人民文学出版社也不会弱智到出版这种水平的小说。相反，现在的批评界有一种"越不现实越艺术"的说法，恰恰是在掩盖自己思想苍白，和低下的艺术趣味。当然其背后自有新意识形态的指引，文学的娱乐化也是一种策略设计。

3. 写小说是否需要一个立场？预设的立场会不会让你的小说陷入到一种模式当中去？

曹征路：每个人都有立场，只有不诚实的人才宣布自己没有立场，是鲁迅说的那种"拔着自己的头发离开地球"的人。这里说的立场是指作者的生活态度，是对事物的爱憎，是对文化的臧否。我写小说从来没有预设什么理念，故事、人物和结局都是在发展中自然形成的，所以也不会有什么预设的模式，如果你读过几篇我的小说，有了对比就应该明白。

4. 看过一篇对《问苍茫》的评论，该评论的作者洪清波认为《问苍茫》是在为当代修史，你自己也这样认为吗？让小说承担修史功能，是否会让小说压力过大，过于沉重，失去轻盈与灵动，乃至喘不过气来？

曹征路：世界上有各种各样的小说，这才构成了艺术世界的多元化多样化。小说可以轻盈与灵动，也可以沉重与庄严。就我个人而言，我喜欢那种有历史感的小说，也就是马克思说的"历史的美学的"艺术观。真正有抱负的作家都应该向这个方向努力，有压力才会有好作品。至于洪清波的说法对与不对可以讨论，我自己关注是不是真实地写出了这个时代。

5. 你最被广泛认可，也是社会反响最大的一篇小说是《那儿》，从《那儿》到《问苍茫》，其间间隔了4年，你觉得你的写作发生了哪些变化？

曹征路：有变化，主要是对生活的思考深入了一些，角度也多了一些。没变化，主要是对占人口绝大多数的劳动者的观察。在我看来，评价生活的尺度就是他们的真实生存状态，而不是权势精英的好恶。《那儿》反响大不过是争议比较大，反对者今天还在反对，因为我挑战了他们规划的文学秩序。《问苍茫》反响不那么大是因为争议不大，因为争议下去对他们不利，真理总是越辩越明。

6. 文学评论家孟繁华认为你的小说"承继了百年来'社会问题小说'的传统、特别是劳工问题的传统。"，你如何看这个小说的传统？从个人创作的角度，你觉得你受到哪些作家的影响，如何看待自身创作与中国小说传统之间的关系？

曹征路：关注民瘼同情弱者是中国文学精神的优秀传统，也是西方自文艺复兴运动以来的人道主义主潮，中国自五四新文化运动以来，这个传统得到了空前的发扬，因为那个时代的文化人都认为文学创作是一项严肃的工作，而不是一种消遣。那个时代也有"礼拜六""红玫瑰"，也有汉奸文艺，但没有人认为那种东西有什么艺术价值。直到近一二十年，才又沉渣泛起，被当作了可以卖钱的艺术。一些人天真地以为，现代派艺术就等于现代化艺术，文学创作是和物质生产技术进步相匹配的，中国文学只要模仿了"先进"的现代主义写法就可以与世界接轨，进而得到西方承认。可惜这种一厢情愿已经在事实面前碰得头破血流，人家需要的是政治流亡和价值颠覆，并不需要你的模仿。你吃饭不用筷子改拿刀叉就证明你先进了？事实上现实主义艺术也是从西方来的，而现代派艺术在30年代就很在中国热闹过一阵，并不是与传统相对立的新玩意。现实主义关注的是事物的本质和结构，现代主义关注的是事物的形态与色彩，其艺术品位并没有高下区别，更谈不上先进与落后，写好了都可以成为好小说。我自己是没有主义的人，两种方法我都在用。继承传统也好吸收新经验也好，都是为了壮大自己而不是取消自己。说到社会问题劳工问题，这些占人口绝大多数中国人的生存和情感，难道不应该成为作家关注的对象吗？当今的文学被边缘化了，一个很重要的原因就是作家的问题意识太少，作家的自觉担当太少，作家的个人主体性已经弱化了。你不关心公共生活，公众为什么要关心你？

7.《问苍茫》写深圳一家血汗工厂的工人罢工事件，你的众多小说也可以找到深圳这座城市的影子与细节，你如何看你的小说与城市深圳之间的关系？

曹征路：我写的是生活，我生活在深圳，当然离不开与这座城市的联系。但小说这种文体之所以能发展，就在于虚构艺术能够更真实更本质更典型地揭示生活，更强烈地表达作家的主观情感。所以细节是来自深圳的，思考是关于中国的，并不是要写深圳本身的事件。但我认为深圳这座城市很有意思，是个时代的酒精瓶，能写好深圳人的故事，就能写好中国人的故事。

8. 你对深圳的文学现状怎么看？是否存在一个文学发展上的瓶颈？

曹征路：写作是个很个人化的精神生产，恐怕不存在一个整体的深圳文学，也不存在整体意义上的发展问题。深圳的写作者很多，深圳人也不比别人笨，广东这个地方也有很多文化资源，当然可以出好作品好作家。如果多一些沉潜，少一些浮躁，明白文章憎命达的道理，应该很有希望。

9. 深圳有很多功能性的头衔，如设计之都、图书馆之城等等，你觉得应该如何来赋予深圳一个文学形象？

曹征路：与前面的问题相联系，这些头衔恐怕正是深圳人的自吹自擂，并不是出自公众口碑。有一次我接到一个会议邀请，说是要打造文学创意之都，吓得我不敢参加。如果硬要赋予深圳一个文学形象，我想用青春少年比较合适。我愿意把深圳比作一个长不大的女孩子，害怕断奶，害怕平等竞争，害怕失去优惠政策，经常会用哭闹的方式来引起别人注意。那个"深圳，谁抛弃了你"的讨论就是一次经典的哭闹。

10. 记得你曾批评过当下的文学批评，认为中国文学批评的根本内伤是，批评家的价值体系错乱，现在是否仍然持这种观点？作为文学生态链中的一环，你是如何看当下的文学生态的？又是如何处理创作与批评之间的关系的？

曹征路：我在《文学批评的八个关键词》中确实说过，批评家的价值体系已经错乱，鹦鹉学舌，皂白不辨，当代文论还没有建立起自己的语言。我在《是科学，还是玄学》中还说过，原本是科学审美的文艺批评，逐渐演变为玄学审美；原本是文艺理论和文学史知识的阐释者，却比作家更爱谈"感觉"爱谈"技巧"，尤喜飞来飞去"指导"作家创作；曾经站在思想前沿的文学批评只能内部生产着自我抚慰，以没有思想为荣，甚至演变成为影响时代精神演进的一种负面因素。这些看法也不是我一个人的感觉，很多作家在一起都为今天的批评家惋惜，这一点大概连批评家们自己也不否认了。

11. 你现在是退休在家，完全成为一个专业写作者了，目前的生活状态是否更利于你的写作？写作与生活还存在矛盾与困扰吗？

曹征路：退休生活好极了，没有压力，可以随心所欲。但我并不想做一个专业写作者，那个没什么意思，我更愿意到处走走看看，接收各种各样的新信息。困扰的东西也很多，主要是认识不清学习不够，也缺少实践的机会。

12. 生活在当下，你最担忧什么？这种担忧是否会影响你以后的写作？

曹征路：最担心国家未来的道路，中国似乎再一次来到了历史的十字路口。我是个小人物，有着小人物的一切弱点和缺点，但我也是个爱国者。这种担忧自然也会影响到写作，感到自己的渺小和无力。

13. 最近在看什么书？如何看阅读与写作之间的关系？

曹征路：前一段时间在啃一部《剑桥美国文学史》，那是一种对话式的体例，有别于那种独断专横的文学判断，有收获。阅读与写作毫无疑问是互相促进的，看到好文章会击节赞叹，恨自己的浅薄；看到无聊的文字会嗤之以鼻，庆幸自己没有上当，我想这和别人没什么不同。

原载于《晶报》2011年6月26日

答《深圳商报》

深圳作家曹征路谈《问苍茫》及现实主义题材创作：小人物也有权利尊严地活着

曹征路，江苏阜宁人，插过队，当过兵，做过工人和机关干部，现为深圳大学文学院教授，一级作家。2004年，他的中篇小说《那儿》，在中国文学界、高校、读者中引起了广泛的讨论，被认为是2004—2005年"最具震撼力的小说"，成了这几年关于纯文学反思和讨论以后的一个非常重要的现象。日前，他的最新长篇力作《问苍茫》由人民文学出版社出版后，再次引起文坛关注，北京大学的左岸文化网为此专门开辟专题讨论。7月11日，中国作协与深圳作协和几家理论刊物合作在北京专门召开《问苍茫》作品研讨会。23日，记者就他近年来创作题材的选择和文学价值的取向等话题对他进行了访谈。

文学可以全面反映历史真相

文化广场：我注意到您近年来发力创作的系列中长篇小说中，比如《那儿》《贪污指南》《非典型黑马》《问苍茫》等，有一个共同特点，就是当代小人物在唱主角，因此有人称您为"底层写作"的代表人物之一。从创作的角度而言，时下温软的"耳语式"写作之风泛滥，越来越多的作家局限于"身边现实主义"和"个体现实主义"，越来越失去生活基础和情感根基，变成"诉苦文学"、"安慰写作"，日益失去批判的声音。您怎么看自己作品的文学价值？您怎么看别人评价您为新左翼？

曹征路：其实，我作品中的主角并不尽然是底层人物，也包括干部、商人、知识分子，但他们肯定是现实生活中最普通的多数。在我们的主流意识形态和社会舆论中，我们往往习惯取材于领导者和成功人士，反映既得利益者的看法，这至少是不全面的，遮蔽了一部分历史的真相，而这恰恰是文学可以有用武之地的地方。这几年一些反映底层老百姓的文学作品被批评家集中讨论，可能有这方面的因素。现在有人说我的作品是新左翼文学，过去也有人说我老曹是自由主义者，其实贴标签的说法都是不准确的。上世纪90年代以来思想界的争论，我一直在关注，我自己也在学习，理论上的学习和提高确实可以帮助我们思考文学与时代、与政治、与现实生活的关系，但与选择向左或向右没有关系，我们的态度应该是如何向前。

文学向何处去需要深刻反省

文化广场：文学的边缘化很严重，您认为这同市场经济有关吗？该如何唤醒人们对文学的热情呢？

曹征路：这是社会转型期特有的中国现象，其实同市场经济没有必然联系。比如美国的市场经济很发达，也是相当商业化了的社会，但按照哈金的说法，美国"仍然在期待着伟大的美国小说，文学并没有被边缘化"。因为人文精神的扩张始终是人类进步的动力。我国以前是个农业社会，长期处于封闭半封闭状态，现在突然转型到现在这么一个以金钱为核心的商业社会，价值观的颠倒和失重对人们思想观念的影响是很严重的。文学正是这样一种东西，它能让我们静下来仰望星空，能让我们的灵魂保持湿润，对生活心存敬畏。

文化广场：当代文学离现实越来越远，或者说反映现实乏力，这是为什么？

曹征路：上世纪80年代以来，一些作家主张文学不能离政治太近，应该回到文学本身，这就是"纯文学"的由来，应该说当时起过积极作用。不过，上世纪90年代以后，我们迅速进入市场社会，消费主义文化泛滥，纯文学的口号本身也变成了意识形态的一部分，许多作家不再思考个人与国家民族社会的关系，躲避崇高，告别革命，作家就失去了个人主体性。加上现代传媒高度发达，大大压缩了人们的思维空间，大家都成了"单向度的人"。庆幸的是，2004年以后，面对这种文学远离生活的状态，中国文学界也在反思。至少包括这样几层意思：一是虚无主义的历史观使文学远离了现实，所谓一切历史都是当代史，一切事实不过是一种表述，不承认事物的客观实在性，历史都虚无了现实当然更加模糊；二是80年代有一个认识误区，以为中国的当代文学没有得到诺贝尔奖是因为我们技不如人，人家都现代派了我们还在现实主义，误以为现代派艺术就是与物质生产技术进步相匹配的现代化艺术，其实现代派艺术并不意味着先进，它在发生国也仅仅是艺术的一个流派而已；三是90年代以后流行的"历史终结论""后现代论"让我们误以为必须按人家的规则出牌，否则人家就不带你玩，所谓的"华盛顿共识"连英国的布朗都认为它过时了,我们有什么理由把它全盘接收下来?四是精英主义的审美观,认为颓废才是20世纪中国文学的美学特征,主张顺民人格,后现代旧贵族式的孤独、焦虑、优雅,排斥反抗型人格,更反对感时忧国;这些观念都受到了普遍质疑。什么样的文化价值才有出路?从创作的角度看,我个人认为鹦鹉学舌的思考方式、语言方式是没有出路的。只有那些让大多数中国老百姓感同身受的生活描写,表现他们争取解放,渴望尊严,向往自由的文学,才有可能走向世界。不再以达官贵胄和英雄明星的成功与否而悲欢,把审美建立在小人物的苦难经历和奋斗历史上,肯定弱势者在这个世界上的一切存在价值,赞美他们为尊严和自由而付出的所有努力,而不仅仅是满足少数精英权贵的趣味,这样的文学才是创造,才有存在的理由。只有输出这样的文化,才能真正令世界尊敬,就像乒乓球羽毛球,自己玩好了修改规则才有话语权。

追求真实感本身就是审美表达

文化广场:您的小说《问苍茫》读起来感觉非常直白,非常真实,直接将改革开放的年代深圳出现的劳资矛盾推上前台,并对"社会各阶层"进行文学化分析,因此也有人称它为"报告文学式的小说",您为什么选择这种方式来表达?反映了什么审美观念?

曹征路:实际上我希望通过小说反映的是社会常态,是人类本质,因此我在书中追求的是一种绝对真实的现场感,甚至有些段落就是文件实录。因为虚构事实本身是有风险的,而生活中的常态任何人都难以辩驳,我的思考才能站得住脚。我让大家感觉小说的故事离我们很近。我的想象力并不在事实本身,而是对社会结构的宏观把握。这不是一个关于男人和女人的故事，也不是关于好人和坏人的故事，而是关于各自的社会角色的故事，是关于规律和必然性的故事。所谓"历史的美学的"认识一定要建立在真实的生活逻辑上。

文化广场：能不能说您在创作之前已经有了明确的主题？您怎么看作家与时代的关系？

曹征路：有观念、有理想的作品不一定就是主题先行，这是一个很大的误解。是否主题先行，要看人物形象是否立得住，观念是从生活中来的还是从书本中来的。这里唯一的标准是作品自身的艺术逻辑，是否在生活逻辑的基础上建立起了历史逻辑和艺术逻辑。我认为没有观念的作品恰恰不是好作品，所谓"削平深度"不过是作者在掩饰自己的思想贫血。凡是通过作品的细节、故事和人物命运自然流露出来的符合规定情境的，而不是直接说出来的思想都是可贵的，值得信赖的，这一点很多文艺批评并没有搞清楚。其实那种人物符号化，故事寓言化，靠偶然误会巧合推动的小说才是真正的主题先行，是不折不扣的观念写作，早在黑格尔时代就被讥讽为"上半身是美女下半身还是鱼"，是艺术发育未完成的品种。每个作家都在具体的时代里生活，我们不可能拔着自己的头发离开地球。这个时代不缺那种特别聪明，特别"会写"，特别能玩花招的作家。在我看来中国作家就是太聪明了，太明白怎么写才能得到现实的好处。这个时代就是缺那种常怀赤子之心，对世界充满悲悯情怀，经常思考关乎人类命运根本性、本源性问题的作家。我们一直在期待这个时代能出大作家，像屈原庄周那样的作家。这样的大作家不要很多，有三五个就能撑起一个时代。

原载于《深圳商报》2009年6月25日

就《豆选事件》答《深圳特区报》

Part 1：关于小说

1.《豆选事件》是您所获得的第几个文学奖项？得知该作品荣获在当代文坛极具分量的专业杂志《上海文学》的中篇小说特等奖，您的心情如何？是情理之中，还是意料之外？

答：这是近几年得到的第四个中篇小说奖，加上以前的奖，大概有十来个吧。说这个奖有一定分量，我想大概是因为，它的评委是清一色的作家，王蒙、铁凝、王安忆、韩少功、陈村等人。这些人的思想能力和艺术鉴赏品味大约在国内还是有公信力的。这就和以往一些奖项的评委以批评家和大学教授为主的情况形成了对比，克服了近些年西方文论一统天下的弊端。我这里不是说批评家教授没有思想能力，而是特指近年来文学批评的不正常状况。中国确实出现了一批既不懂小说，也不读小说，却喜好指导小说创作的批评家。至于说是否意外，可能二者皆有吧。

2. 能否请您为读者简单介绍一下《豆选事件》的故事线索？

答：简单说是这样，一个有现代知识背景的青年干部很想为新农村建设做点贡献，就异想天开地要模仿延安时期的"豆选"干部，进行基层民主政治改革试点，以获得政绩的合法性。但这样民主，触动了农村既得利益者和农民之间的深层矛盾。于是各种农民心理竞相表演，权力和金钱，宗法和亲情，自私和愚昧，文明和野蛮，都有了一席舞台。我们的时代确实在进步，但进步的代价却是非人道或反人道的，所以不能不酿成人性悲剧。

3. 小说是在什么时候开始创作的？怎么会想到选择"农村海选干部"这一敏感"新闻话题"作为创作主题？是灵感之作抑或是长期酝酿的结果？

答：写农村民主选举的小说很多，但多是以尽量与主流话语达成对话妥协为宗旨，真正触及民族文化心理和制度弊端的不多。所以我这样的写法显然与"新闻话题"不同，我是在反思中国道路和中国经验中的人民性因素，反思这种自上而下的恩准式民主。它当然是我长期观察和思考的结果，小说中的农村或者城市不过是个思想的表现舞台，哪个更贴切更方便就使用哪个。

4. 长期以来您的作品坚持走"现实主义"路线，从《那儿》到《霓虹》再到《豆选事件》，您一直在关注底层人民。同样是描写生活的苦难，《豆选事件》和您以前的作品相比有何本质区别？

答：没有什么本质区别。写苦难不是目的，目的是揭示苦难背后的社会学和哲学思考。《那儿》和《霓虹》写的是城市的历史变迁，《豆选事件》写的是农村的历史变迁。我关注的中国道路和中国经验，并不仅仅是底层。其实我也写过很多上层人，官员、知识分子、资本家。因为这两年主流话语已经迅速地贵族化买办化了，所以我才更多地选择了底层劳动人民的视角。在我看来，那些表达大多数中国人民（而不是少数精英）的争取解放、渴望尊严、向往自由的文学才是真的文学。古今中外的文学历史都是这样告诉我们的，中国文学近几年真正的收获和成就也都体现在这些方面。这样的文学是历史的，也是美学的。这些苦难是实在的，也是形而上的。它不同于那些表现抽象人性和抽象苦难的文学，更不同于那些小资大资趣味的文学。

5. 小说以菊子的死亡、主人翁继仁子的意外当选告终，这样的结局是否暗含着您对农村选举的某种悲观情绪？

答：我个人是个历史进化论者，我相信历史的进步谁也无法抗拒。但进步是个长期的曲折的历史过程，它的时间单位可能50年，100年，可能比我们的想象更加漫长和痛苦。从这个意思上说我并不悲观，我相信将来总会比今天好。因为从根本上说，是人民的意愿在决定着这个国家的走向。最近提出的"学有所教，劳有所得，老有所养，病有所医，住有所居"的民生理想就是人民意愿的表达。就目前我国农村的现状看，所谓的民主选举也只能是这个样子的。如果你了解农村在今天普遍的状况，了解农民在政治上经济上文化上无力地位，就不会相信任何诗情画意的现实描写。我只是一个普通人，但我是个公民，写出我的担忧是我的责任。

Part 2：关于人生

1. 您出生于新中国建立之初，19岁参军，在部队开启文艺创作之路。青年时期的军旅生涯对您的性格、文风有什么影响？

答：一个人在年轻的时候多经历一些磨炼，肯定是有好处的。部队生活的严谨和紧张，纪律和协调，对我的个性形成也肯定有影响。我当兵时是高中毕业生，在当时的部队里就是个小资了，是个改造对象，那时在部队甚至发过很多牢骚。现在回过头来看，那样的生活值得怀念。那时的创作也只是编一些大兵故事，幼稚得很。但正是这样的生活锤炼了我，让我懂得了坚忍，学会了看待事物的下层目光，和淡定平和的心态。

2. 有人用"大器晚成"、"中国文坛的一匹黑马"这样的语词评价您，对此您怎么看?能否介绍一下您的文学人生,是什么因素让您走上文学之路？

答：我这个人不善于交际，来广东也不太和文艺界联系，所以他们不了解我。其实我从1971年就开始发表小说，在80年代还有一点影响。对文学创作也谈不上什么理由，就是喜欢。起初写小说就是想逃避劳动，我们部队在山区施工，很艰苦。当时南京军区向各部队征稿，领导就问谁会写小说，我不知天高地厚就说会，谁知竟写成了。第一个短篇小说编在人民文学出版社的小说集里，第二年又写了一个，登在《解放军文艺》上，后来《中国文学》又翻译成英文、法文。那时年轻，糊涂，胆大。

3. 您的现实主义风格是何时开始形成的?做一个严肃的现实主义作家需要责任感与勇气,是什么力量促使您把"写实"坚持到底的？

答：我不是那种靠灵气写作的人，写得也很少。所以既然写了就力求写得扎实一点。我也不完全是现实主义写法，80—90年代也写过一些现代主义的东西，其实我是个没有主义的人。说到现实主义，在80年代的文学变革中被指认为老土，落后，这是一个很大的误解。当时的文坛都误以为现代派艺术就等于现代化艺术，就是"代表先进的最能表现现代人生存方式的"文学样态，是个"漂亮的风筝"。我曾经写过一篇论文，在《在历史的大格局中》，分析过这个误读，这里就不展开了。在80年代中后期，为了反抗传统现实主义定于一尊的格局，提出了"纯文学"口号，是有积极作用的。但它本身就是一个政治策略，不是"文学本身"。这在始作俑者钱理群、李陀等人的文章中都有披露。但到了90年代后期，"纯文学"本身也成了一个意识形态，成为漠视民生遮蔽现实的一个借口，文学创作逐渐走上了唯形式唯技术的道路，成为了自己跟自己玩的玩意儿。在这样的情况下，坚持"写实"就不是一个方法问题，而是要不要重振作家自主性、要不要恢复文学的批判品格、要不要张扬文学精神的问题。所以你说的坚持到底，实际上是我的个人选择。

4. 无论是2005年的《那儿》，还是2007年的《豆选事件》，这些年您始终把目光放在社会的难点、热点问题上，以普通人的视角描述重大的社会事件。这是不是因为您同时从事学术研究工作，习惯以"研究"的态度剖析社会?而在驾驭这类题材时,您觉得最困难的事是什么?

答：最困难的是勇气。我是个小人物，有着小人物身上的所有弱点和毛病。当别人都在那么说的时候，你这么说，是有点冒天下之大不韪。事实上我后来的压力也很大，到现在还有人在批我，说我"越界"，不文学，不艺术。当然，也有支持的声音。我相信历史是严酷的公正的。以"研究"的态度剖析社会，张扬理性精神，是现实主义艺术的精髓，是历史的美学的统一，它是欧洲文艺复兴以来所有民族国家的人文知识分子的共同追求,也是当代作家以个人方式介入公共生活的唯一渠道。

5. 苦难描写是您的"强项",但是您本职工作是大学老师,身处庙堂之高,如何体验"苦难",确保作品的"真实感"?

答:首先纠正一下,庙堂指的是国家公器,是指握有权力的官员。一个大学老师在今天就是一个普通劳动者,并不比别人"高"多少。我也不是专门写苦难的,我还写市井,写民俗,写情趣,写文化。我理解,你的问题实际上是主流话语当下最时髦的说辞,即知识分子能否为底层人民"代言"的问题。这种话语方式表面是在质疑,其实背后隐藏着一个"封口"陷阱,你既然是个人的,你就不是体验的,你就是虚假的。如同说老百姓"仇富"一样,是精英制造出来的伪命题。稍有文学史常识的人都知道,托尔斯泰是贵族,鲁迅是教授,他们能不能写苦难?何况一个大学老师并不是生活在真空里,他能感受到的时代情绪、社会心理不会比任何人少,何况还有现代资讯,还有亲戚朋友。"真实感"来自小说的自身的生活逻辑和艺术逻辑,而不来自小说作者的职业和身份。所以说知识分子的精神困境就是中国的困境,他们的言说就是自己的言说,不存在为谁"代言"的问题。

Part 3:关于文学

1. 80年代文学杂志盛极一时,如今却销量锐减,严肃文学似乎正逐渐缩减成一个"小圈子"。请问您如何解读这种现象?究竟是严肃文学远离了大众,还是大众远离了严肃文学?

答：80年代的文学期刊动辄几十万的发行量本身就不正常，如今销量锐减正是回到了常态。以销量来衡量文学影响本身就是一个资本的逻辑。体现一个时代的文学成就只能以它高端的成果来考量，20年代鲁迅的书只能印一两千册，而张资平的小说可以卖两三万，可究竟谁更"文学"？造成今天文学边缘化的原因很多也很复杂，但真正严肃的文学不会远离大众，而且它会潜移默化地影响引导着大众文化，大众也不会远离严肃文学，道理很简单，谁都不愿糊里糊涂地活着。

2. 与严肃文学的"冷淡"形成鲜明对比的是"市井文学"的崛起，网络文学、流行文学如雨后春笋般迅速崛起，这一冷一热意味着什么？而什么时候严肃文学（或者说底层话语）才能够真正成为社会的流行话语？

答：你说的市井文学恐怕不是真正意义上的文学，而是指的大众文化产品，是消费意义上的文学作品。它既是消费的，就是一次性的，迅速崛起后也会迅速消退。依我看真正严肃的文学在任何时候都不会流行，它始终是边缘的，批判的，个人性的，反抗主流的。

3. 作为一个作家，您如何看待自身的写作理想与大众市场需求的关系？

答：每个作家都希望自己的作品被更多读者接受，希望自己的劳动得到肯定，这不奇怪。资本为了增值也必然要把作家明星化，把读者粉丝化，很正常。但吊诡的是，愈是个人的独特的就愈是不易被理解，反过来愈是被大众市场接受的就愈没有个人性独特性，愈不是好文学，恐怕每个作家都要忍受这个煎熬。就我自己而言，我选择坚守。

4. 现在的青年一代偏爱一些颓废悲观的文字，仿佛每个人都有着无尽的哀愁，这是不是一个危险的信号？您如何理解这一代的文学偏好？

答：我年轻的时候就特别喜欢李商隐李煜，所谓悲观颓废。这是成长的代价，随着年龄增长眼界开阔，看问题自然就会更全面更深刻。我不认为这有什么危险，少年不识愁滋味，为赋新词免不了就要寻找新、奇、怪，就像某些"80后"所写的那样。需要警惕的，恰恰是某些专家学者，用"躲避崇高告别革命"的口号来解构所谓的宏大叙事，篡改历史，颠覆正义，突破道德底线，让人回到动物性生存，布下了重重愚民之阵，善良的读者是很容易上当的。

原载于《深圳特区报》2008年2月18日

关于《非典型黑马》的一些断想

现实题材创作离不开科学认知

2001年,我在《上海文学》发表过一个中篇小说《贪污指南》,小说产生了一些反响,被多家选刊、出版社转载,至今仍在网上流传,还收入了当年的"年度最佳中篇小说"和"上海年鉴",评价还是相当专业的。这说明现实题材的文学作品并不像某些论者说得那么不堪,是否纯文学,不能用"题材决定论"。

其实无论是《贪污指南》,还是《非典型黑马》,传达的都是同一个经验:我们不能把社会进步的希望寄托在少数干部的自我道德完善上,即不能相信清官救国。反腐败也好,选拔干部也好,根本的希望在于制度建设。当然小说内容不同,表达方式也会不一样。

我在大学里教书,时常会听到一些对时下文艺作品的批评声音。一些教社会学、经济学的老师问:现在的文学作品怎么这么弱智?现实生活这么简单吗?他们指的是那些评价很高的现实题材影视剧,包括张平和周梅森的作品,在这些作品里往往都有善恶分明正邪两立的二元结构,矛盾解决都是依赖上级领导英明,是一种传达理念的叙述模式。他们认为这些作品感人不感人已在其次了,作家起码的认知能力应该有。听到这些话老实说我心里是不服气的,但现实就是这样无情,历史已经进入二十一世纪,对于社会进步,文学界确实很少发出自己的声音。相对于哲学和社会科学，文学已经失去了与时代对话的能力，更不要说自觉地运用思想界最新的科学成果来照亮时代生活。我们的认识水平还停留在几百年前。

比如前些年有人主张高薪养廉，其实这并不是什么新鲜点子。清王朝就多次给各级官吏发过"养廉银"。只是"养廉银"养的不是制度，而是养"清官"，这样它的败亡就无可避免。且不说依靠清官能不能反掉腐败，就是清官本身也颇可疑。这一点古人都有察觉，司马迁作《酷吏列传》，刘鹗作《老残游记》，近代的胡适、鲁迅也都有过类似论述，他们的看法是：清官往往顾惜名声行事刚愎自用，对于老百姓而言更其可怕，为害之烈甚于贪赃。

所以我认为文学创作不能离开科学的认知，无论怎样纯粹的表达都不能背离生活逻辑和对于生活本质的揭示。在生活中，好人未必不做坏事，坏人未必不做好事，好人坏人是很难分清楚的。人性是复杂的，善恶共存，每个人的灵魂都沾有污水，这已经是常识了，为什么一写到官员就不能真实一点？有一个学者曾经受到冤屈被关进监狱，和那些抢劫犯、杀人犯、贪污犯、强奸犯关在一起。出来后他说，我现在才看清了自己，我在他们身上看见了自己的影子，他们的欲望我全都有。这个学者才是真正高尚的人，勇敢的人，大写的人。

当然，文学圈内也有另一派观点，认为文学就应该远离现实，纯而又纯，搞搞形式革命，骈四俪六，走出"宏大叙事"。那已是另一个话题了，暂且不谈。

我究竟想说什么

我不是一个反腐败问题的专家，也无意编造一个惊心动魄的故事，这样的故事每天都在上演，而且花样不断翻新。我自己读小说，喜欢读那些有智慧的作品，我想这也是文学写作与商业写作、新闻写作的根本区别，即故事背后有思想，人性之上有哲理。当然在写小说的时候，更多的考虑是如何把思想审美地艺术地展开，如何好看，别出心裁，简练含蓄，等等。

时下社会上对吏治的腐败议论很多，并认为这是最大的腐败。是否是最大姑且不论，问题的严重性大约已取得了共识。为什么在取得共识的情况下还是无可奈何呢？就因为我们太相信伯乐而不相信方法和规则，总希望多一些不爱钱不弄权不听枕头风的具有高风亮节的人来主持公道。于是文学作品中也就出现了不少这样的形象，说白了就是让清官来当伯乐。如果清官也面临了压力怎么办？于是就有了一整套关于生存和妥协的理论，只有生存才能继续为民做主。当然问题的最后解决还得等待更大的清官出现。如果更大的清官也有压力怎么办？那么只有祈求一个好皇帝的诞生了，天子圣明臣罪当诛，万岁万万岁。

两千年前的庄子就对伯乐相马这种选拔人才的方式不以为然。他认为这对马的整体发育是不利的。因为伯乐只把目光集中在少数千里马身上，对千里马的成长没有好处，因为这样一来千里马就失去了生存竞争的选择。那么千里马怎么产生呢？答案是：由马群自己在奔跑中产生。庄子好抬杠是有名的，但他的异想天开你不能不服。用马来选马起码有三个好处：1. 每一匹马都有机会，保证了公平公正公开；2. 千里马不是终身制，保持了先进性；3. 伯乐不过是吹哨子的裁判，消除了他犯大错误的可能性，因为他也被套上了笼头，也在被选择之列。那么剩下的问题就是制定比赛规则了，比如不能越线不能背后使坏不能服用兴奋剂等等。

可惜现实情况是，我们往往放弃了自己的责任。我们不相信规则，总想在规则之外对自己特殊照顾，受了委屈总希望有清官为我们做主，由清官来替我们除暴安良荡平邪恶。我们放弃了选择规则的权力，千里马蜕变成劣种马还有什么奇怪？在这样的环境中，少数真正的千里马也不敢跑得太快太好，因为那样是很危险的。这是一个制度层面的问题，更是一个观念层面的问题。

时代的变化确实也令人感慨万千，时下反腐小说官场小说之所以热络，我相信原因是非文学的。人们关注这些小说其实是出于对官场现实的关注，是急遽变动的社会让人看不懂。现实生活中暴露出来的黑暗越来越惊心动魄、匪夷所思，贪污腐败行为让善良的人们手足无措，读者渴望了解真相。但仅仅为了了解，看看新闻就可以了，为什么还要看小说？是因为大家还想知道答案，想知道为什么。一个写小说的，面对这些变化自然就有了表达的冲动。

所以小说中的陈启秀，是一个和一般女人有着同样追求和欲望、同样善良和美丽、同样弱点和毛病的女干部，只是她比一般女人更幸运而已。不同的是她的教育背景和留学经历，使她更多地了解了当今世界，所以她处理问题解决问题的方式必然与现行体制发生内在冲突。而这正是我要表达的这个审美发现的切入点。

我想创造一个新人

陈启秀本来是我在《筑起我们新的长城》中的人物，这个中篇发在1984年的《萌芽》上，获得了当年的"萌芽创作奖"，一个很大的绿皮证书。回想起来惭愧得很，我当时和许多青年一样，沉浸在一派对社会进步的乐观气氛里，认为实现了干部队伍的年轻化知识化就可以带领我们一马平川地走向现代化了。但后来的社会经验告诉我，这只是善良人的一厢情愿。在私欲面前，青年和老年，知识分子与工农干部并没有多少人性差别，只是表现方式不同而已。

这个发现令我汗颜，觉得自己真是幼稚。记得当年鲁迅由相信进化论转而相信唯物论时发过一通议论，先生的痛切心情迟至今日我才理解。我一直很在意自己的精神成长，很在意写过的东西是不是站得住，这很奇怪。所以总想找一个机会改写陈启秀，表达自己对生活的新发现，甚至成为一块心病。要说创作动机，这可能就是最原始的。

所以我努力把陈启秀塑造成一个新人。在21世纪的中国，这样的新人也该出现了。在生活中，她把幸福快乐建立在自己的奋斗中，没有依附在男人身上；在工作中，她勇于利用现有条件，反对暗箱操作主张政治文明；在官场上，她敢于向权威挑战，没有被潜规则吓倒。小说中的陈启秀爱情失败，做生意失败，只是因为一个偶然机会她成了领导干部，她却成功了。她是不是千里马我不知道，也不重要。我认为重要的是，她的所作所为是否符合历史进步的潮流，在对她进行道德评价的时候我更看重历史的评价。敢于利用现有的规则，合法地捍卫自己的尊严，我认为就是一种进步。所以我有意识地突出了她身上一般女性的弱点、缺点和失误，让她在与伯乐的争斗中别无选择，让制度成为她的保护伞。我欣喜地看到，在不少地方的人代会上，这个苗头已经出现了。也许这才是我们真正的希望所在。因为建设一个好制度比选择一个好人更重要。

治理腐败是需要民主法制环境的，任何后发现代化国家都要经过这个过程，它依赖制度的进步而不能指靠清官出世。虚幻出来的清官形象不仅不能遏制腐败的漫延升级，相反它还有可能是一副麻醉剂，使民众的改革要求得以化解。历史进入了21世纪，我们有理由对人类保持信心。

原载于《海口晚报》2005年7月14日

关于《贪污指南》的一些断想

说实话，作为一个作家，当然希望自己的作品被读者看好。这里有两层意思：一是希望自己的劳动被社会认可，实现作家的个人价值；二是希望自己的思考可以干预生活，从而影响社会历史进程。就个人而言，我更看重后一点。因为我是个教师，并不靠写作谋生，而温饱解决之后精神需要就变得重要起来。

《贪污指南》发表以后的反响一度使我兴奋。除了不断有读者来电来信谈感想提建议之外，作品还被收入"当代中国社会写实书系"和"2001年度中国最佳中篇小说"，作家出版社还约我将小说扩写为长篇小说（2002年1月出版），电影厂也来商讨改拍电影等等。但冷静下来之后，我开始怀疑这种热闹有多少是由于文学的因素。

在写小说的时候，我考虑更多的是艺术处理，如何好看，别出心裁，简练含蓄，等等。但现在，我更相信人们关注这篇小说是出于对官场的关注，是急遽变动的社会让人看不懂，是读者们渴望了解真相，是贪污腐败行为让善良的人们触目惊心手足无措。大家都想知道答案。

我不是一个反腐败问题的专家，也无意编造一个惊心动魄的故事，这样的故事每天都在上演，而且花样不断翻新。但我和任何一个有良知的普通人一样在思考，我们究竟有没有办法对付腐败？我最担心的是，中国的贪污腐败会向着制度化方向发展，像今天的印度一样，法律不是没有，但都界定在一定范围之内。

中国古代立法，惩治贪赃是历朝历代的重点。统治者几乎都明白贪污是一种异己行为，"赃"不仅是财物，它还关乎民心和国家的长治久安。官吏犯赃，历代皆行重典，为的是"禁官邪，养廉洁"。先秦典籍带有法律效力的"朕命"中，有大量这类文字。《伊训》《盘庚》《吕刑》篇中，君王们总是告诫百官不要集敛贪图财物，否则就如何如何。盘庚更是宣称他"不肩好货"，即不任用贪心的人。到了汉代，对贪污犯罪的处罚可以"三代禁锢"，即三代人都不能做官，不可谓不严厉。此后，隋唐五代，宋元明清，对贪污罪的法律定罪愈分愈细，细到贪污一匹绢、一两银的处罚是多少，不可谓不周密。朱元璋还发明了一种"剥皮实草"的酷刑，把赃官的皮剥下来填以谷草放在大堂内，以震慑后来者。晚清颁布的《大清现行刑律》还吸收了西方国家的一些法律制度和原则，增加了泄露机密、职务犯罪等细则，废除了凌迟、枭首、刺字等酷刑，不可谓不"潮流"。可是为什么屡禁不绝？贪官越来越多？

因为我们没有认识贪污，总把贪污当作道德问题来看待。总认为贪污是个别人的个别行为，而好的比较好的总是"大多数"。这种旨在保护"大多数"而不去对每一个人都进行监督约束的制度，其结果保护的恰恰是"个别人"。

"文化相对论"者对腐败的解释很值得玩味，他们把不同发展程度国家的腐败情况作了对比，认为不同国家对待"送礼"和行贿是有不同文化标准的。即在有些人看来是贿赂的行为其实不过是送礼而已。"文化相对论"者认为，只有当一国完全工业化以后才能控制住腐败。这个观点其实还是"行贿有理腐败有利"的变种。照此推理，自然得出了贫国腐败富国廉洁的结论。尽管腐败程度通常与发展水平有逆相关关系，但绝不等于说发展可以使腐败消灭。

一个有趣的组织叫"国际透明度协会",它们于1997年公布了一个腐败指数排列:智利、捷克、马来西亚、波兰和南非等国比诸如希腊、意大利这些工业化国家还要"廉洁"。值得指出的是,这些指数说明的主要是管理腐败和官僚腐败,并不包括政治腐败(这方面某些工业化国家并不美妙),同时它也没把工业化国家的投资者在海外行贿的事实统计在内。

我们的富邻居日本国,洛克希德案、里库洛特案、佐川案一个接一个;世界首富美国,众议院筹款委员会主席罗斯科斯基被指控犯有多项贪污诈骗罪;而老牌的富国英国,下院规定议员必须登记他们的每一笔收入,前首相卡拉汉接受国际商业银行12.5万英镑却"忘记"了登记。

冷战结束以后,军事对抗让位于经济竞争,厚颜无耻和丑闻迭出似乎成了"经济优先"时代的一大特征。这说明发展不能遏制腐败,那种认为发展可以自然而然带来善行的观点是一相情愿。发展带来了机会,机会恰恰调动了贪婪。

曾经有一段日子,对苏联这个超级大国,这个军事经济文化外交上的庞然大物,和这个有着80年执政历史的大党,在一夜之间骤然垮台十分不解。后来陆续有东欧剧变前的揭露官员腐败的内幕文章发表,才略为找到一点头绪。

原来在苏联和东欧,官员贪污受贿已经相当普遍,从一般基层组织负责人到中央部长到政治局委员都有劣迹。勃列日涅夫时期的内务部长谢洛科夫,竟敢公开把进口的九辆豪华轿车中的五辆留在家中。除了给自己、老婆、儿子、儿媳、女儿,一人一辆,他家庭的所有开销都记在内务部的账上。连女儿家的佣人也列在内务部的编制中。

历时五年告破的乌兹别克贪污大案中,从加盟共和国的中央书记到州、市、区的党委第一书记和企业领导人都扮演了一个角色。

他们虚报棉花产量，用巨额贿赂打通中央政府要员，获利的金额高达20多亿卢布。而苏联普通公民的月平均收入还不到200卢布。老实巴交的乌兹别克农民给列宁墓写了一封无可奈何的信："亲爱的弗拉基米尔·伊里奇，你是唯一让我们信任的人……"

在东欧，1980年盖莱克贪污案件中，党和政府领导干部有八百余人被卷入，其中有57名省委第一书记和书记、7名副总理、74名部长副部长级干部、51名省长副省长被指控。这样的政府公共机构实际上已经失去了继续存在的合理性。为了维持统治，他们只有给干部增加待遇，以确保"稳定"。

这就不难理解，为什么当社会动荡时有人站出来振臂一呼，立刻应者云集，而广大的普通党员却保持着艰难的羞愧的沉默！也不难理解，在以后多次发生的政治经济危机中，人民为什么依然选择了忍耐和沉默！

贪婪和攀比是人性的普遍弱点，贪污腐败是一种社会灾难。所以不论在哪个民族哪个时代，说大话要根除这种现象是不可能的，只有长期有效的努力才能不使它吞噬社会的心脏。在这里，认识贪污腐败比突击办案和搞运动更重要，恢复社会公众的信心比反腐败的豪言壮语更有效。只有社会公众普遍感觉到领导层打击腐败坚决，制度安排、政策设计和经济发展更加有利于最底层人群的情况下，腐败现象才能被抑制。换句话说，廉政是需要土壤和空气的。

我在小说中塑造了一个有经验有魄力有智慧的贪官形象，和一个有正义感想立功但最终无功而返的办案干部形象，让他们两个人进行心理较量，其目的不是故作"黑色幽默"，而是想传达以上这些思考。就反腐败面临的"新情况"新伎俩而言，犯罪分子总是走在前面的。从这点上说，贪官是最有资格为贪污活动作指南的。至于他们怎么贪怎么腐，那并不是我关心的问题。

前几年也有人主张高薪养廉，其实这并不是什么新鲜主意。清王朝就多次给各级官吏发过"养廉银"。可惜"养廉银"养的不是制度，而是养"清官"，这样它的败亡就无可避免。且不说依靠清官能不能反掉腐败，就是清官本身也颇可疑。这一点古人早有察觉，司马迁作《酷吏列传》，刘鹗作《老残游记》，近代的胡适、鲁迅也都有过论述，他们的看法是：清官顾惜名声刚愎自用更其可怕，为害之烈甚于贪赃。所以"养廉银"要有，好制度更不可无。

我是相信人心的大多数是向善的，也相信干部的大多数是想当好官的。我的另一篇小说（《战友田大嘴的好官生涯》，《青年文学》2002年第2期）中，一个干部就说，"好官谁不想当啊？当不成啊。"

同时我更相信，这个"标本兼治"的好制度如果总是犹抱琵琶半遮面，千呼万唤不出来的话，好官们的生存空间将会越来越小。最后好官就会被环境改造成坏官，甚至比坏官坏得更加优秀。

法治的本质就是建立在对每一个个体都不信任的基础之上的，没有对每一个人切实有效的监督机制就不可能有政治的清明，这是人类文明进程反复验证的真理。时代已经跨入2002年，为什么至今我们的一些领导仍然觉得受监督是个很没面子的事？难道非要等黄炎培先生说的那个"周期率"出现的时候，我们再来召开经验教训研讨会？

新春开始，万象更新，衷心期盼好官们能为好制度好机制的诞生出谋划策身体力行，希望在你们的任上看到"新桃换旧符"、"家和万事兴"。同时也感谢《领导科学》杂志给我一个说话的机会。谢谢。

原载于《领导科学》2002年第7期

莫把功夫付"诗外"
——我看广东文坛

我是个外来者,不善交际,喜欢站在"外面"看。

2006年在广州的一个颁奖会上曾经有一个发言,我说160年来,大家脚下的这片土地始终都是热的,地火奔突,血雨腥风,沧海桑田,整整一部中国近代史中最具华彩的篇章都和广东联系在一起;整整一部"三千年未有之变局"的中国社会转型史都和广东联系在一起;整整一部社会主义改革开放史也和广东联系在一起;现代性在中国的起起落落无不和广东这片红土地发生着联系。百年中国的历史进程,浓缩了也强化了中国自身以及中国与世界的巨大矛盾,道路的曲折、苦难的堆积和寻找的顽强,都是世所罕见的。中国人从被动适应到主动出发,付出了沉重惨痛的代价。在此过程中,社会心理、生活方式、文化观念、风土民情、价值伦理和审美理想都处于巨大的激荡之中。它为具有民族特色的"中国经验"和"中国道路"提供了实践资源,也为文学创作提供了无尽的想象资源。因此我认为广东完全有可能产生具有世界影响的重要作家和重要作品。但是,无论是血泪酿就的苦难还是历史吊诡的螺旋,从创作素材到文学作品是不会自动转换的。面对历史和现实,我们广东文坛,可能更多的是把功夫做到了"诗外",这很遗憾。

广东人不缺灵气，缺的是大气，做生意喜欢钻政策空子，写文章善于琢磨"擦边球"，懂得修改规则最省力气。很多文坛新名词新玩法都是被广东的媒体人创造出来的，比如年龄、性别、相貌、稿酬、职业、职务、经历、居住地、健康状况、行为艺术等等，这些与文学品质不相干的标签都可以拉扯文学成就。以至于在作家圈内，也视创作如官场游戏如商战秘笈，还自以为得计。只是在这些地方动脑筋多了，专业精神就少了，想得道，难。

广东真有钱，也真相信有钱能使鬼推磨。大到国家的文学奖项，小到缺操守的批评家，都敢花钱买。广东话，识做，懂得花钱叫买单，也懂得被买的人爱面子，风风光光就把事儿给办了。文明词叫策划，运作，公关。但北京人表扬几句就叫文学成就吗？骗骗领导可以，征服读者没门儿。我并不是笼统地反对花钱，我是说钱应该花得值当，特别是公款。花钱买来的荣耀，靠不大住，想长久，难。

广东人性格绵软，说话委婉可人，表面和和气气内里却是算盘精明，适合经商。当年广州十三行的伍秉鉴富可敌国，连东印度公司贩卖鸦片都要向他借贷的，所以在现代革命史上有"广东人动嘴江浙人出钱湖南人流血"的笑谈。此类人格表现在文学审美上，难免多婉约少风骨，多浮华少厚重，多纤巧少质地，小桥流水有余大江东去不足。现代读者的领悟力已不同于既往，以为文学繁荣与GDP可以同步增长，以为时尚生活可以等同文学品味，以为技术操作可以填补精神高度，有这些念头在，想长进，难。

广东迷信多神也崇拜权力，作家在官员面前的战战兢兢汗不敢出是我在其他地方没有见到过的。作家主体意识的缺失，势必导致广东很难形成一个文化的民间社会，结果就是强势媒体在主导着文学的商品趣味。而这一点，正是与北京上海江苏湖北形成差距的一个非常重要的文化气候。尽管也有过文化立省文化立市的大话，实际却是为发展文化产业盖房子造舆论。这个民间社会本来可以由作家协会来张罗，偏巧武大郎开店，想真红火，难。

  手持心印眼前佛面即如来
  立定足跟背后灵山飞不去

  这是四十年前在杭州灵隐寺见到的一副楹联，至今未敢忘记。我知道文学精神亦当如是解。也知道那坚守，本来就难。

原载于《羊城晚报》2009年4月4日

在广东省第七届鲁迅文艺奖颁奖大会上的发言

各位领导各位来宾各位朋友,女士们先生们:

今天是金秋季节开始的日子,也是广东文学界的朋友们庆祝丰收的好日子。特别是,今年是鲁迅先生逝世70周年,能在鲁迅先生曾经工作过的城市里领受广东省第七届鲁迅文学艺术奖,让我感到意义非常,幸运非常,快乐非常。

大约在80年前,先生就是在这座城市里发出了"精神界之战士安在"的呼声,主张文学要成为"国民精神的火光",并且身体力行。在他的写作生涯中,经历了旧中国的黑暗和血腥,经历了形形色色的攻击和误解,但先生始终自觉地与人民站在一起,视民族精神的崛起为自己的终身理想。他的奋斗充满了艰辛和孤愤,但他从来没有放弃自己的信念,以他博大深邃的目光注视着身边的现实,发出了那个时代文化人的最强声,推动了民族和文学的进步。文学事业从来都是人类进步事业的一个组成部分,正是在这种精神的感召之下,在整个现代文学的历史上,一批又一批"精神界之战士"投入了祖国的进步事业,求真求善求美,试图改造中国,建设中国。也正因为如此,文学精神才能一代一代薪火相传,不绝如缕。

再往前看,160年来,我们脚下的这片土地始终都是热的,地火奔突,血雨腥风,沧桑巨变。整整一部中国近代史中最具华彩的篇章都和广东联系在一起;整整一部"三千年未有之变局"的中国社会转型史都和广东联系在一起；整整一部社会主义改革开放史也和广东联系在一起；现代性在中国的起起落落无不和广东这片红土地发生着联系，追昔抚今我们怎能不感慨万千？面对如此巨大的历史资源和思想资源，我们文学界的朋友们怎能无动于衷？

百年中国的历史进程，浓缩了也强化了中国自身以及中国与世界的巨大矛盾，道路的曲折、苦难的堆积和寻找的顽强，都是世所罕见的。中国人从被动适应到主动出发，付出了沉重惨痛的代价，却依然艰难苦行。在此过程中，社会心理、生活方式、文化观念、风土民情、价值伦理和审美理想都处于空前的激荡之中。它为具有民族特色的"中国经验"和"中国道路"提供了实践资源，也为文学创作提供了巨大的想象资源。因此我认为广东完全有可能产生具有世界影响的重要作家和重要作品。但是，无论是血泪酿就的苦难还是历史吊诡的螺旋，从创作素材到文学作品是不会自动转换的。它需要我们更加深入的找寻和透辟的思辨，需要我们学习学习再学习。诚如恩格斯所言，一个民族要想站在历史的制高点上，那就一刻也不能停止理性思维。

就艺术表现力而言，中国作家已经有了相当多的积累，可以说近20年我们几乎把别国几百年里积累的艺术经验全部操演了一遍。其实当我们以为这样就可以与世界"接轨"的同时，历史辩证法也在悄然启动。文学现在不是，将来也不可能是书斋里的语言工艺品，一个语言构造的世外桃源。写到如今，文学竞赛必将是修养的磨砺，视野的比拼，和襟抱的展示。所以认识时代，贴近生活，贴近实际，贴近人民心声就显得尤为重要。这与中央提出的"科学发展观"、"以人为本"和"自主创新战略"等口号是相一致的，它意味着中国经过20多年改革开放，已经告别了"GDP崇拜"，已经由关注"物"的发展转向了关注"人"的发展。而"人的自由全面的发展"恰恰是马克思主义的出发点和归宿。它既是中国"三千年未有之变局"的延续，也是在资本全球化格局下中华民族能否真正崛起的关键。160年来无数志士仁人反复呼唤的器物（物质）、体制（制度）、文化（精神）三个层面的转变，中国人能否对人类进步作出真正贡献，最终都要在我们的创造力上得到检验。

朋友们，加油！谢谢大家。

2006年8月在广州颁奖大会上的发言